滑稽와 諧謔

골계와 해학, 웃음을 참을 수 없는 이야기

새로운사람들은 항상 새롭습니다.
독자의 가슴으로 생각하고 독자보다 한 발 먼저 준비합니다.
첫만남의 가슴 떨림으로 한 권 한 권 만들어 나가겠습니다.

滑稽와 諧謔
골계와 해학, 웃음을 참을 수 없는 이야기

초판1쇄 인쇄 2010년 7월 16일
초판1쇄 발행 2010년 7월 23일

지은이 이규태
펴낸이 이재욱
펴낸곳 (주)새로운사람들

편집실장 김승주
디자인 이세은
마케팅 · 관리 김종림

ⓒ 이규태, 2010

등록일 1994년 10월 27일
등록번호 제2-1825호
주소 서울 용산구 효창동 5-3번지
      대신빌딩 2층 (우 140-896)
전화 02) 2237-3301, 2237-3316
팩스 02) 2237-3389
e-mail/ssbooks@chol.com

ISBN 978-89-8120-436-5(03810)

* 책값은 뒤표지에 씌어 있습니다.

滑稽와 諧謔

골계와 해학, 웃음을 참을 수 없는 이야기

이규태 편저

새로운사람들

해학諧謔이라는 말은 익살스럽고 품위 있는 농담으로서, 서양에서는 유머Humor, 조크Joke, 위트Wit, 개그Gag, 에스프리Esprit 등 다양하게 표현이 되는 말이다. 우리나라의 경우 익살은 농弄, 희戲, 해諧, 학謔, 기譏, 자刺, 배俳, 풍諷, 은隱, 미謎, 외猥, 설褻 등을 모두 담고 있는 이야기라고 할 수 있다.

이 해학은 사람들로 하여금 웃음을 참지 못하게 하는 신비한 힘을 갖고 있으며, 해학이 아니더라도 인간은 누구나 애초부터 웃는 능력을 타고나기도 했다. 따라서 웃는 행위는 사람이 가진 특성 중의 하나로서 이를 통해 인간관계가 친밀해지고, 삶의 활력을 갖게 해 주는 것이다. 말하자면 해학이란 곧 웃음이라고 할 수 있다.

웃음의 효능을 소극적으로 표현하면, 우리가 늘 들어서 아는 '웃으면 복이 온다[笑門萬福來]'는 말이나, '한 번 웃으면 한 번 젊어진다[一笑一少]'는 말로도 충분할 것이다. 그렇다면 웃음의 효능을 적극적으로 표현한다면 어떻게 될까? 사람에 따라 다르게 말할 수 있겠지만, 필자는 다음과 같이 친화효능, 유인효능, 정화효능, 해방효능의 네 가지로 이야기하고 싶다.

4

"서로가 웃으며 대하면 한결 부드러운 사이로 좁혀져 서먹서먹한 분위기를 해소하고 긴장을 풀어 준다. 그래서 마음을 터놓는 대인관계가 될 때 대화가 자연스러워지는 친화효능親和效能이 생겨난다. 웃음이 있는 곳에는 재미가 뒤따르기 때문에 자연 사람들이 많이 모이고 공감대를 형성하게 마련이다. 그것은 환경에 융화되어 친밀감을 더해 주고 끈끈한 유대감을 형성하여 헤어지더라도 다시 보고 싶은 감정과 관계를 유지시켜 주는 요인Factor으로서 인간행동의 유인효능誘引效能을 발휘한다. 웃음은 육체적, 정신적으로 쌓이는 스트레스를 풀어 주고 감정이나 고민을 정화淨化해 주는 일을 한다. 육체적으로는 횡격막을 자극하여 내장의 움직임을 원활하게 해 주기 때문에 혈액순환을 돕고 건강 유지에 많은 도움을 주며 사회적, 직업적인 모순이나 대인관계에서 오는 답답함을 해소해 주는 정화효능淨化效能을 가진다. 나아가 웃음은 마음이나 행동의 강직함을 풀어 주고 자유로운 활동을 도와주며 가벼운 마음으로 일하고 사람들을 편안하게 대할 수 있게 해 준다. 따라서 웃음으로 살아가는 사람은 말이나 행동이 자연스럽고, 유연해진다. 이처럼 억압된 심리상태를 풀어 주기 때문에 마음의 문을 열어서 자유로운 표현과 행동을 유도하는 해방효능解放效能을 발휘한다."

이러한 효능 때문에 우리는 웃음이 있는 곳을 찾는다. 또 텔레비전의 프로그램에서 코미디언이나 개그맨들이 출연하는 채널에 관심을 갖는 것도 이런 이유 때문일 것이다. 이처럼 웃음을 선호하는 것은 남녀노소男女老少를 막론하고 인간의 공통된 기호嗜好라 할 수 있다.

필자는 평소 알고 있던 해학적인 이야기로 많은 사람들에게 자주 이런 웃음을 선사하는 사람이다. 필요할 때나 적절한 자리에서 적당한 이야기를 해 줌으로써 청중聽衆의 심신을 풀어 주었다고 생각한다. 이런 역할을 하자면 여러 가지 유머에 관한 책을 미리 살펴보아야 했고, 사람들로부터 색다른 이야기를 들어 두어야 했다. 이렇게 살면서 세월을 보내다 보니 이야기를 듣고만 있지 않고 재미있는 내용은 메모를 하거나 기억을 해 두었고, 책을 통해서도 흥미로운 이야기들을 모으기 시작하여 꽤 많은 자료가 쌓이게 되었다.

시중에는 유머 책이나 『고담소총古談笑叢』과 같은 책들이 많은 것으로 알고 있다. 그렇지만 기혼자既婚者들과 나이 지긋한 세대들이 웃음을 머금고 즐겨 읽을 만한 책은 별로 눈에 띄지 않는 것이 아쉬워서, 좀 색다른 이야기를 꾸미고 싶은 충동으로 이 책을 엮게 되었다.

이 책에는 다소 거북한 이야기도 눈에 띌 것이다. 흔히 '음담패설淫談

情說'이라고 하는 Y담이 함께 엮여 있기 때문이다. 남녀 성인들이 읽는 잡지나 영화, 비디오, 만화, 인터넷뿐만 아니라 생활문화의 여러 측면에서 우리가 살아가는 환경은 이 책에 수록된 이야기가 무색할 정도로 성性의 개방 시대를 맞고 있는 느낌이다. 따라서 아닌 척하기보다는 당당한 담론談論으로서 골계滑稽와 해학諧謔이 필요하다고 생각한다. 그리고 이 책에 실린 골계와 해학은 독자들에게 특별한 웃음의 효능을 베풀어 줄 것이 틀림없다고 생각한다. 그리고 앞으로도 이러한 Y담이 음지로 떠돌기보다는 더 많은 책으로 수록되어 나오기를 기대한다.

　필자의 생각으로는 자율自律과 개방開放의 시대로 접어든 지도 오래이기 때문에 이런 책은 오히려 늦은 감마저 없지 않다. 어디서나 이 책을 읽으며 미소微笑, 고소苦笑, 폭소爆笑가 터지는 소리가 들리기를 기대하며, 그 웃음이 건강을 되찾는 생의 활력소가 되기를 간절히 바란다. 이 책을 출판해 주신 이재욱 사장님과 새로운사람들 여러분에게 감사드린다.

2010년 6월
남산동 연구실에서
이규태

차례

책머리에 / 4

제1장 웃음이란 무엇인가?

말과 웃음 · 16/ 웃음에 관하여 · 18/ 해학의 필요성 · 20/ 상대방의 마음을 사로잡는 한마디 · 22/ 상대를 움직이는 말 · 26/ 찬송과 경찰관Cop and Anthem · 28

제2장 생활 속의 해학

만지면 커져요! · 36/ 현대 남성이 선호하는 여성 직업 베스트 5 · 37/ 나는 빨래요 · 38/ 나는 쌀이요 · 39/ 오해는 금물 · 39/ 엿들어 보니 · 41/ 또 빠졌어! · 41/ 안 가르쳐 줘 · 42/ 난 중 3이다 · 43/ 칸트의 아내 · 44/ 뒤로는 싫어요 · 45/ 남자와 여자의 차이 · 46/ 막내에게는 못 당해 · 47/ 길손을 잘 대접해야 · 48/ 쇠고기 덮밥 · 49/ 왜 과속을 했소? · 50/ 15분 늦게 가는 원인 · 50/ 일곱 걸음 · 51/ 남파 간첩의 탄로 · 51/ 저 친구 왜 저래 · 52/ 대머리 손님의 이발 · 53/ 겁이 나서 · 54/ 이발소에 무서운 만화를 비치한 이유 · 55/ 세 가지 직업의 이발사 · 55/ 어느 쪽 무릎 위지? · 56/ '달콩시콩하다'는 이야기 · 56/ 안개꽃 이야기 · 57/ 어느 노파의 고해성사 · 59/ 혼선된 전화 · 62/ 또 전봇대 · 63/ 과연 슬기로운 자者로다 · 65/ 시골

Contents

총각의 생각 · 66/ 할머니의 울음 · 66/ 노상방뇨 · 67/ 흔들었잖아 · 68/ 습관화 1 · 69/ 습관화 2 · 70/ 나는 넣는 것이 좋더라 · 71/ 엉큼한 질문 · 72/ 이긴 놈으로 · 73/ 탄로가 나다 · 73/ 물귀신 · 74/ 부부의 서신 · 75/ 주여 뜻대로… · 76/ 맛있는 술과 좋은 술 · 77/ 군대에서 모자 훔치기 · 78/ 모유의 장점 · 79/ 모유의 단점 · 80/ 애주가의 전화기 · 80/ 술 주酒 자字 이야기 · 81/ 한두 가지 수수께끼 · 83/ 외식하러 가려고요 · 84/ 'T' 자가 섬이 되는 이유? · 85/ 성姓으로 언쟁 · 85/ 국보 1호 양주동 박사 · 86/ 충주목사의 엉큼한 생각 · 86/ 바람쟁이 · 89/ 술에 가장 약한 사람 · 89/ 어느 사원의 변명 · 90/ 위험해서 · 91/ 한 노인과의 대화 · 92/ 미군과 의 대화 · 93/ 만년해로 · 93/ 소크라테스의 아내 · 94/ 언어의 뉘앙스 nuance · 95/ 욕심 많은 원님의 잔꾀 · 96/ 누구든 내 앞에 오면 · 98/ 요즘 은 돈이 말하는 세상 · 99/ 아버지의 부탁 · 99/ 식사는 2인분 · 100/ 옆 자 리 대학생들의 대화 · 100/ 딱 한 자밖에 몰라 · 101/ 실력 있는 학생의 장 난 · 102/ 애인의 건망증 · 103/ 스승과 제자의 내기 · 103/ 만담 · 104/ 부 전자전 · 105/ 너무 비대한 처녀 · 105/ 러시아 말을 못해서 · 106/ 아버지 의 아들 생각 · 107/ 사돈집 풍속 · 108/ 꼬마의 지혜 · 108/ 잊을 수가 없 어 · 113/ 따라 웃어! · 113/ 열두 개미 · 114/ 이틀 만에 바보가 된 천재 · 115/ 뺨맞으려고? · 115/ 부인의 지혜 · 116/ 아내는 떠나지 않았다 · 117/

차례

두 죄수罪囚의 대화 · 121/ 그게 그거지 뭐냐? · 122/ 쥐뿔도 없는 주제에 · 123/ 하룻밤 사이에 · 123/ 철석같이 지킨 일 · 124/ 처녀라니까 · 125/ 노비 춘심 · 125/ 지계수처智計羞妻 · 129/ 부창부수夫唱婦隨 · 131/ 내일은 공짜 · 137/ 아빠가 오시면… · 138/ 아빠 자랑 · 139/ 진범은 바로… · 139/ 같은 거리인데? · 141/ 웃음을 주는 행위 · 141/ 준법정신 · 142/ 스승의 날 선물 · 143/ 묘한 방안 · 144/ 암탉이 울면 집안이 망한다던데 · 144

제3장 요철凹凸의 해학

볼록이와 오목이 · 146/ 가슴을 등으로 알아 · 149/ 말이 그렇다는 말이지 · 151/ 피노키오야, 피노키오야! · 152/ 바람아 불어라! · 152/ 대머리가 된 구관조 1 · 153/ 대머리가 된 구관조 2 · 154/ 대머리가 된 구관조 3 · 155/ 두부 장수 이야기 · 156/ 말과 두부 · 157/ 풀대죽 사건 · 158/ 여자의 궁둥이론 · 159/ 남자 성기 발달사 · 160/ 심벌의 역할론 · 161/ 충청도 신랑 신부의 첫날밤 대화 · 163/ 무궁화 꽃 · 163/ 맞아도 싸다 · 165/ 형은 맞아야 해 · 165/ 죽겠는 건 나란 말이야 · 166/ 호루라기 신호 · 167/ 구식과 신식 · 168/ 같은 일 · 168/ 놀다 가이소 · 169/ 세탁기 돌리자 · 170/ "야옹"으로 하자 · 170/ 상두꾼들 이야기 · 171/ 총각 머슴의 실패 · 172/ 아무도 없군? · 174/ 표지판 이야기 · 174/ 요것만은 탈 없어야 · 175/ 사랑의 노랫소리 · 176/ 말하기보다 듣기 탓 1 · 177/ 말하기보다 듣기 탓 2 · 178/ 꺼내서 끼워 주려고요 · 179/ 쉿! 듣는다 · 180/ 검둥이를 깨웠군 · 180/ 옷을 벗어야 1 · 181/ 옷을 벗어야 2 · 181/ 옷을 벗어야 3 · 182/ 광고 이야기 · 183/ 처녀들의 첫 경험 · 183/ 섹스와 스포츠의 차이는? · 184/ 꼬마

Contents

신랑 이야기 · 185/ 판서 부인이 기가 막혀 · 187/ 사또의 소실 선택법 · 188/ 장사의 수단 · 189/ 고희 덕담 1 · 190/ 고희 덕담 2 · 191/ 과부를 아내로 얻은 머슴의 비책 · 192/ 혀짜래기 말 · 194/ 졸장부의 변명 · 195/ 엄마와 목욕탕에 안 가 · 195/ 작동이 안 되는 남편 · 196/ 아하, 그랬군요 · 197/ 남자에 대한 그리움 · 197/ 부자간의 자랑 · 198/ 특효약 · 200/ 신발 한 짝 · 201/ 고물도 구별하지 못하는 주제에 · 201/ 장소만 바뀌었을 뿐인데 · 202/ 숫처녀 테스트 1 · 203/ 숫처녀 테스트 2 · 203/ 기죽은 남편의 묘안 · 204/ 네 성姓은 여呂가다 · 205/ 색욕色慾이 식욕食慾보다 강한 이유 · 206/ 야사夜事로 얻은 성姓 · 207/ 신랑의 졸도 · 208/ 돌굼아비 · 209/ 육희六喜의 맛 · 210/ 그런 좋은 혈穴이 있다면 · 212/ 비지촌非指村의 내력 · 213/ 가난한 집 규수의 본심 · 215/ 프로 신부 1 · 215/ 프로 신부 2 · 216/ 프로 신부 3 · 216/ 비밀경찰 · 217/ 고해성사 · 218/ 여자에 관한 대화 · 219/ 남자에 관한 대화 · 220/ 어, 개가 되어 버렸네! · 221/ 나를 죽여 줄 일이지 · 222/ 주인 부자와 하인의 아내 · 223/ 딸이 당한 사연 · 224/ 저건 창자란다 · 224/ 아직도 자나? · 225/ 그렇게 헤프면 안 되지! · 226/ 과부 시어머니의 충고 · 226/ 아버지의 시샘 · 227/ 진짜 공처가 · 228/ 발정기의 고양이 울음 · 228/ 바보 사위의 명단 · 229/ 배 타는 데 도사 · 230/ 배가 암초에 걸려서 · 231/ "여보!"와 "얘야!" · 231/ 눈먼 남편과 말 못하는 아내 · 233/ 믿을 놈 하나도 없다니까 · 234/ 화대 이야기 · 234/ 공짜 오입 · 235/ 상동 영감의 술기운 · 236/ 아내의 방아 찧는 소리 · 237/ 건강유지를 위한 명구 · 238/ 임마! 줄서 · 239/ 초보 운전자의 수칙 · 240/ 양녕대군讓寧大君 이야기 · 241/ 이놈이 맛을 보더니 · 246/ 싸움을 한 이유 · 247/ 송곳→망치→가지 · 248/ 엄마 저 개가 뭐하는 거

11

차례

야? · 249/ 디게 못난 사람 · 250/ 밀어야 들어가는 문입니다 · 250/ 다다
닷 되, 다다다앗 되 · 251/ 그 새가 울면 추워요 · 252/ 다섯 아들의 만류 ·
253/ 간비십격奸婢十格 · 256/ 여보, 우리 침실로 가요 · 258

제4장 고전古典 속의 해학

김삿갓 이야기 · 262/ 김 선달 이야기 · 269/ 처용가 이야기 · 271/ 홍선대
원군 이야기 · 272/ 공당문답公薰問答 · 276/ 번데기 앞에 주름 잡기 ·
278/ 장롱 속의 감사 · 280/ 사랑의 비애 · 284/ 금재 이장곤 · 286

제5장 거짓말의 해학

동호에 물이 바짝 말랐어요! · 292/ 상賞보다 벌을 받을 걸 · 292/ 북과
소 · 293/ 1년에 천 개의 알을 낳는 닭 · 294/ 엄마는 언제부터 · 294/ 일
등을 한 거짓말 · 295/ 이사를 갑니다 · 295/ 세계 일주 · 296/ 낚시 광
狂 · 296/ 아이쿠 손 들었습니다 · 297/ 피장파장 · 298/ 사마귀에 털이 났
다고? · 298/ 허풍을 떤 이야기 · 304/ 순수한 경상도 사투리 · 305/ 홍부
와 놀부 · 306

제6장 스님들의 이야기

어느 스님의 실토 · 308/ 나라를 위한 현량을 만든다 · 308/ 중의 목을 매

Contents

단 여종 · 310/ 꿀단지와 홍시 · 313/ 수음歐淫을 한 스님 · 314/ 스님의 마
스터베이션 · 315/ 사인士人과 스님의 시詩 대구對句 · 316/ 지고 온 중이
어디를 가? · 317/ 북소리 · 318/ 쓸데없는 소리 하지 마라 · 319/ 젊은이
가 필요해 · 320/ 삼장법사三藏法師 · 321/ 곡차穀茶 생각에 · 322/ 무엇
하러 바꾼단 말인가? · 323/ 대머리로 박치기 · 323/ 원더풀 코리아! ·
324/ 산은 산이요, 물은 물이라 · 325/ 어느 서방이 진짜냐? · 326

제7장 자린고비 이야기

짜다 짜 · 336/ 제 값을 받아야지 · 336/ 외상으로는 팔지 마라 · 336/ 씨
에 구멍을 뚫어서 팔아 · 337/ 하찮은 돌멩이까지 · 338/ 절대 더 주면 안
돼 · 338/ 취한다, 이놈아! · 339/ 손님을 청해 놓고 · 340/ 양복점 주인 ·
340/ 밖에서는 안 돼요 · 341/ 체면 없는 사람 · 342/ 토지 귀신 · 342/ 병
을 고친 구두쇠 · 343/ 우는 이유 · 345/ 이럴 줄 알았으면 아끼지 말 것
을… · 345/ 호텔에서 준 팁 · 346/ 모전여전母傳女傳 · 346/ 구두쇠 장사
꾼 · 347/ 자린고비 스님 · 348/ 산파의 수단 · 350/ 인색한 의원 · 351/
공짜 술 · 352/ 폐품 이용 · 353/ 다 써버렸음 · 353/ 구인광고 · 354/ 경
제적인 아내 · 355/ 차마 밝힐 수 없는 봉급액수 · 355/ 그 놈들을 해고해
야겠네! · 356/ 만약 이런 줄 알면 · 357

참고 문헌 / 358

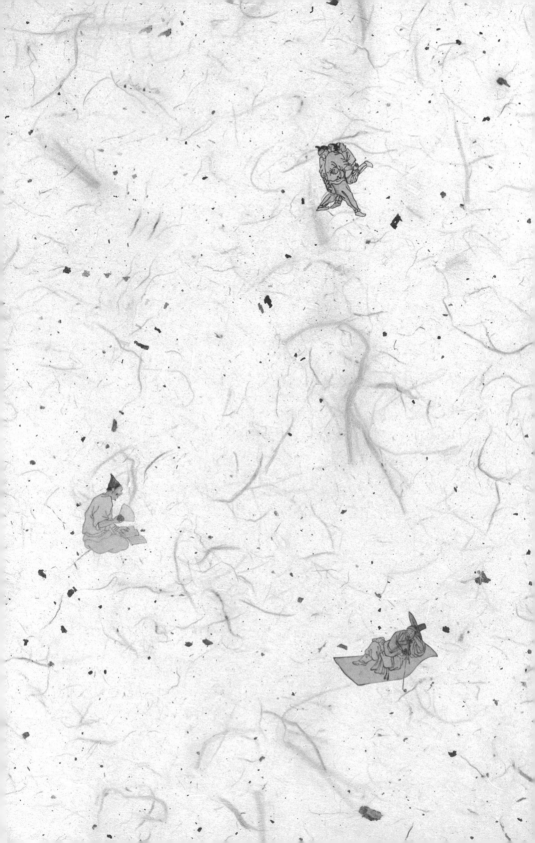

제1장

웃음이란 무엇인가?

말과 웃음

　사람들은 의사意思 소통의 수단으로 언어를 사용한다. 언어는 음성 언어인 말과 문자 언어인 글로 구분할 수 있겠다. 이 언어로 인간은 사상이나 감정을 전달하고 표현하는 것이다. 사회적인 동물인 인간의 언어는 대인관계에 빼놓을 수 없는 중요한 역할과 수단이 되기도 하고, 웃음을 자아내는 방법으로도 중요한 역할을 한다. 웃음을 선물하는 만담漫談이나 유머, 해학諧謔 등의 말로 밥 먹고 사는 직업인들도 있으니, 이들이 만담가요, 코미디언이요, 개그맨들이다. 이들은 웃기는 말이나 행동 표현, 말의 억양과 높낮이를 가지고 웃음을 터뜨리게 하는 재능을 가진 사람들이다. 물론 해학적인 내용이거나 Y담 같은 우스갯소리가 소재素材다.

　사람들은 왜 웃는가?

　기뻐도 웃고, 슬퍼도 웃고, 재미있어도 웃고, 기가 막혀도 웃는다. 이처럼 웃는 것은 모두 인간의 마음 상태를 표현하는 행위라고 할 수 있다. 그래서 웃음은 곧 마음의 소리로 볼 수가 있는 것이다. 매운 뜻, 지극한 생각, 눈물겨운 회포가 말로 화化한 것이요 행동으로 표현된 것이 웃음이라고 하겠다. 무의식無意識을 강조했던 프로이트S. Freud에 따르면, 무의식無意識은 쾌락의 원리Principle of Pleasure를 만족시키기 위하여 인간이 행동을 강요당한다고 한다.

　그렇다면 쾌락과 즐거움은 무엇인가?

　오관五官을 통해 들어오는 자극에 의하여 의식적이거나 무의식적으

16

로 얻어지는 만족의 기쁨이다. 보기만 하여도 즐거움이 있고, 듣기만 하여도 그렇고, 만져 보아도 그렇고, 먹어 보거나 냄새를 맡으면서도 즐거움을 얻는다. 해학諧謔이란 듣고 나서 즐거움을 느끼는 말로 이해할 수 있는 어떤 것이다. 프로이트는 빠는 것으로부터 성性의 즐거움이 시작된다고 주장하였는데, 이는 다른 말로 오럴섹스Oral Sex에서 느끼는 즐거움과 동질의 것으로도 볼 수 있다.

성에 대한 이야기나 실질적인 성관계는 인간과 다른 동물들이 판이하게 차이가 난다. 인간만이 종족보존이라는 생물학적 본능이나 시공을 초월超越하여 성을 즐기는 존재라고 할 수 있다. 그렇기에 문학, 영화, 미술 등 예술이나 다양한 매체에서는 승화昇華된 모습도 보여 주지만 추악하고 타락한 자극으로 촉각신경을 건드리는 성 문화가 범람하는 원인이 되고 있기도 하다고 생각한다. Y담은 자극적인 성 문화에 비하면 훨씬 건전한 구비문학口碑文學의 일종으로 볼 수 있다고 생각한다. 그러기에 지금까지 전해 내려올 수 있었던 것이다. 패관稗官의 전통을 이어 말로써 이루어지는 문학이야말로 Y담이라고 할 수 있지 않을까?

웃음에 관하여

인간생활에 있어서 웃음은 하늘의 별과 같다. 그러하기에 별처럼 한 가닥의 빛을 우리 마음에 비춰 주고, 신비로운 암시暗示도 해 준다. 간지러운 봄비와도 같고, 따뜻한 봄날의 햇볕과도 같다. 이러한 웃음이 없었던들 인간의 삶의 장場은 삭막한 사막이 되어 버렸을 것이다. 그런데 감미로운 웃음으로 인하여 인정人情의 초목草木이 무성하게 자라나고, 우리가 바라는 복福을 받을 수도 있는 것이다.

웃음이란 여러 형태의 특색이 있다. 실로 각양각색各樣各色이다. 방실방실 웃거나, 빙그레 웃거나, 허허허 하고 웃거나, 껄껄대고 웃거나, 하하하 하고 웃거나, 호호호 하고 웃거나, 히히히 하고 웃거나, 호들갑을 떨면서 웃는다. 이런 표현은 단지 웃는 모양만 의미하는 것은 아니다. 동서고금東西古今, 남녀노소男女老少를 막론하고 웃음의 성격과 종류, 분위기까지 전하고 있는 셈이다.

또한 웃음은 한 가지 의미意味만 가진 단순한 것만도 아니다. 남을 멸시蔑視하는 웃음, 비웃는 웃음, 차디찬 웃음, 아양을 떠는 도색挑色 웃음, 억지로 웃는 거짓 웃음 등 별의별 웃음이 많다. 코미디언이나 개그맨들이 웃기는 웃음은 킥킥거리는 웃음, 하하하 길어진 웃음, 배꼽 빼는 웃음, 그리고 느닷없이 터뜨리는 폭소 같은 웃음들이다. 이러한 해학적인 웃음은 혼자만의 즐거움에 그치지 않는다. 개인의 즐거움이기도 하지만, 여럿이 함께하는 웃음으로 동석자들이 한마음으로 분위기를 만들어 대폭발大爆發을 일으키는 웃음인 것이다.

이런 웃음으로 사람들은 쉽게 하나가 되며, 고통苦痛과 상심傷心을 잊고 고민苦悶을 떨쳐 스트레스를 푼다. 웃으면 젊어진다[一笑一少]는 돈 들지 않는 건강비결도 있고, 웃는 낯에 침 못 뱉는다는 말도 있다. 이처럼 웃음은 사람과 사람 사이의 응어리를 모두 풀어 주어 새로운 기운을 갖게 하므로 재도전의 능력과 용기를 주기도 한다. 그래서 웃음은 우리가 날마다 먹는 음식의 간과 같이 그 삶의 맛깔스럽게 요리하는 양념이며, 복을 받게 하는 근원根源이라고 하겠다.

해학의 필요성

초등학교에서 대학까지 우리는 지식을 얻기 위해 많은 투자投資를 한다. 이 엄청난 투자를 누구도 아까워하지 않는다. 왜? 그 투자로 지식을 얻을 수 있고, 그 배운 지식으로 직장을 구하여 밥벌이를 하고 살아가기 때문이다. 그러나 배움의 터인 학교에서만 지식을 얻는다고 할 수는 없다. 대인관계와 대화를 통해서도 지식을 얻을 수 있고, 책을 읽거나 여행을 하면서도 다양한 지식을 얻을 수가 있기 때문이다.

세상을 살아가려면 필요한 것들이 너무나 많다. 의식주依食住의 문제나 사회적 욕구의 충족도 자기완성의 목표를 위해서 절실히 필요한 것들이다. 하지만 우리는 물적인 면에 너무 집착되어 있고, 물질만능物質萬能의 사회가 되다 보니 여러 가지 문제가 일어나게 되었다. 세상이 너무나 삭막하고, 이웃에 무관심하며, 서로를 믿지 못하는 불신이 만연하고, 네가 죽어야 내가 산다는 자기중심주의의 의식에 젖어 있다. 그래서 우리 사회는 마음 놓고 살아갈 수 없는 위험한 세상이 되어 버렸고, 빈익빈부익부貧益貧富益富의 세상, 빈부貧富 차가 점점 더 벌어지는 삶의 터전에서 허덕이며, 깨끗하던 자연이 쓰레기로 몸살을 앓고 있다. 한마디로 우리는 지금 기대고 믿을 만한 곳이 못 되는 세상에 살고 있다.

그리스의 철학자 디오게네스Diogenes는 대낮에 등불을 켜들고 거리를 돌아다녔다. 그러자 사람들이 "왜 그러느냐?"고 물었다. 그때 디오게네스는 "세상이 너무도 컴컴하여 그냥 걸어 다닐 수가 없어서 등불을 켜고 다닌다"고 대답하였다는 것이다. 우리의 현실도 이와 다를 바가 없는 상황이다. 그러하기에 모두가 이런 상태를 벗어나 밝은 사회를 만들 필요가 있다고 생각한다. 밝은 사회의 비방秘方이 바로 웃음이다.

저마다 웃음을 되찾아야 할 것이다. 이웃들의 마음과 얼굴에도 웃음을 찾아 주고, 언제 어디를 가든 다 함께 박장대소拍掌大笑할 수 있도록 만드는 '웃음 제조기Humor-Maker'가 되어, 어두운 세상을 웃음으로 밝게 할 책임이 있다. 그래서 해학이 필요하고 또 웃기는 사람이 필요하다.

웃기는 일은 그냥 되는 것이 아니다. 스스로 꾸준히 노력해야만 한다. 우스운 이야기를 많이 알고 있어야 하고, 다중 앞에서 전달하는 실천實踐을 해보아야 한다. 늦었다고 생각하는 '지금'이 바로 가장 적절한 때라고 한다. 지금부터 이 책 속에 있는 몇 가지만이라도 완전 습득하여, 항상 웃기는 사람이 되고, 이야기를 듣고 싶어 나를 부르는 사람, 주변 사람들에게 꼭 필요한 사람이 되시기 바란다. 결과적으로는 '있어도 되고, 없어도 될 사람'이 아니라 언제 어디서나 '꼭 필요한 사람'이 될 것이 틀림없다.

상대방의 마음을 사로잡는 한마디

대인관계對人關係는 삶의 성패成敗를 좌우하는 매우 중요한 일 중의 하나다. 사람들은 대부분 사람 사귀기를 좋아하고, 될 수 있는 대로 많은 사람들과 사귀기 위해 심적·물적 희생을 감수甘受하며, 좋은 사람을 만나기를 갈망한다. 사람을 평가할 때, 그 사람이 사귀는 친구를 보면 사람 됨됨이를 알 수 있다고 하지 않던가? 더욱이 유유상종類類相從이라 하여, 사람을 사귈 때 보통 나이가 비슷하거나, 학교 동창, 고향의 친구, 직장의 동료로 국한하는 경향이 많다.

원만한 대인관계對人關係에 대해 주역周易에 관한 석학碩學이셨던 아산 김병호 선생님은 '전후좌우前後左右'라는 말로 대신할 수 있다고 하셨다.

전前이란 나보다 나이나, 일에 앞선 선배를 말하며, 이들과 친밀한 관계를 유지하면서 모자라는 면을 보충하는 배움을 잃지 말라고 하셨다. 후後는 나보다 나이가 적거나 한 단계 낮은 사람으로 내가 이끌어 주고 지도해 주되, 이들과도 친숙하여 가르치고 배우는 일이 이루어지는 관계를 유지해야 한다고 말씀하셨다. 좌左는 나와 같은 나이나 동년배인 사람들로 비슷한 사람들과도 친숙한 관계를 유지해 나가야 한다고 하셨다. 우右는 나와 피를 나눈 혈족으로, 당연히 친밀한 인간관계를 유지하여야 한다고 누누이 말씀하시는 것을 들었다.

선생님은 이러한 인간관계를 가지는 것이 올바른 대인관계이며, 원만한 사람이라고 평가하셨다. 이런 주위의 사람들과 터놓고 대화할 수 있고, 어떠한 자리에도 어울릴 수 있다면 정말 좋은 인생이라 할 수 있다. 이는 성性을 초월한 관계여야 한다고 하였다.

　우리가 집을 나서면 어느 곳에서나 사람들을 만나게 된다. 처음이든 구면이든, 큰 사람이든 작은 사람이든 남자든 여자든, 있는 사람이든 없는 사람이든, 학식이 뛰어난 사람이든 문맹자이든, 일이 있어 만나든 길거리에서 스치며 지나가며 만나든, 우리가 이 사회를 떠나기 전에는 사람들을 만나는 일은 피할 수 없는 숙명이다. 그래서 철학자는 인간을 사회적社會的 동물動物이라고 하였다.

　인간의 만남에는 대화가 매우 중요한 역할을 한다. "말 한마디로 천 냥 빚을 갚는다"는 속담처럼 내가 하는 말 한마디가 사람을 죽일 수도 있고, 또 죽어가는 사람들을 살릴 수도 있다. 그만큼 말은 중요한 역할을 하는 것이다. 인간과 인간의 마음을 엮어 주기도 하는가 하면, 서로 마음이 돌아서서 불구대천의 원수가 되게 하기도 한다. 말 한마디가 일을 성사시킬 수도 있고, 일을 망칠 수도 있는 법이다.

　대화에서 청량제 역할을 하고 웃음을 자아내는 해학諧謔이 그래서 더욱 필요한 것이다. 해학은 서로의 마음과 마음을 묶어 공감대를 형성하고 친밀감을 자아내게 만든다. 이런 웃음의 유대紐帶를 통해 울적한 마음을 털어내고, 답답한 심정, 괴로운 마음을 풀어 준다. 이것이 바로 삶의 새로운 맛을 느끼게 해 주는 해학의 정화淨化 작용이라고 하겠다. 특히 남녀간의 대화에서도 상대의 마음을 끌어당기는 화법은 반드시 익혀 둘 만하다.

　첫째, 상대방을 존경尊敬하고 존중尊重한다는 태도를 중심으로 상대방에게 강한 관심을 갖고 있다는 점을 보여 주는 일이다. "당신에게만 모든 것을 털어놓고 이야기를 하고 싶다", "당신은 나에게 가장 필요한 사람이 될 것 같다"는 말로 상대를 끌어들일 수 있다.

둘째, 상대방이 세상에서 자기가 가장 존경하는 사람과 닮았다는 말을 하는 것도 한 가지 방법이다. 부모나 형제, 학창시절의 은사恩師님 같은 분들을 상대방의 비교 대상으로 설정하여 이야기하는 것이다. 이렇게 하면 자신의 선호選好와 상대방이 일치한다는 메시지를 전달할 수 있다.

셋째, 상대가 좋다고 하는 것은 자기도 무조건 좋다고 말하는 방법이다. 기호나 습관, 일, 사람 등 유동적인 면을 갖고 상대방에게 동조同調하면 호감好感을 얻을 수 있다.

넷째, 자기의 가족들이 만나기를 간절히 바란다고 말하는 것이다. 상대방에게 "친한 사람들이 당신을 인정하고 있다"는 뜻을 전하면 상대방도 끌리게 마련이다.

다섯째, 은근한 말과 행동으로 사랑의 의사표시意思表示를 하되 상징象徵적인 것과 비교해서 말하고 이를 활용하는 방법이다. 영화를 함께 보거나 클로버 잎을 선물로 주거나 꽃말과 함께 꽃다발을 건네면서 말을 하는 것이다.

여섯째, 상대의 장점長點을 강조强調하여 관심을 표시한다. 상대방의 성격, 옷차림, 물건, 행동 등을 부추겨 주는 일이다.

일곱째, 상대방의 사생활私生活에 지대한 관심이 있다는 사실을 알린다. 의식주衣食住 생활 외에도 취미, 특기 등에 관심을 가지고 함께하기를 바란다는 이야기를 하는 것이다.

여덟째, 상대방과의 공통적인 관심사關心事에 대하여 표현하는 일이다. 영화 감상, 등산, 여행 등 상대방이 관심을 가지는 일에 관해 자기도 관심을 가지는 일이다.

아홉째, 상대에게 특별한 관심關心이 있다는 점을 강조强調한다. "당신을 만나고부터 늘 생각이 난다", "꿈에서 당신을 만났다", "맛있는 음식을 먹을 때도 당신 생각이 난다", "음악을 들으면 당신 얼굴이 떠올라" 하는 식으로 말하는 것이다.

열째, 언제나 상대와 함께 있었으면 하는 마음을 전달하는 일이다. 자주 만날 수 있는 기회를 될 수 있으면 많이 만들고, 그보다 한 단계 더 나아가 언제나 함께 지냈으면 좋겠다고 하는 것이다.

열한째, 자기의 가장 소중한 것을 주고 싶다고 상대방에게 표현한다. "이건 진심이야, 나의 모든 것을 당신에게 줄게" 하고 말하는 일이다.

열두째, 상대방과 대화할 때 항상 믿음직스러운 말을 하는 일이다. 흉보기, 험담, 악담, 식구들의 약점 따위를 화제 삼아 말하지 않아야 한다.

이상의 원칙들을 모두 지키면서 이야기한다는 것은 어려운 일이다. 그렇지만 이 가운데서 중요한 몇 가지만 머릿속에 기억해 두었다가 말을 할 때 이용하는 습관을 갖게 된다면 아마도 만족할 만한 성과를 가져오리라고 생각된다. 말을 할 때는 언제나 양은 적게, 뜻은 명료하게 하며, 항상 예의를 갖추고, 존칭어를 쓰면서 고운 말로 해야 한다. 상대방이 하는 말을 신중하게 경청傾聽해 주는 것도, 내가 백 마디를 말하는 것보다 중요하다는 사실도 잊지 말아야 한다.

상대를 움직이는 말

　조직에서 사람을 움직일 때 자주 사용되는 방법은 명령, 지시, 경고, 지도, 설득, 상담, 회의 등이다. 이 가운데서도 명령이나 지시는 상대에 대한 강제력이 강한 편이고, 나머지는 강제력이 그리 강한 편은 아니다. 그러나 듣는 사람에 따라 여부與否, 즉 수용과 거부의 자유가 커지기 때문에 효력은 다르더라도 회의에서 결정된 사항은 집단으로부터 개인에게 강제력을 갖게 마련이다.

　의존형 인간과 윤리 · 도덕적인 사람은 명령이나 지시에 특별한 이유가 없는 한 따르게 되고, 그 밖의 사람들은 그때그때의 상황과 정세에 따라 달라진다. 될 수 있는 한 자유로운 동참同參의 행동을 이끌기 위해서는 몇 가지 방법이 있다.

　첫째, 상대방의 말에 귀를 기울여야 한다. 사람은 누구나 자기 자신을 합리적이라고 생각하기 때문에 자존심이 강하게 마련이다. 이 자존심을 건드리지 않고 상대의 의견을 존중하는 입장에 서서 그의 말을 공감하며 들어주는 편이 좋고, 그렇지 않더라도 스스로 잘못을 깨닫도록 하여 자발적인 동참을 유도해야 할 것이다.

　둘째, 때와 장소를 가려서 이야기해야 한다. 이야기의 내용과 성격, 또는 자존심 등의 문제를 감안하여 대화를 엮어 나가야 한다. 대체로 장점은 공개적으로, 단점은 개별적으로 이야기해 주는 편이 상대의 마음을 움직이는 데 효과적이다.

　셋째, 상대의 장점부터 이야기해 나간다. 이런 방식은 상대방의 경계심을 풀고, 마음의 문을 여는 데 있어서 중요한 측면이다. 이렇게 하면 자신을 인정한다고 생각하기 때문에 모든 것을 털어놓고 이야기할 마음을 내며, 격의 없는 대화를 통해 친밀감을 갖게 되는 장점도 있다.

넷째, 함께 생각해 보자는 전제 아래, 상대로 하여금 의견과 뜻을 충분히 밝히도록 허용해야 한다. "함께 생각해 보자", "당신의 뜻은 어떤가?" 이것이 상대의 속마음을 털어놓도록 하는 비결이다.

다섯째, 언중유골言中有骨의 말로 암시적인 표현을 한다. 직접 내뱉는 직언直言보다는 에둘러서 이야기하여 이해를 돕도록 하는 것이 좋다. 그런 식으로 자발적인 의사를 묻고 그 바탕 위에서 대화를 풀어 나간다.

여섯째, 상대방이 중요한 사람이라는 사실을 인식시켜서 대화를 엮어 나간다. "당신은 모든 것을 할 수 있는 사람이다", "너만은 이 일을 할 수 있다고 생각한다"고 말해 준다. 상대가 중심적인 사람임을 강조해 주라는 것이다.

일곱째, 신문訊問식으로 질문이나 조사원調査員처럼 꼬치꼬치 캐는 식의 대화는 피해야 한다. 상대의 말을 많이 듣고, 나는 말을 적게 하는 것이 좋다.

찬송과 경찰관Cop and Anthem

미국의 유명한 작가作家 오 헨리의 작품을 보면 웃지 않고는 읽을 수 없을 정도로 해학적인 단편短篇이 많다. 필자가 학부시절 공부할 때 다 듬어지지 않은 영어 실력으로 더듬거리며 읽었으면서도, 지금까지 머릿속에 남아 있는 것을 보면 그만큼 감명感銘을 받았다고 얘기할 수 있다. 그중에서 웃음을 던져 주었던 작품을 하나 소개할까 한다. 이것은 그의 단편집에 나오는 이야기이다.

메디슨 공원에다 거처를 정하고 잠은 공원 벤치 위에서 자며, 매일 매일을 구걸하여 생계를 이어가는 한 거지가 있었다. 하루는 시내를 배회하다가 공원으로 돌아와 매일 잠을 자던 의자 위에 누우려고 가져온 신문지를 깔아 보니, 공원 의자가 이슬에 촉촉이 젖어 있어서 한기를 느끼게 되었다. 늦가을을 넘어 겨울이 가까워 오고 있음을 알리는 신호라 3개월 동안의 추운 겨울을 보낼 걱정이 앞섰다.

'어떻게 하면 따뜻하게, 노력하지 않고 세 끼 밥을 제때에 먹으면서, 3개월의 추위를 보낼까?'

거지는 이런 궁리를 하며 누워서 하늘을 쳐다보니 맑은 가을 하늘은 별들이 총총하고, 싱그러운 공기는 잠을 쫓고 있어서 잠을 잘 수가 없었다. 그래서 더욱 겨울을 지낼 궁리가 발등에 떨어진 불이었다.

'오늘 저녁에는 자기 전에 반드시 이 방법을 생각해 놓아야지.'

이런 궁리를 하는데 문득 머리에 묘한 생각이 떠올랐다.

'옳지! 감방에 가면 따뜻하게 3개월 정도는 잠자리나, 먹거리를 걱

정하지 않아도 잘 지낼 수가 있겠군.'

이런 방법이 떠올랐던 것이다. 이 좋은 방법을 생각해 놓고 나니 잠을 더욱 편안하게 잘 수가 있었다.

'오늘 어떤 잘못을 저지르면, 3개월 정도만 감방에 갈 수 있을까?'

잠을 설친 거지는 다음날 아침을 해결하려고 길을 떠나면서 이런 생각을 하며 길을 걷다가 보니, 큰길 옆 상점의 커다란 윈도 유리가 눈앞에 나타났다.

'저런 큰 유리 한 장쯤 깨뜨리면 3개월 정도는 되겠지?'

이렇게 생각하고, 큼직한 돌멩이를 하나 주어서 호주머니에 넣고 가면서 장소를 물색하였다.

'저 가게의 문 유리를 깨자.'

이런 결심과 함께, 돌멩이를 힘껏 내리쳤다. "쨍그랑", "와장창" 하면서 유리가 박살이 났다. 거지는 주인이 나와서 잡아가도록 옆에 그냥 서 있었다. 그러자 안에서 "누구야?" 하면서 주인이 쫓아 나왔다. 그리고 주위를 살피더니, 길 건너에서 어떤 사람이 쏜살같이 뛰어가니까 주인은 그가 유리를 깬 줄 알고 거지는 거들떠보지도 않은 채 길 건너편으로 건너가 그를 잡으려고 뒤따라 뛰어갔다. 한참 후에 주인이 힘없이 어깨를 늘어뜨리고 가게로 돌아오자, 거지는 자기가 유리를 깼다고 고백했다.

"나를 놀리는 거야?"

주인은 성을 내면서 거지를 밀어 버렸다.

첫 번째 시도는 실패로구나 생각하고 길을 가니까, 배가 쫄쫄 소리를 내며, 음식물을 좀 넣어 달라고 신호를 보내 왔다. 어디 가서 배를 좀 채워야겠다고 생각하던 차에 으리으리한 음식점 옆에서 보니 요리를 하는 냄새가 진동을 하고 점심때가 가까워 손님들이 식사를 하기 위해 들어가고 있었다.

'옳지! 여기서 음식을 실컷 시켜 먹고 돈이 없다고 발뺌하면 주인이 나를 경찰에 넘길 테고, 그러면 나의 꿈이 실현될 가능성이 있겠군.'

이럴 작정을 하고 식당 안으로 들어가려니, 옷이 남루하여 자신이 없었다. 남들은 미끈하게 차려 입었는데, 자기는 거지꼴이었다. 상의는 그런대로 괜찮았지만, 아래를 보니 신은 다 떨어졌고, 하의는 여러 군데가 구멍이 나서 형편이 없었다. 식당 문 옆에서 손님을 영접하는 보이에게 들키면 보나마나 들어가지도 못하고 쫓겨날 형편이었다. 그래서 여러 사람이 오면 그 틈 사이에 끼어 들어가면 되겠다고 생각하여 여러 사람이 오기를 기다리는데, 마침 4~5명이 한꺼번에 몰려왔다. 얼른 다가가 중간에서 따라 들어갔다. 식당 안에 들어가서는 잽싸게 테이블에 앉으니 아래편은 보이지 않고 상의는 그런대로 깨끗한지라 전혀 의심을 하지 않아서 웨이터가 오기를 기다렸다.

마침내 다가온 웨이터에게 작전대로 음식을 주문하였다. 그러자 거지는 그 집에서 가장 비싼 음식을 엄청나게 시켜서 정말 배부르게 포식을 하였다. 그리고 디저트도 대접을 받고는 음식 값을 계산할 때 돈이 없다고 잡아뗐었다. 그러면서 주인이 경찰을 부르면 꿈이 실현될 수 있을 테고, 그때가 바로 눈앞에 와 있음을 알고는 싱글벙글했다. 그런데 이게 웬일인가?

"이 거지새끼 끌고 나가서 길가에 내팽개치고 와."

주인은 웨이터들을 모두 부르더니 이렇게 지시하는 게 아닌가. 그러자 웨이터들이 거지를 끌고 밖으로 나와서는, 큰길에다 집어 던지며 재수 없다고 중얼거리며 식당 안으로 들어가 버린다.

'재수 없는 것은 나야! 이번에도 실패하고 말았어. 감방에 가서 3개월 정도 편안하게 겨울을 보내는 일이 이렇게도 어렵단 말인가?'

이렇게 중얼거리면서 길을 가고 있는데, 저 멀리서 경찰관들이 순찰을 돌며 다가오는 것이 보인다. 좀 빠른 걸음으로 걸어가 사람들이 많이 모여 있는 극장 앞에서 경찰들과 마주칠 때 술을 먹고 행패를 부리는 몸짓을 하면 경찰들이 잡아가겠지 하고, 극장 앞의 경찰관 앞에서 술 먹고 행패를 부리는 척 큰소리로 욕을 하고 지나가는 사람들에게도 야단을 쳤다. 그런 행동을 하면 반드시 잡아가더니 오늘은 경찰들이 자기를 보고는 실실 웃기만 하였다.

"왜 나를 잡아가지 않는 거야?"

경찰관에게 물었다.

"오늘은 예일 대학과 핫포드 대학의 축구 경기가 있는 날인데 젊은 사람들이 떠들거나 술 취해 문제가 되더라도 특별히 봐주라는 지시가 있었거든."

경찰은 이렇게 말하면서 거지에게 집으로 빨리 가라고만 하였다.

'왜 이렇게 안 되지? 지금까지 모두 허사가 아닌가?'

이렇게 중얼거리면서 길을 가다 보니 벌써 날은 저물어 어둑어둑한 때가 가까웠다.

'오늘은 안 되겠다. 공원으로 돌아가 벤치에서 잠이나 자야겠다.'

거지가 공원으로 가는 골목길을 들어서니, 으리으리한 집 2층에 불을 환하게 켜두고 창가에서 예쁜 여자가 옷을 갈아입는 것이 보였다. 거지는 '옳다구나, 이때다' 생각하고 그 여자를 놀리기 시작하였다.

"헤이! 나하고 연애나 한 번 하자."

"너는 하루도 남자를 안고 자지 않으면 잠을 잘 수가 없잖아?"

큰소리로 마구 음담패설을 퍼부어댔더니 여자가 오히려 창문을 열고 방긋이 웃으며 손짓을 한다. 생각 같아서는 안으로 들어오도록 하여 경찰을 불러 잡아가게 할 줄 알았는데, 다시 창문에 나와서는 옷을 다 갈아입었으니 조금만 기다리면 자기가 나오겠다고 말하였다. 주머니에 돈이라고는 하나도 없고, 풀풀 먼지가 날 뿐인데, 나오면 큰일이라 생각하고 거지는 줄행랑을 놓아 버렸다. 한참을 달아나다가 숨이 차서 천천히 걸어가며 생각해 보니, 자신의 처지가 처량하기 짝이 없었다. 공원으로 가면서 다시금 생각하니 자기는 정말 하찮은 존재 같았다. 지금까지 스스로 노력은 하지도 않고 남에게 얻어먹는 처량한 신세로 부끄럽기 짝이 없었다.

'이렇게 살아서는 안 되지. 나도 내일부터는 마음을 고쳐먹고 친한 친구에게 찾아가서 적은 돈이라도 꾸어 리어카라도 구입해서 스스로 살아가는 길을 택하자. 남을 돕고 살자.'

이런 결심과 함께 많이 뉘우치면서 공원으로 가는 고갯길을 걸어가다가 큰 교회 옆 담장에 기대 서서 지난날을 생각하니 눈물이 한없이 흘러내렸다.

'조금 전에 결심한 것을 내일부터는 꼭 실천하여, 나도 남들처럼 떳떳하게 살아가자.'

담장을 잡고 가만히 마음을 먹고 있는데, 뒤에서 어깨를 툭 치면서 하는 말이 들려 왔다.

"당신 지금 여기서 뭐하는 거요? 신분증 좀 봅시다."

뒤돌아다보니 경찰관이었다. 거지가 결심한 대로 이야기했다.

"나는 메디슨 공원에 거처를 두고 있는 거지입니다. 내일부터는 착하게 살기로 하였습니다."

"뭐라고? 어젯밤에 이 교회에 도둑이 들어서 귀중한 물건을 모두 훔쳐갔소. 당신을 조사해야겠으니 경찰서로 갑시다."

그래서 마침내 거지는 3개월 동안 그 추운 겨울을 잘 보냈다.

이런 이야기다. 얼마나 해학적이고, 우리의 마음을 후련하게 해 주는 내용인가?

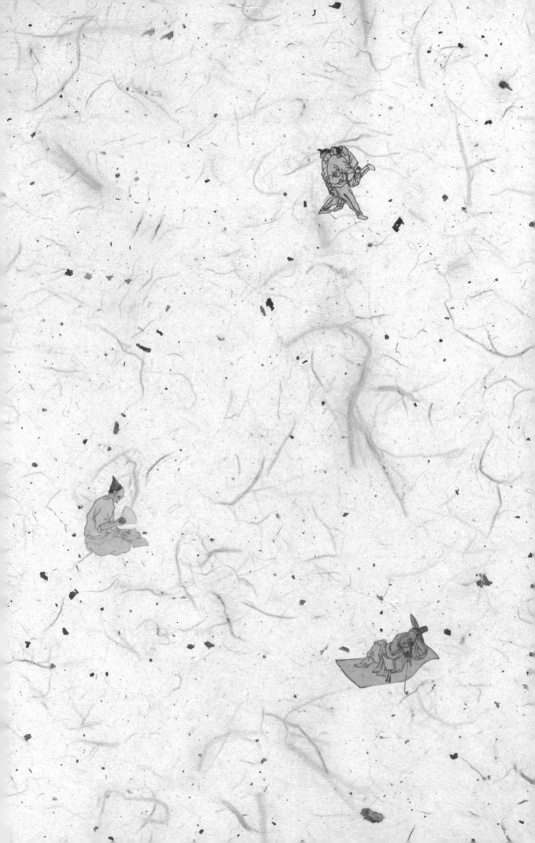

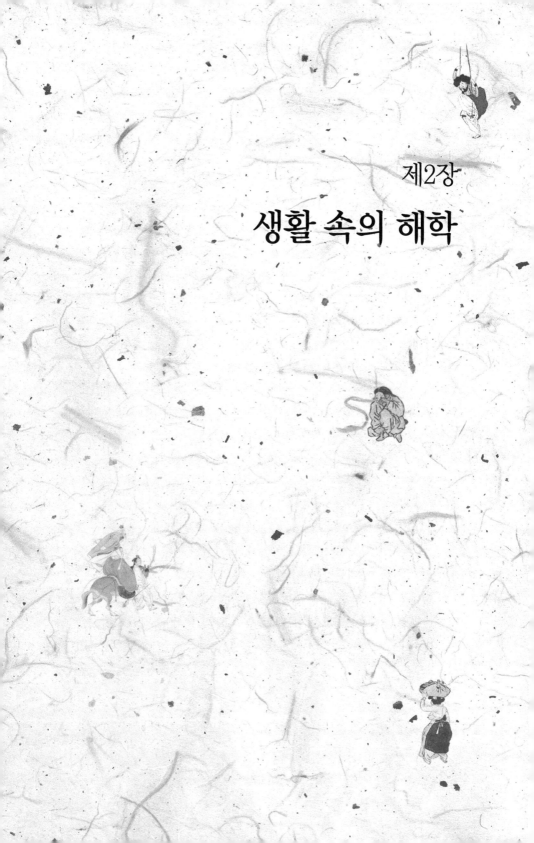

제2장

생활 속의 해학

만지면 커져요!

어느 고등학교에 처녀 선생님이 처음 부임하여 학교에서도 가장 문제가 많은 학급의 담임까지 맡게 되었다. 하루는 수업을 하려고 자기가 맡은 반에 들어갔다. 인사를 나누고 수업을 하려고 뒤돌아서 흑판을 보니, 귀퉁이에 고추가 조그맣게 그려져 있었다. 학생들이 장난으로 그려 놓은 것이려니 하여 무심코 지운 다음 판서를 하며 수업을 마치고 교무실로 돌아갔다.

다음날 또 수업 때문에 교실에 들어가니 흑판의 3분의 1 정도로, 이번에는 제법 큰 고추가 그려져 있었다. 그러자 처녀 선생님은 부끄러워 얼굴을 붉히면서도 역시 장난이려니 하여 자기반 학생들을 꾸중하거나 벌을 주고 싶은 마음을 꾹 참으며 고추 그림을 지워 버린 다음 수업을 다시 진행하였다.

셋째 날 조회를 하려고 자기 반에 들어가 보니, 아니나 다를까 흑판 가득 큼직하고 탐스러운 고추가 그려져 있었다. 부끄럽기도 하고 분하기도 하여 울음을 참지 못하고 교실에서 뛰쳐나와 교장실로 찾아갔다.

"교장선생님, 저는 그 반 담임을 맡지 못하겠습니다. 계속 담임을 맡으라고 하시면 학교를 그만두겠습니다."

영문도 모르는 교장 선생님은 당황하면서 무슨 일이 있었는지 말해 보라고 조용히 타일렀다. 그러자 처녀 선생님은 흑판에 그려진 고추 이야기를 자세히 하였다. 그러자 교장 선생님이 웃으며 한마디 하셨다.

"허허, 그것 참… 왜 흑판에 그려 놓은 고추를 지웠어요? 처녀 선생님이라 몰라서 그런 것 같은데, 남자 고추란 원래 그냥 두면 조그만 채로 가만히 있는데, 만지면 만질수록 커지거든요. 그걸 몰랐군요."

현대 남성이 선호하는 여성 직업 베스트 5

현대 남성들이 선호하는 여성의 직업 베스트 5는 뭘까?

첫째 엘리베이터 걸, 둘째 병원의 간호사, 셋째 골프장의 캐디, 넷째 여자 은행원, 다섯째 초등학교 여선생님이라고 한다. 왜 그럴까? 그 직업을 가진 여성들이 평소에 가장 많이 하는 말 때문이다.

엘리베이터 걸이 가장 많이 하는 말,

"올라갑니다. 빨리빨리 타세요."

간호사가 가장 많이 하는 말,

"벗으세요, 누우세요, 침 맞읍시다."

골프장의 캐디가 남성을 기분 좋게 하는 응원의 말,

"단번에 넣으세요(홀인원)!"

여성 은행원의 당부,

"(적금이나 부금을) 넣고는 (중도에) 빼지 마세요."

그리고 초등학교 여선생님은?

"참 잘했어요."

잘한 아이들에게 늘 이렇게 말하면서 머리를 쓰다듬어 주기 때문이 란다.

나는 빨래요

자정인 12시 이후에는 사람들이 나다니지 못하도록 통행을 금지하던 시절이 있었다. 이 통행금지 시절의 이야기다. 술꾼들은 술이 취하면 시간관념을 잊어버리는 것이 다반사. 그래서 통금시간을 넘기기가 일쑤다. 자정이 지난 줄도 모르고 콧노래를 부르면서 집으로 가는데 저 멀리서 순경과 방범대원이 통금 위반자를 잡기 위해 순찰을 돌며 이리로 오고 있지 않는가. 골목은 외길이고, 잡히면 통금 위반으로 꼼짝없이 즉결에 넘어갈 위기에 봉착하였다. 주변을 두리번거리며 둘러보니 숨을 곳은 없고, 낮은 돌담에 빨래가 널려 있었다. 술꾼은 엉겁결에 돌담으로 올라가 드러누워 버린다. 순경과 방범대원이 호루라기를 불며 쫓아와 보니 술 취한 술꾼이 담에 올라가서 버젓이 누워 있지 않는가? 하도 어이가 없어서 순경이 빨리 내려오라고 고함을 쳤다.

"당신 거기서 뭐하는 거요?"

술꾼의 대답이 걸작이다.

"나는 못 내려간다. 빨래니까."

이 말을 듣고 방범대원이 묻는다.

"빨래가 어떻게 말을 해요?"

이렇게 빈정거리면서 내려오라고 독촉하자 술꾼의 말이 더욱 가관이다.

"바빠서 그냥 통째로 빨았으니까 빨래도 말을 하지. 빨래가 무슨 통행금지 위반을 하겠나?"

이처럼 술은 선량한 사람에게도 비상한 해결책을 마련해 주는 신비한 마력을 가졌다.

나는 쌀이요

어느 여인이 남편 몰래 외간남자를 불러들여 자주 재미를 보고 있었다. 남편 한 사람만으로는 자신의 욕정을 채울 수가 없었기 때문이다. 하루는 여인이 외간남자를 불러들여 홍콩을 왔다갔다 하는 중인데, 갑자기 외출했던 남편이 돌아왔다. 방에는 숨을 곳도 없고, 문 옆에는 큼직한 빈 쌀자루가 하나 있었다. 급한 김에 부인은 이 쌀자루에 외간남자를 집어 넣고 위를 매어 두었다. 그리고는 남편이 들어오자 은근히 남편을 잡아끌며 채 식지 않은 열기를 식히기 위해 남편의 바지를 풀고 끌어안으면서 일을 시작하였다. 한참 동안 땀을 흘리면서 일을 하다가 남편이 문 옆에 놓여 있는 쌀자루를 보았다. 아침에 없던 웬 쌀자루가 있는 걸 보고 남편이 물었다.

"여보 저것이 뭐요?"

갑자기 묻는 말에 여인은 당황하여 대답을 못한 채 우물쭈물하고 있는데, 쌀자루 속의 남자가 얼른 대답하였다.

"나는 쌀이요."

오해는 금물

어느 시골 총각이 1960년대에 도시로 놀러 나와서 두루 구경을 하고 여관에서 하룻밤 묵게 되었다. 당시 여관 시설은 모든 면에서 열악하기 짝이 없었다. 옆방의 소리가 모두 들리고, 미닫이문은 창호지로 발라 놓은 곳이 대부분이었다.

총각은 여관방을 정한 다음, 친구도 없이 혼자 근처 포장마차에 가서 거나하게 소주를 마시고 기분이 좋아서 방에 들어왔다. 그러자 낮에 시내에서 보았던 예쁜 아가씨들이 떠올랐다. 그래서 여자 생각으로 마음이 싱숭생숭한데, 옆방에서 이상한 소리까지 들리기 시작하였다.

"아야! 아야! 살살 하세요."

여자의 간드러진 소리 뒤에 굵직한 남자 목소리,

"가만히 있어, 참아 봐."

남녀가 주고받는 말소리가 들리자 총각은 흥분하기 시작하였고, 중간 다리가 꺼덕꺼덕 하는 상태에 이르게 되었다. 그래서 귀를 벽에다 대고 거친 숨을 몰아쉬면서 조용히 들으려니, 여자는 아프다고 하면서 빼라고 야단이었다. 그러자 남자의 말,

"침 발라서 다시 넣어 보자."

그러면서 남자의 숨소리마저 거칠어지자, 총각은 밖으로 나가 옆방의 창호지 문 앞에서 구멍을 내어 방 안의 장면을 훔쳐보기로 작정했다. 그리고 손가락으로 침을 발라 창호지에 구멍을 뚫어 방 안을 들여다보고는 뒤로 나자빠졌다. 왜? 총각의 상상과는 영 딴판이었으니까.

방 안의 장면은 남녀간의 뜨거운 정사가 아니라, 남자가 여자에게 선물한 반지를 손가락에 끼워 주면서 주고받는 말이었다. 착각은 자유지만, 만사를 제 생각만으로 착각하거나 오해하지 말라는 이야기이기도 하다.

엿들어 보니

어느 가정에서 늙은 아버지를 재혼시켜 드렸다.

"아아, 기분 좋다."

아들이 한밤중에 아버지 방문 앞을 지나는데 이런 숨넘어가는 소리가 계속 들린다.

"아니, 아버지께서 그 연세에 지금도…"

이런 생각을 하며 방 안을 들여다보니 늙은 부부는 서로 등을 긁어주고 있었다.

또 빠졌어!

길 가던 나그네가 노부부의 오두막에 들러 하룻밤 유숙하자고 청하였다. 마음씨 좋은 노부부는 나그네를 윗방에 잠자리를 마련해 주었다. 나그네가 막 잠이 들려고 하는데, 안방에서 노부부가 소곤소곤 이야기를 주고받는 소리가 들린다.

"여보~ 할멈, 어젯밤에 하다 만 것을 다시 계속하지요."

"그래요, 시작해 봅시다."

"자아, 어서 대시오."

"어이쿠, 이것 또 빠졌소."

"좀 잘 맞추셔야지요."

"웬일인지 이게 꽤 넓어졌소. 한 번 임자 손으로 쥐고 넣어 봐요. 허허, 이거 또 빠졌어요. 또….

나그네는 궁금하여 도저히 참을 수가 없었다. 가만히 사잇문을 열고 들여다보니, 이게 웬일인가? 노부부는 정을 나누는 게 아니라 나무를 깎아 소반을 만들고 있었다. 헛짚어도 유분수지… 제기랄!

안 가르쳐 줘

통행금지 시절에도 크리스마스나 연말연시에는 통금이 해제되어 해방된 청춘들은 하릴없이 거리를 돌아다니며 기쁨을 누렸다. 대구의 동성로 역시 짝을 지어 팔짱을 낀 연인들로 넘쳐나 인산인해를 이루었다. 주당들은 술자리에서 시간 가는 줄 모르고 음담패설을 토하다가도 꼼짝없이 12시를 넘기기가 다반사였다. 이날도 술이 거나하게 취한 주당은 습관처럼 통금 15분 전에 빌고 빌어 가까스로 택시를 잡았다.

"어디로 모실까요?"

택시를 타면 운전기사가 으레 손님에게 묻는 말이다. 그런데 이 친구는 어렵게 택시를 잡아 집으로 간다고 생각하니 기분도 좋은 데다 술도 얼큰한 나머지 엉뚱하게 대답을 한다.

"안 가르쳐 줘."

운전기사는 날이 날인지라 농담인 줄 알고 무심코 운전을 하다가 뒤를 돌아보니, 방향도 안 가르쳐 준 손님은 뒷좌석에 드러누워 잠이 들어 있었다. 은근히 부아가 치민 운전기사는 택시의 문을 모두 열고 마구 달렸다. 한참 후에 술꾼이 찬바람 때문에 잠에서 깨어나 밖을 보니, 택시가 자기 집 방향이 아니라, 엉뚱한 방향으로 달려가고 있었다. 술꾼이 당황하여 기사에게 물었다.

"여보 기사 양반, 어디로 가요?"

그러자 운전기사는 이때라고 생각했는지 불쑥 내뱉는다.

"나도 안 가르쳐 줘."

난 중 3이다

스님이 모처럼 도회지에 나와 목욕탕에 목욕을 하러 갔다. 머리는 배코를 쳐서 파리가 앉으면 미끄러질 정도로 빤질빤질하였다. 샤워를 하고 온탕에 들어가서 지그시 눈을 감고 비스듬히 누워 몸을 불렸다. 그런데 욕탕 안에서 어린아이들이 물장난을 하며 야단법석이었다.

"이놈들 좀 조용히 해."

처음에는 스님이 점잖게 꾸중을 하였다. 그러자 아이들이 잠잠해지더니 한참 동안은 조용하였다. 그러더니 아이들이 이번에는 스님의 머리에 호기심이 발동하였다. 비누를 손에 문질러서 스님의 머리에 대고 쓰다듬는 것이 재미있는지 막무가내로 달려드는 게 아닌가. 참다못한 스님이 버럭 화를 내면서 으름장을 놓았다.

"한 번만 더 장난치면 그냥 두지 않겠다."

그러나 아이들이 어디 그런가. 나중의 일이 어떻게 되든 우선 재미에 빠지게 마련이다. 아이들이 스님의 말을 들은 척 만 척, 또다시 스님의 빤질빤질한 머리를 비누칠한 미끄러운 두 손으로 만지자 스님이 참지 못하고 큰소리로 외쳤다.

"나는 중이다."

그러자 아이들 중에 가장 큰 아이가 양손을 허리에 대고 폼을 재면서 말했다.

"임마, 나는 중 3이다."

스님은 중[僧]이라고 말했는데, 아이들은 중학교 2학년으로 알아들었던 것이다.

칸트의 아내

"의심스럽다. 모든 것이 의심스럽다."

회의주의 철학자 칸트는 언제나 이렇게 중얼거렸다. 어느 날, 산책을 하고 집에 돌아와서도 마찬가지였다.

"의심스럽군! 이 책상도, 유리잔도, 그리고 이 집도… 뿐만 아니라 내 아들의 존재까지도 모두 의심스러워!"

그러자 시치미를 떼며 양복장에 기대고 서 있던 칸트의 부인이 흠칫 놀라며 작은 목소리로 중얼거렸다.

"어머, 암만 해도 눈치를 챈 모양이구나. 아들이 자기 씨가 아니라는 것을 말이야…"

그때 겁에 질려 양복장 안에 숨어 있던 사나이가 하는 말,

"끝까지 우겨요! 남편의 씨라고 오리발 내밀고…"

뒤로는 싫어요

말을 타고 산책을 하다가, 큰 나무 밑의 서늘한 그늘에 들어와 말에서 내려 땀을 식히고 있는데, 이때 한 아가씨가 역시 말을 타고 오다가 그늘에서 쉬기 위해 말에서 내렸다. 두 사람이 서로 인사를 한 다음 잠시 쉬고 있는 동안 암말이 발정을 하여 수놈이 암놈의 뒤에 올라가서 발진을 시작하였다. 그러자 큰 피스톤이 왔다갔다 하면서 말의 정사가 절정을 이룬다.

"어머… 저런 변이 있나?"

아가씨는 당황하여 어쩔 줄을 몰라 했다. 그러면서 홍당무가 된 얼굴을 들지도 못하고 돌아서서 손으로 가렸다. 사나이는 빙그레 웃으며 한마디 했다.

"내버려둡시다. 애정을 나타내는 데는 최고의 표현방식 아닙니까? 나도 아가씨에게 저런 방식으로 사랑의 표현을 해보고 싶은 마음이 간절합니다."

"어머나! 당신은 어쩌면 그렇게도 엉큼한 생각을 하시죠? 부끄러운 줄 아세요."

아가씨의 말에 사나이는 멀쑥해서 그만 고개를 푹 숙이고 기가 죽었다. 그러자 아가씨는 재빨리 덧붙였다.

"저는 싫어요, 저것들처럼 뒤로 하는 것은…"

남자와 여자의 차이

1. 피서객들이 모두 돌아간 해수욕장에서 아리따운 미녀가 옷을 모두 벗어버린 채 알몸으로 일광욕을 즐기고 있었다. 그런데 뜻밖에도 한 사나이가 나타나서 옷을 훌훌 벗더니 다가오면서 말했다.

"나도 함께 합시다."

그 말에 여자는 기겁을 하고 놀라서 알몸으로 도망을 쳤다. 그러자 사나이도 결사적으로 달아나는 여자의 뒤를 쫓아갔다. 그들의 앞길에는 높은 나무 울타리가 가로놓여 있었다. 앞서가던 여자는 허들 경기를 하는 것처럼 가볍게 뛰어넘어 달렸다. 뒤늦게 쫓아가던 사나이도 질세라 그녀가 하던 대로 훌쩍 뛰어넘으려다, 넘지도 못하고 그 자리에서 그만 기절을 하고 말았다. 나무 울타리에 무엇이 호되게 부딪쳤던 것이다.

2. 남녀가 같은 장소에서 장시간 택시를 기다리고 있었다. 오랜만에 빈 택시가 한 대 왔다. 방향이 정반대여서 합승은 불가능하였다. 이때 기다리던 남자가 먼저 뛰어가서 택시를 잡았다. 그러자 여자가 "레이디 퍼스트도 모르는 녀석!" 하고 욕을 하면서 "다리가 세 개라서 걸음도 빠르군" 하고 불평을 늘어놓았다. 겨우 택시를 잡아탄 남자는 그 소리를 듣고 질세라 여자에게 되받아 욕을 하였다.

"입이 두 개라서 말도 잘한다."

막내에게는 못 당해

어느 촌마을에 천자문을 익혔다고 식자 행세를 하는 영감님이 하나 남은 여식을 출가시켜 사위를 보았다. 이 막내 사위는 아는 것도 많고 학식이 풍부하여 다른 사람들에게는 자랑거리가 되었지만, 손위 두 동서에게는 눈엣가시 같은 존재였다. 처가에 모여 내기를 하면 당해 내는 사람이 없고 특히 손위 두 동서는 늘 골탕을 먹곤 하였다. 이를 측은하게 여긴 장인이 막내를 골탕 먹이기로 하고 잔꾀를 짜냈다. 장인이 손위 두 사위를 불러 놓고 말했다.

"내가 자네들 세 사람을 불러 놓고 이렇게 묻겠노라. 그러면 다음과 같이 대답들 하게. 큰사위는 내가 산지고야山之高也(산이 왜 높은가?)라고 묻거든, 자네는 다석지고多石之高(돌이 많으니 높다)라고 대답하게. 그리고 둘째 사위는 내가 사시청송四時靑松(사시절 소나무는 왜 푸른가?) 하고 묻거든 내견지고內堅之固(속이 단단하여)라고 대답하게. 내가 막내에게 로유앙망路柳昻望(길가의 버드나무는 왜 땅땅한가)이라고 물으면 행인다과行人多過(사람들이 많이 다니며 쓰다듬어서 그렇지)라고 대답해야 답이 되느니라."

이렇게 미리 서로 말을 짜둔 다음 장인은 큰 내기를 걸게 하고 사위들에게 위와 같은 질문을 하니 첫째와 둘째 사위는 말을 짜둔 대로 척척 대답을 잘하였다. 막내가 장인의 질문에 대답을 하지 못하고 머뭇거리며 쩔쩔 매자 장인이 묻는다.

"자네는 똑똑하여 두 형님을 늘 이기더니 오늘은 어찌된 영문이냐?"

그러자 막내 사위가 대답했다.

"이 문답의 글을 어느 놈이 지었는지 정말 개 좃 같이 지었군."

장인이 깜짝 놀라면서 되물었다.

"어떻게 하여서 그런가?"

"산지고야山之高也는 다석지고多石之高라, 그러면 천지고야天之高也 (하늘이 높은 것)가 다석지고多石之高가 아니지 않습니까? 그리고 사시청송四時靑松이 내견지고內堅之固라, 그러면 사시청죽四時靑竹도 내견지고內堅之固란 말입니까? 로유앙망路柳昻望이 행인다과行人多過라고요?"

그때 마침 장모가 방 안으로 들어서자 막내 사위가 즉흥적으로 빗대며 항변한다.

"장모앙망丈母昻望이 행인다과行人多過란 말입니까? 말의 뜻도 통하지 않는 질문을 지은 놈이 어떤 놈인지, 정말 개 좃 같다고 할 수밖에요."

이렇게 항변하자 장인과 손위 두 사위는 되레 막내에게 꼼짝없이 당하고는 막내가 내야 할 술과 주안상을 상이 부러지도록 내야 했다. 우리말에도 '무당 사람 잡는다' 고 하지 않던가?

길손을 잘 대접해야

조상들의 유지를 받들어 남긴 유물도 보관하고, 쉼터도 제공하여 가문을 뽐내려고 크게 벼슬도 하지 못한 가문에서 정자를 지어 현판을 다는 문제로 이야기가 분분하였다. 그때 마침 그 길을 지나다가 잘 지은 정자를 보고 행인이 요기나 좀 하려고 음식을 청했으나, 대답은커녕 나그네에게는 관심도 보이지 아니하였다. 이에 화가 난 나그네는 욕을 하려고 마음을 먹고 제안을 했다.

"제가 하나 지어 드리리다. 귀貴와 락樂과 당堂자로 하면 어떻겠소?"

귀할 貴자와 즐거울 樂자와 집 堂자로 귀락당貴樂堂이라 하니 뜻도 좋고 글도 좋고 하여 그렇게 하기로 하였다. 그런데 나그네가 한 톨의 음식도 대접을 받지 못하고 떠나면서 하는 말,

"堂자를 맨 앞으로 내면 더 좋겠네요."

나그네가 지어 준 현판을 붙여 놓고 보니 '당나귀'란 말이 아닌가? 이에 화가 난 사람들이 "네 이놈" 하면서 나그네를 찾아보았으나 이미 나그네는 멀리 사라진 뒤였다.

쇠고기 덮밥

어떤 신사가 점심시간에 식당에서 쇠고기 덮밥을 주문하였다. 주문한 음식이 나왔는데, 쇠고기 덮밥에 쇠고기는 한 점도 찾아볼 수가 없었다. 화가 난 손님이 주인을 불러서 항의를 하였다.

"여보, 주인 양반, 쇠고기 덮밥이란 이름을 붙여 놓고 쇠고기는 하나도 없잖소. 어찌된 일이요, 잘못 나온 것이 아닌가요?"

"손님도 딱하군요. 아니 '천사의 집'이라고 하면 거기 천사가 삽니까?"

왜 과속을 했소?

속도위반으로 교통경찰의 사이드카에 쫓기고 있던 운전수가 붙잡혔다. 경찰관이 물었다.

"왜 그렇게 속도를 줄이지 않고, 도망을 쳤소?"

"당신들이 그렇게 빨리 쫓아오지 않았으면 내가 왜 골빈 놈처럼 정신없이 도망을 가겠소이까?"

15분 늦게 가는 원인

어느 시계 상점에서 25% 할인 판매라고 광고를 하여 시계를 팔았다.

"25%가 어디냐?" 하면서 고급시계 하나를 할인해서 사간 손님이 찾아와 주인에게 시계가 늦게 가는 이유를 물어 보았다.

"이 시계는 어떻게 해서 한 시간에 15분씩 늦게 가는 거요?"

주인이 하는 말,

"당신이 이 시계를 25% 할인 가격으로 사가지 않았소. 25% 할인해서 팔았으니, 15분 늦게 가는 건데, 그게 뭐 잘못되었소?"

일곱 걸음

더운 열대 지방에서는 전갈과 함께 '칠보사'라는 자그마한 독사가 위험한 동물이다. 어느 것에나 물리기만 하면 얼마 가지 않아서 죽고 마는 독을 가지고 있다. 칠보사라는 뱀의 독은 얼마나 무서운지 물리고 나서 일곱 발자국을 가는 동안 죽는다고 해서 칠보사라는 이름이 붙은 것이다. 어떤 사람이 휴양하러 열대 지방에 휴가를 왔다가, 이 칠보사에 물리고 말았다. 다급한 나머지 옆에 있던 친구가 유식한 채 한마디 했다나.

"가지 말고 가만히 그 자리에 서 있어. 너를 문 뱀이 칠보사란 말이야! 만약에 자네가 일곱 발자국을 옮기기만 하면 죽고 만다네."

남파 간첩의 탄로

남파 간첩들은 초대소라는 아지트에서 몇 년 간 밀봉교육을 받고 나서, 남한으로 잠입을 한다. 이곳에서 교육을 받을 때는 외인은 물론 가족까지도 만나거나 소식을 전할 수 없는 통제 속에서 살아야 한다. 교육의 내용도 여러 가지로 군사 교육부터 통신, 암호 해독, 언어, 생활습관까지 남한 사회에 익숙해질 때까지 철저한 교육을 시킨다. 이렇게 철저하게 교육을 받고 나서 남한에 넘어와도 많은 분야에서 혼돈과 어려움을 겪는다. 아무리 교육을 받아도 자연적으로 습관화된 말이나 행동이 튀어나오기 때문에 탄로나는 경우가 허다하다.

어떤 남파 간첩이 철두철미하게 교육을 받고 남한으로 왔다. 남한에 가면 'ㅈ'자에 대해 특히 조심해야 한다는 말을 되새기며. 정거장을 '덩거당'이라고 하거나, 장터를 '당터'라고 해서는 큰일난다고 귀에 못이 박히도록 철저한 교육을 받은 한 남파 간첩이 항상 긴장하고, 조심하며 다니다가 점심때가 되어 식당에 들어갔다.

음식점에는 '떡국'이라는 음식을 써 붙여 놓고 있었다. 지금까지의 긴장이 풀리고 당부하던 말을 까맣게 잊어버리고는 음식을 주문했다.

"여보시오, 나 '쩍국' 하나 주슈."

"떡국이면 떡국이지, '쩍국'이 뭐요?"

주인은 웃으면서 농담인 줄 알고 놀려 댔다. 식사를 다 끝내고 손님이 또 물었다.

"종대문 어떻게 가요?"

동대문이면 동대문이지 종대문이라니? 식당 주인은 '틀림없이 이북 사람이구나, 혹시 간첩?' 하고 의심을 하여 신고한 것이 정말 간첩이어서 상금 수천만 원을 횡재했다고 한다.

저 친구 왜 저래

산을 좋아하는 두 젊은이가 하루 만에 다녀오기로 합의하여 등산을 갔다. 그런데 길을 잘못 들어 헤매다가 해가 질 무렵 산 속의 오두막집을 발견했다. 그날은 도저히 집으로 돌아갈 수가 없어서 오두막에서 하룻밤 묵기로 하고 주인을 불러 재워 주고 먹을 음식을 좀 달라며 간청을 하였다. 주인이 보니까 나이도 젊은 사람들이라, 낮에 해 놓은 통나무를 패 주면 그렇게 해 주겠다고 하였다.

"자네들 헛간에 있는 장작을 모두 패 주면 맛있는 음식과 잠자리를 제공해 주지."

주인은 젊은이들이 장작을 패는 것을 보고 집안으로 들어갔다. 젊은이들은 해보지도 않은 일이었지만 너무 시장하고, 잠자리를 준다기에 서툰 솜씨로 서둘러 도끼를 들고 장작을 패기 시작했다. 잠시 후 주인이 장작을 얼마나 팼는지 살펴보려고 방에서 나왔다. 그런데 한 청년은 장작을 패는데, 다른 한 청년은 한 발로 마당을 깡충깡충 뛰어다니는 것이 아닌가? 주인은 하도 이상해서 장작을 패는 젊은이에게 물었다.

"아니 젊은이가 저렇게 곡예를 잘하는 줄 몰랐네. 또 토끼처럼 깡충깡충 뛰기도 잘 하네 그려."

그러자 젊은이의 대답,

"제가 우연히 저 친구 정강이를 도끼로 치기 전까지는 저 친구가 저렇게 곡예를 잘하는 줄 미처 몰랐습니다요."

대머리 손님의 이발

이발소에 머리털이 거의 없는 손님이 찾아와서 이발을 하겠다고 하여 이발을 하였다. 이발을 다 끝낸 손님이 물었다.

"여보, 이발사! 보시다시피 내 머리는 얼마 안 되는데, 내 이발료는 얼마요?"

이발사가 얼른 대답했다.

"손님 8천 원입니다."

대머리 손님이 화를 벌컥 내며 항의했다.

"아니 이 양반이? 다른 사람은 4천 원을 받는데, 나는 왜 더블로 받소?"

이발관 주인의 대답,

"다른 사람들은 이발료만 받았습니다. 그런데 손님은 이발료에다 머리카락을 찾는 비용이 보태졌습니다."

겁이 나서

이발사가 실수하여 두 번이나 손님의 목에 상처를 입혔다. 그러자 불안을 느낀 손님이 이발사에게 말했다.

"여보 주인장, 물 좀 가져 오시오."

주인이 놀라면서 물었다.

"뭐하시려고요? 머리칼이 입에 들어갔나요?"

"그게 아니라 내 목에서 물이 새나 안 새나 시험해 보려고요."

이발소에 무서운 만화를 비치한 이유

이발소에 꽤 많은 만화책을 비치해 놓고 이발할 사람들에게 무료로 보여 주고 있었다. 만화책은 무시무시한 그림에 끔직한 내용만 있었으니 탐정 사무실이라도 된 것 같은 느낌이 들었다. 손님들이 저마다 주인에게 그 이유를 물어 보았다. 기상천외한 주인의 대답,

"네, 그런 것을 읽어야 손님의 머리가 삐쭉삐쭉 일어서서 자르기가 참 쉽거든요."

세 가지 직업의 이발사

어느 도시의 신사가 시골 이발소에 들러 이발을 하는데, 이발사가 잘 들지 않는 면도칼로 면도를 하다가 턱 밑에 큰 상처를 입혔다.

"손님, 미안합니다."

이발사가 얼른 화장지를 갖고 와서 피가 흐르는 곳에 붙이고 누르며 말했다. 그럭저럭 면도가 끝나자 신사는 이발사에게 두툼한 팁을 주었다. 놀란 이발사가 안 받으려고 하자, 손님은 미소를 지으며 말했다.

"괜찮아요, 받으세요. 나는 이발을 자주 하지만 내 평생에 세 가지 직업을 가진 이발사한테서 이발을 하기는 이번이 처음이요."

"세 가지 직업이라니요?"

"이발사, 푸주꾼, 도배지 바르는 사람. 제가 보니, 이제 특별한 전문가로군요. 요금도 다음부터는 곱절로 받아야겠어요."

어느 쪽 무릎 위지?

어느 날 날씬하고 미끈한 아가씨가 지하철을 탔다. 두 남자 사이에 자리가 약간 있어 조금만 비비고 앉으면 될 것 같았다.

"조금 실례하겠습니다."

아가씨가 이렇게 말하자 두 남자가 조금씩 양보하여 겨우 끼어들어 앉았다. 다음 역에서 열차가 떠나려는데, 뚱뚱한 여인이 땀을 흘리며 다가왔다. 너무 뚱뚱해서 씨근거리며 서 있는데도, 누구 하나 자리를 양보하는 사람이 없었다. 보다 못한 이 아리따운 아가씨가 일어서더니 자리를 양보해 주었다.

"아주머니, 이리로 와서 앉으세요."

뚱뚱한 아주머니가 고맙다고 인사를 하며 그 자리에 와서 묻는 말,

"아가씨, 어느 신사의 무릎 위에 앉았었지요?"

'달콩시콩하다'는 이야기

다람쥐라는 놈은 겉보기에는 꽤 아름다워 보이지만, 이놈의 속은 그렇게 좋게만 볼 수 없는 점이 있다. 우선 매우 욕심이 많다. 가을철 자기 굴에 양식을 저장할 때 보면 한 입에다 도토리나 밤을 4~5개씩 물어다 나르는 욕심쟁이다. 그리고 여편네를 거느리는 데도 일편단심이 아니라 5명 정도의 마누라를 거느리며 재미를 보는 난봉쟁이라 할 만

한 동물이다. 그런데 더욱 가관인 것은 양식을 다 물어다 놓고 나면, 겨울을 보내야 하니까 양식을 축 낼까 보아, 눈먼 마누라 한 마리만 남겨 놓고 나머지는 모조리 내쫓아 버린다. 그리고 식사를 할 때는 앞을 못보는 마누라에게는 시큼한 도토리를, 자기는 달콤한 알밤을 먹는다. 식사를 할 때마다 자기는 즐겁고 맛이 있어서 달콩달콩한데, 너는 맛이 어떤지를 마누라에게 물어 본다. 맛이 좋으냐고 물으면 눈먼 마누라는 맛이 없어 "시콩시콩하다"고 한다. 그러나 자기는 달콤한 밤을 먹으니 "달콩달콩하다"고 재미있어 한다. '달콩시콩하다'는 말이 여기서 생겨났다나?

안개꽃 이야기

아주 다정한 부부가 있었다. 항상 서로 돕고 위하는 마음이 남달라 다른 사람들이 보기에는 잉꼬부부처럼 사이가 좋은 것 같았다. 꾀부리지 않고 가사 일을 도울 뿐 아니라 아내가 요구하는 일이라면 몸을 사리지 않았기에 아내는 남편에게 자기 말고는 다른 여자가 없는 줄로만 알았고, 그렇게 믿었다.

이렇게 다정하던 부부도 나이가 들어 병으로 고생하다가 먼저 남편의 병세가 심각하여 오늘내일 하는 정도로 위급해지자 남편은 지금까지 믿고 따라 준 아내를 보고 미안한 마음이 들어서 죽기 하루 전 아내만 불러 자기의 과거 여자관계를 이야기하며 자기의 잘못을 용서해 달라고 말하였다. 유언과 같은 남편의 말을 들어 보니, 일생 동안 남편은 자기를 사랑하였고, 딱 한 번 다른 여자와 재미를 보았다고 고백하며 용서를 빌었다. 그러자 아내는 눈물을 흘리며 한 번뿐인 남편의 외도를 용서한다고 하면서 아이들 뒷바라지 잘하겠으니, 잘 가시라고 하였다. 남편은 나중에 당신이 죽게 되거든 나를 찾아오라고 당부하고, 한 많은 세상을 하직하였다.

그 후 몇 년이 지나 부인이 병을 이기지 못해 남편의 뒤를 따라 세상을 하직하고 말았다. 죽고 난 후 남편을 찾아야 한다는 마음에 염라대왕을 찾아갔다. 그리고 자초지종 남편이 생전에 외도를 딱 한 번 하였다고 하면서 나를 찾아오라고 당부하였다는 말을 실토하자 듣고 있던 염라대왕이 말했다.

"그러면 장미꽃 한 송이 있는 곳으로 가보라. 그 곳에 가면 남편을 찾을 수 있을 것이다."

염라대왕의 말을 듣고 부인은 장미꽃 한 송이가 있는 곳으로 가서 아무리 찾아보아도 남편이 보이지 않았다. 그 곳에 있는 감독에게 다시 물었다.

"남편을 찾을 수 없겠습니까?"

"여기서 못 찾겠으면 장미꽃 두 송이가 있는 곳에 가봐라."

두 송이 장미꽃이 있는 곳에 가서 아무리 찾아보아도 역시 남편은 보이지 않았다. 그래서 다시 그 곳 감독에게 물으니, 그러면 세 송이 장미가 있는 곳에 가면 찾을 수 있을 거라고 하여 가보았으나, 역시 보이지 않았다. 다시 그 곳 감독에게 물어 보니 그러면 줄 장미가 있는 곳에 가면 틀림없이 찾을 수 있을 것이라고 하여, 찾아가서 눈을 닦고 찾아보았지만, 남편은 그 곳에도 없어서 실망을 하였다.

그리고 울분이 치밀어 올라왔다. 그래서 다시 염라대왕에게 찾아와

58

서 자초지종을 말하며 남편을 찾게 해달라고 애걸하였다. 그러자 염라대왕이 일러 주었다.

"그러면 '안개꽃' 있는 곳에 가봐라. 거기 가면 틀림없이 찾을 수 있을 것이다."

아내는 성이 나서 '이놈의 영감쟁이 찾기만 해봐라' 하고 중얼거리면서 안개꽃이 있는 곳으로 찾아갔다. 아니나 다를까, 남편은 그 곳에서 조장을 하고 있는 것이 아닌가? 그렇다면 이 남편은 생전에 아내 몰래 얼마나 많은 여성들과 놀아났다는 말인가? 아마도 한라산 정도는 정복을 하지 않았을까? 그 산의 높이가 1,950m이니 그 수가 적지는 않겠지.

어느 노파의 고해성사

조선시대에 사대부 가문에서 자란 귀한 외동딸을, 장원 급제한 사대부 가문에 출가를 시켰다. 성대한 혼례식을 치르고 며칠이 안 되어 장원 급제를 한 새신랑이 밤일을 너무 심하게 하다가 복상사로 황천객이 되고 말았다. 그러니 신부나 부모들의 슬픔이 어떠하였을까? 시집온지 열흘도 넘기지 못하고 생과부가 된 며느리에게 시부모는 평생을 수절하라고 권할 수가 없었다. 그래서 시부모가 새아가에게 조용하게 타일렀다.

"아가야, 이렇게 되고 보니 어쩔 수가 없구나, 재물은 네가 평생 살아가는 데 넉넉하도록 줄 터이니, 새 삶을 살도록 하여라."

시부모가 출가하기를 권하는 바람에 두어 달을 채우지 못하고 시부모의 권유를 받아들여 새 삶을 찾기로 마음을 먹고 시댁을 떠났다. 당시의 '출가외인'은 친정에도 갈 수가 없는 몸, 고민을 하다가 어느 깊은 산 고갯마루에 터를 사고, 그 땅에다 주막을 거창하게 지어 술장사를 시작하였다. 그 곳은 한양으로 과거를 보러 가는 길손들이나 장사치들이 많이 왕래하는 곳이었기에 혼자서 손님을 치르기가 여간 바쁘지 않았다. 아침부터 저녁까지 식사 수발이나 술심부름을 하고 저녁때가 되면 녹초가 되었다.

더구나 길손이나 숙박하는 손님들이 방년의 어여쁜 새색시를 그냥 둘 리가 있었겠는가? 어떤 사람은 협박으로 올라타 재미를 보고, 어떤 선비는 애걸복걸하여 겨우 몸을 풀고, 돈 많은 방랑자나 호색가는 돈으로 구워삶고 하다 보니, 여자는 그 명대로 살지 못하고 조로 현상이 생겼다. 모든 남정네들의 요구를 거부하지 않고 들어주다 보니 병을 얻게 되어 한 많은 세상을 등지게 되었다.

죽은 후에 염라대왕 앞에서 신고를 하려고 긴 줄을 서 보니 자신의 몰골이 말이 아니었다. 이[齒]는 69 때문에 다 빠지고, 허리는 꼬부랑하고, 기름기가 쪼르르 흐르던 얼굴은 주름살로 골이 지고, 포동포동하던 허리나 다리의 살은 비쩍 말라 비틀어져서 볼품이 없었다. 노파의 뒤에는 전생에 꽤나 권력가나 부자로 살았던 사람들이 새 양복에다 머리에는 기름을 빤지르르 하게 바르고, 호화스런 넥타이를 매고 서 있었다. 노파의 차례가 되어 염라대왕 앞에 서자 염라대왕이 엄숙하게 물었다.

"자네는 전생의 직업이 무엇이었던고?"

노파는 그 앞에서 덜덜 떨면서 자신이 뭇 남성들의 회포를 풀어 준 부끄러운 이야기를 할 수가 없어서 눈물만 흘리고 서 있으니, 불호령이 떨어졌다. 이야기를 모두 하게 되면 틀림없이 지옥 불에 떨어져서 지옥에 갈 것이 틀림없다고 생각되었기 때문에 망설이고 있었다.

"뒷사람이 많이 기다리니 이야기하라."

염라대왕이 거듭 독촉을 하여 견디지 못하고 자초지종을 이야기하였다. 묵묵히 듣고 있던 염라대왕이 뜻밖의 판결을 내렸다.

"여봐라, 이 노파를 옥황상제 옆에 귀한 자리를 마련하고 대접하도록 하라!"

노파가 물었다.

"대왕님, 불호령이 떨어질 줄 알았는데 이것이 어찌된 일입니까?"

"그대는 뭇 남성들의 애달픈 소원을 모두 들어주었기 때문이다."

염라대왕은 이렇게 대답하면서 뒤에 서 있던 신사에게 물었다.

"그대는 전생에 직업이 무엇인고?"

그러자 그 신사는 자신의 직업을 자랑스럽게 늘어놓았다. 자기는 전생의 직업이 '의사'라서 다 죽어가는 사람도 살리고, 앞을 보지 못하는 사람도 수술로 보게 하고, 팔다리가 절단된 사람을 수술하여 멀쩡하게 걸어 다니며 일할 수 있도록 해 주었다고 자랑 삼아 이야기를 해댔다. 그러자 염라대왕이 노발대발하며 불호령을 내리며 판결을 했다.

"이놈, 그만해라. 집어치워라. 이놈을 저 불구덩이에 처박아 넣어라. 이놈은 나에게 올 사람을 앞에서 방해한 놈이다."

그렇다. 누구나 자신의 삶의 결과는 죽은 후에도 보이지 않는 손에 의해 평가가 되게 마련이다.

혼선된 전화

아내가 부인병으로 수술하여 입원 중인 산부인과에 전화를 걸었다.

"여보세요! 원장 선생님이세요? 저의 집사람 경과는 어떻습니까?"

마침 이때 그 전화는 공교롭게도 자동차 수리공장의 전화와 혼선이되었다.

"여보세요! 전화가 좀 먼 것 같군요? 들리십니까? 상태가 어떻습니까? 좀 좋아졌나요?"

"네, 많이 좋아졌습니다."

그때 고객과 통화 중이었던 자동차 수리공장에서는 즉시 이렇게 대답하였다.

"아, 대단히 고맙습니다."

아내의 상태가 좋아졌다는 줄 알고 전화통에다 대고 꾸벅 절까지 하였다. 그러자 저 쪽에서 흘러나오는 말이 희한했다.

"그러나 저러나 기계를 굉장히 험하게 쓰셨더군요?"

"네? 네… 아이고, 부끄럽습니다."

"뿐만 아니라 선생님의 피스톤은 암만 해도 너무 헐어 빠진 것 같으니까, 신품과 바꾸어야 하겠습니다. 오늘 아침에 내가 조금 굵은 것을 집어 넣었더니 상태가 좋아졌습니다. 그러나 다시 시험하기 위해 오늘밤 좀 타 보고 여러모로 조종을 해볼 생각입니다. 안심하시고 기다리십시오."

또 전봇대

가을로 접어들어 들판은 황금물결이 넘실거리고, 산천은 형형색색으로 단풍이 만발한 때, 곳곳에는 산불 예방을 위한 입산 금지 포스터나 표어들을 여기저기 붙여 놓았다. 바보와 등신 두 사람이 한적한 산길을 걸어가면서 서로 자랑을 늘어놓았다.

"나는 인정 많은 할아버지께 글을 배웠다."

바보가 뽐내며 이야기하자 등신이 부러워하며 졸라댔다.

"나도 글을 배우고 싶으니까 가르쳐 줘."

"그래, 그럼 내가 글을 가르쳐 줄 터이니 이제부터는 나를 형님으로 불러."

이렇게 큰소리는 쳤지만 선생 노릇을 하려는 바보가 글을 알기는 무엇을 알아? 낫 놓고 기역(ㄱ) 자도 모르면서 떵떵거렸으니…. 마침 길을 가다가 보니 전봇대에 '불조심'이란 세 글자가 붙어 있었다. 등신이 바보에게 물어 보았다.

"저기 전봇대에 써 놓은 글이 무슨 글자지?"

바보는 글자를 몰라서 야단이었다. '불조심'이란 세 글자를 보니 '전봇대'라고 표시를 해 둔 것 같았다. 바보가 얼른 대답했다.

"저 글자 말이지, '전봇대' 아니냐. 너는 그것도 모르지? 잘 알아 두라고."

바보는 등신에게 어깨를 으쓱하며 태연하게 일러 주었다. 한참 가다가 보니까 이번에는 전봇대에 '산불조심'이라는 네 글자가 붙어 있었다. 등신이 바보에게 물었다.

"저 글자는 무슨 글자지?"

밑에 세 글자는 '전봇대'인데 맨 위의 한 자가 문제였다. 저게 무슨 글자인가? 모른다고 할 수도 없고 하여 꾸물거리고 있다가 문뜩 '또'자가 생각나서 앞에 붙여 보니 딱 들어맞았다.

"저 글자는 '또 전봇대' 아닌가."

바보는 능청스럽게 대답을 하고 안도의 숨을 쉬면서 제법 의기가 등등하였다. 한참을 가다 보니 세 번째 전봇대에 '모두 불조심'이란 다섯 글자가 붙어 있는 것이 아닌가? 글을 모르는 바보는 등신이 또 물을 텐데 대답은 할 수 없고 하여 오던 길을 되돌아가려고 한다. 그러자 등신이 앞장서며 걸어가다가 돌아가려는 바보에게 이유를 묻고 전봇대에 붙은 다섯 글자를 가리키며 바보에게 물었다.

"이제 마을까지 다 와 가는데 왜 다시 돌아가려고 해? 저기 붙어 있는 다섯 글자는 무슨 글자야?"

바보가 보니 '또' 자와는 다른 글자였다. 밑은 전봇대가 틀림없는데 위의 글자는 듣도 보도 못한 글자라 도대체 알 수가 없었다. 그래서 얼버무리면서 맨 앞에는 '전봇대'고, 다음은 '또 전봇대'이니, (또또 전봇대는 아닌 게 확실하고) 그 다음은 뭐지 하다가 문뜩 떠오른 말이 있었다. '역시'란 말이 생각나서 앞에다 붙여 보니 딱 들어맞는 것이 아닌가? 그래서 자신 있게 대답하였다.

"저 글자는 '역시 전봇대'가 아닌가? 너는 오늘 글자를 너무 많이 배워서 배가 터지겠다."

그러면서 바보가 등신의 머리를 쥐어박았단다. 정말 바보는 바보가 아닌 것이 틀림없다.

과연 슬기로운 자者로다

이름난 스승이 제자로부터 귀한 선물을 받았다. 나이 많은 사람에게 좋은 여러 가지 보약을 가미한 진귀한 차茶였는데, 혼자 마시기는 뭐해서 제자들이 모일 때 내놓기로 하였다. 며칠 후 스승을 끔찍이도 위하는 제자 다섯 명이 모였다. 이때다 생각하고 스승은 귀한 차茶를 내놓고 마셨다.

"오오, 실로 맛있도다."

조금만 마시고 맛을 본 다음, 그릇의 뚜껑을 닫고 뚜껑 위에다 '합合'을 쓴 다음 말했다.

"여기 앉은 모든 사람에게 돌려라."

처음 받은 제자는 그게 무슨 뜻인지 몰라서 그것을 다음 제자에게 돌렸다. 그래서 마지막 제자에게 돌아왔다. 그러자 이 제자는 고개를 끄덕이더니, 뚜껑을 열고 차를 한 모금 마셨다. 그러자 스승이 말했다.

"과연 슬기로운 자로구나!"

합合자는 '인人, 일구一口'가 된다. 이는 모두 한 모금씩 마시라는 의미였기 때문이다.

시골 총각의 생각

어떤 덥수룩한 총각이 다방에 와서 커피를 시켜 먹고 잔과 접시, 스푼을 주섬주섬 싸는 것이었다. 그러자 다방 마담이 놀라 달려와서 물었다.

"그것을 왜 싸고 있어요?"

"집에 가져가려고요."

"이것이 손님 것입니까?"

"내 것이니까, 싸고 있죠."

"손님 거라니요?"

"여보세요, 아주머니. 시골에서 올라왔다고 무시하지 마세요. 우리 시골에서는 사이다를 사 먹으면 사이다 병까지 가져가거든요. 서울이라고 다를 리가 있어요?"

할머니의 울음

우리나라 사람들이 너무나 많이 하는 말 중에 "죽겠다"는 말이 있다. "우스워서 죽겠다", "좋아 죽겠다", "미워 죽겠다"… 말끝마다 "죽겠다"다. 어떤 노파가 말끝마다 "죽겠다"고 하자 유심히 들은 손자가 물었다.

"할머니, 죽는 것이 그렇게도 좋아? 왜 자꾸 죽겠다고 그래?"

"그래, 이젠 살기가 힘이 들어. 이젠 죽는 것이 편할 것 같구나."

"그래요, 할머니. 편안하게 해 드릴까?"

손자는 우황청심환을 하나 사가지고 와서 할머니에게 내밀며 말했다.

"할머니, 이것 잡수세요. 이것 잡수시면 곧 돌아가시게 되어요."

"에잇, 불효막심한 놈, 할머니 죽으라고 약을 가져다 줘?"

그러면서 대성통곡을 하였단다. 말로는 죽겠다고 하지만 속마음은 정반대가 아닐까?

노상방뇨

부부가 동해안 쪽으로 여행하기 위해 아침 일찍 집을 나왔다. 서울에서 출발할 때는 그렇게 날씨가 춥지 않았는데, 시간이 갈수록 점점 추워진다. 출발하기 전 집에서 아침을 먹을 때 지나치게 물을 많이 마셔서 그런지 차를 몰고 가면 갈수록 소변이 마려운 것은 부부가 마찬가지였다. 휴게소에 가서 볼일을 보려고 하였으나, 가면 갈수록 소변이 마려워 참을 수 없을 정도로 위급한 상태에 다다랐다. 휴게소는 멀고 하여 부부는 한적한 곳에 차를 세워 두고 볼일을 보기로 합의하였다. 커브 쪽에 차를 댈 때는 우리 속담인 "뒷간에 갈 때 제일 바쁘다"는 말처럼 마음이 서로 다급해져 있었다. 그래서 차를 세우자마자 고속도로 갓길에 내려 남자는 서서, 여자는 앉아서 정말 시원하게 볼일을 보았다. 그런데 그때 눈을 닦고 보아도 없던 경찰 오토바이가 왱… 하고 나타나서 부부는 모두 교통법 위반인 도로상 방뇨로 적발되고 말았다.

부부는 사정을 이야기하며 봐 달라고 애걸을 하였으나 두 사람에게는 노랑 범칙금 딱지가 발부되었다. 그런데 딱지를 받아 보니 아니 이게 웬일인가? 남편인 자기는 6만 원이고, 아내는 3만 원이 아닌가?

"둘 다 똑같이 법을 위반했는데 나는 왜 배가 되는 거요?"

남편이 따졌다. 그러자 경찰관이 남자에게 하는 말,

"당신은 흔들지 않았소?"

그러면서 태연하게 설명을 보탰다.

"고스톱 칠 때도 흔들거나, 피박을 쓰면 더블이 되는데 무엇이 잘못되었다는 거요?"

이것이 바로 남자와 여자의 차이가 아닐까?

흔들었잖아

처녀총각들이 모여 고스톱을 치고 있었는데, 5점에 손목을 때리고, 10점에 키스를 하고, 20점을 나면 그걸 서비스하기로 규칙을 만들었다. 여자가 눈치껏 패를 주면서 남자에게 점수를 밀어 주었건만 남자가 겨우 10점을 나게 되었다. 아쉽기는 해도 남자는 키스로 만족하기로 하고 처녀를 끌어안으면서 입을 맞추려고 했다. 그러자 처녀는 못 참겠다는 듯이 총각을 잡아당기면서 바지 밑으로 손을 쑥 집어 넣으면서 하는 말,

"자기 흔들었잖아."

습관화 1

　30년 만에 처음으로 초등학교 총동창회가 열렸다. 10대에 서로 헤어졌던 꼬마친구들이 버젓한 40대 중년이 되어 만나다 보니 생김새나 몸집은 물론 옷 입은 모양이나 말과 행동들이 꼬마 때와는 너무도 많이 달랐다. 다들 모인 자리로 나중에 한 친구가 팔을 휘두르면서 이상하게 뒤틀린 몸짓으로 들어온다. 친구들이 보고 저놈은 아마 이상한 질병에 걸렸거나, 무슨 일이 있어서 그런가 보다고 물어 보았다.

　"너 왜 그래?"

　그랬더니 그 친구가 이렇게 대답하더란다.

　"20년 동안 골프만 쳤더니 이렇게 되었네."

　그런데 조금 있다가 또 한 친구가 히프를 앞뒤로 빠르게 흔드는 이상한 몸짓을 하며 들어왔다. 친구들이 하도 이상하여 그 친구에게 물어 보았다.

　"자네는 어째서 그런 행동을 하는가?"

　히프를 앞뒤로 흔드는 친구 왈,

　"나는 색이 너무 세서, 매일 밤 여자와 잘 때 10번 정도는 해야 잠이 오는데, 한 20년 동안 그렇게 하다 보니 이렇게 되었네."

습관화 2

어느 도시에 부자들과 가난뱅이들이 소방도로 하나를 경계로 하여 살고 있었다. 어느 재벌기업의 회장은 아침 일찍 조깅을 하기 위해 매일 5시경에 집에서 나오는데, 아침마다 이상한 광경을 목격하게 되었다. 빈촌인 길 맞은편에 사는 젊은이가 매일 아침 집 앞의 좁은 골목길에 나와서 맨손으로 골프 스윙을 연습하는 것이었다. 처음에는 어떤 운동을 하는지 모르고 아마도 정신이 조금 어떻게 된 놈이거니 하면서 지나갔는데 궁금증이 더하여 견딜 수가 없게 되자 어느 날 아침 대기업의 회장이 청년에게 물어 보았다.

"자네는 매일 아침 왜 그런 몸짓을 하는가?"

그러자 청년은 골프 연습을 한다고 자랑스럽게 대답하였다. 골프 연습이라면 연습장에 가서 하지 왜 좁은 골목길에서 하느냐고 다시 물어 보았다.

"저는 연습장에 가서 연습할 정도로 재정 상태가 넉넉지 못하여 그렇습니다."

"재정 상태가 그러면 골프를 하지 않으면 될 것이 아닌가? 도대체 골프의 경력이 얼마나 되었기에 그렇게 미쳐 있는가?"

재벌 회장은 핀잔을 하듯이 청년에게 물었다. 그러자 청년은 이제 겨우 1년이 조금 넘었다고 대답하면서, 하루라도 이런 스윙을 하지 않으면 몸이 근질거려서 견딜 수가 없다고 하며 그만 고칠 수 없는 버릇이 된 것 같다고 대답하였다.

"예끼, 이놈. 나는 50년이 넘도록 마누라와 밤마다 이렇게(앞뒤로 히프를 흔들면서 관계를 하는 동작) 했지만 버릇이 되지는 않았네."

70

재벌 회장은 버럭 화를 내면서 되레 청년을 꾸중하였다. 깊은 물은 소리가 없고, 익은 벼는 고개를 숙인다는 성현들의 말씀이 생각나기도 한다.

나는 넣는 것이 좋더라

화창한 봄날, 은행의 여행원들이 점심식사를 하고 휴게실에서 잡담을 나누고 있었다. 한 남자 행원이 점심을 먹자마자 하던 일이 바빠서 사무실로 들어오다가 휴게실에서 여행원들이 하는 말을 듣고는 너무나 기가 막혀, 꾸짖고 버릇을 고쳐 주려고 휴게실로 들어가게 되었다.

"나는 넣을 때보다는 뺄 때가 좋더라."

여행원들은 이렇게 말하며 웃고 야단이었다. 그래서 남자 행원이 큰 소리를 치면서 꾸중을 하였다.

"밥 먹고 할 이야기가 없어서 그런 음담패설로 시간을 죽이는가?"

그러자 여행원들은 영문을 모르겠다는 듯 의아한 표정으로 꾸중하는 남자 행원에게 대꾸하며 항의하였다.

"우리가 무슨 말을 하였는데요?"

남자 행원은 '이런 뻔뻔스런 아가씨들이 있나' 하는 생각이 들어서 되물었다.

"조금 전에 뭐라고 했나? 나는 넣을 때가 좋더라, 나는 뺄 때가 좋더라 하고 이야기하지 않았던가?"

"그게 어떤데요? 대리님도 매일 넣고 빼고 하지 않는가요?"

여행원들은 오히려 이렇게 반문하였다. 남자 행원은 더욱 화가 나서 얼굴이 상기되었고, 여행원들은 도무지 이상하다는 듯이 고개를 갸우뚱거렸다.

"이해를 못하시는군요. 고객들이 은행에 돈을 넣을 때가 좋더라는 말이고, 어렵게 넣은 적금을 만기가 되어 뺄 때가 좋다는 말인데 무엇이 잘못되었어요?"

남자 행원은 그제야 무슨 말인지 알아차렸다. 평소 자기가 생각하던 음담패설로 착각했던 것이 오히려 미안하여 얼굴을 들지 못하고 휴게실에서 빠져 나온 것은 당연하다.

엉큼한 질문

엘리베이터를 탄 어떤 말쑥한 신사가 엘리베이터 걸에게 물었다.
"오르내리기가 매우 피곤하지요?"
"네."
"어느 쪽이 더 피곤해요? 올라갈 때?"
"아뇨."
"그럼 내려갈 때?"
"아뇨."
농담 삼아 싱겁게 질문을 던졌지만, 엘리베이터 걸이 올라갈 때도 아니다, 내려갈 때도 아니라고 하자 신사는 화가 났다.
"그럼 언제 피곤하단 말이오?"
"그건 선생님 같은 분이 저한테 엉큼한 질문을 할 때지요."

이긴 놈으로

어느 음식점에서 말쑥한 신사가 음식을 시켰다. 평소 자기가 먹고 싶어하던 큰 새우를 가져오라고 하였다. 한참이나 있다가 웨이터가 접시에 새우를 담아서 갖고 왔다. 시장하던 터라 손님은 먹으려고 접시를 보더니 고개를 갸우뚱거리면서 물었다.

"이것 봐, 이 새우는 수염이 없지 않아. 웬일인가?"

웨이터의 대답,

"이 새우는 요리하기 전까지 살아 있었는데, 부엌에서 다른 새우하고 싸움을 하다가 수염이 뽑혔습죠."

그러자 손님이 대뜸 말하였다.

"그럼 이 새우는 치우고, 그 싸움에서 이긴 새우를 갖다 주게."

탄로가 나다

법정에서 검사가 증인으로 불려 나온 사람을 신문하고 있었다.

"전에 구속된 일이 있습니까?"

"전혀 없습니다."

"그러면 전에 이 법정에 다른 일로 출두한 일이 있습니까?"

"없습니다."

"분명합니까? 거짓말하면 벌을 받는다는 것 아시죠?"

"네 압니다. 전혀 이 법정에 온 사실이 없습니다."

"당신 얼굴이 매우 낯익고, 많이 본 얼굴인데… 어디서 내가 당신을 보았던가요?"

"네, 저는 이 법원 건너편 골목 안 술집 바텐더로 일하고 있으니까요."

(이 술집은 비싸기로 유명하고, 예쁜 미성년 미희들이 많기로 소문난 집이다. 그래서 내로라하는 영감들이 들락거리며, 객고를 풀던 집이다.)

"아이쿠, 이 친구 산통을 다 깨는군."

물귀신

지방 도시에 가서 술에 취한 서울 허풍선이가 소란을 피우다가 즉결 재판을 받게 되었다. 판사가 말했다.

"당신은 무전취주無錢取酒하였고, 소란을 피워 사회 질서를 파괴한 죄를 지었으며, 주인을 폭행한 일로 재판을 받고 있소. 할 말이 있으면 하시오."

"네, 인간에 대한 인간의 비인간성으로 수많은 사람들이 무고히 고생한다는 사실을 아셔야 합니다. 저는 포Poe처럼 저질적인 인간이 아니요, 바이론Byron처럼 방탕하지도 않았으며, 키츠Keats처럼 무절제하지도 않았고, 번즈Burns처럼 비겁하지도 않았으며, 셰익스피어Shakespeare처럼 야속하지도 않았습니다. 그리고…."

이렇게 늘어놓자, 판사가 제지하며 말했다.

"됐어요, 됐어요. 그만해도 되겠어요. 어쨌든 7일의 구류에 처함, 그

74

리고 서기, 지금 이분이 부른 사람들의 이름을 다 적었죠? 그 사람들도 이 사람 이상으로 나쁘다고 하니 곧 재판에 회부시켜야겠소. 그러나 저러나 이 사람이 불귀신이냐, 물귀신이냐? 왜 모조리 끌고 들어가는지 모르겠군. 골치 아프게…."

부부의 서신

아들이 약혼하였다는 소식을 들은 어머니가 축하 편지를 썼다.

[내 사랑하는 아들아, 참으로 즐거운 소식이구나. 나는 무척 기뻐하고 있단다. 네가 훌륭한 여성과 결혼하기를 바라고 있었단다. 훌륭한 여인이란 남자에게 있어서 가장 귀중한 하늘의 선물이란다. 아내는 남편의 가장 귀한 일을 할 수 있는 내조자요, 조언자며 모든 악한 일을 막는 방패이며, 약해졌을 때 붙들어 주는 지주와도 같은 것이다. 가장 사랑스런 존재니라…]

어머니의 편지 끝에 추신이 달려 있었다.

[너의 어머니가 우표를 사러 간 사이에 내가 적는 추신이다. 사랑하는 아들아, 독신을 고수하라. 이 젊은 바보야, 너는 결혼이 얼마나 고통스러운지 모르고 있어… 아버지로부터]

주여 뜻대로…

유명한 부흥사인 목사님이 부흥회를 마치고 기도원에서 저녁 수련회를 갖기로 하고 여 전도회원들과 같이 산상 기도회를 개최하였다. 능숙한 웅변에다 제스처를 겸하여 멋진 집회가 되었다. 그러자 여신도들은 그런 훌륭한 집회 인도에 홀딱 반하였다. 목사 역시 수많은 여 전도회원들 중에도 정말 깨물어 주고 싶은 섹시한 여인과 보기에도 몸서리가 쳐지는 추녀들을 함께 모아 집회를 하면서 주의하여 보아 왔다. 그런데 집회가 늦게 끝나 넓은 방에서 밤을 새게 되었다. 목사님 옆에는 이상하게도 양쪽으로 아름다운 여자와 추한 여자가 눕게 되었다. 그런데 밤이 깊었을 때 못생긴 여자 신도가 슬그머니 목사님에게 다리를 척 얹었다. 그러자 목사님이 버럭 화를 내면서 외쳤다.

"사탄아 물러가라!"

그런데 조금 있다가 다른 편에 누워 있던 예쁜 여자 신도가 또 목사님에게 다리를 척 얹었다. 이번에는 목사님이 눈을 지그시 감으면서 이렇게 말했다.

"주여 뜻대로 하옵소서."

성직자도 한 사람의 인간, 자기의 욕망을 다스리기에는 아직 힘이 달렸던가 보다. 더구나 견물생심見物生心이라고 하지 않던가?

76

맛있는 술과 좋은 술

예쁜 아가씨가 술을 엄청 좋아하는 애주가에게 질문하였다.

"세상에서 제일 맛있는 술이 무엇일까요?"

술꾼은 술이라는 술은 다 먹어 보았건만, 어느 술이 제일 맛있는지 재빨리 대답이 나오지 않았다. 그래서 머뭇거리고 있는데, 이 아가씨가 답을 가르쳐 준다.

"그것도 모르세요? 세상에서 제일 맛있는 술은 입술이에요."

이번에는 술꾼이 아가씨에게 물었다.

"아가씨, 이 세상에서 가장 좋은 술이 무엇인지 알아요?"

예컨대, 나폴레옹 꼬냑, 소련의 보드카, 최고품의 국산양주, 중국의 빼갈, 일본의 술 등을 떠올려 봤지만 선뜻 대답이 나오지 않는다. 이번에는 술꾼이 아가씨에게 답을 가르쳐 준다.

"이 세상에서 가장 좋은 술은 공술[空酒]이요, 공술."

공짜 술처럼 좋은 술이 어디 있겠는가. 이 답의 명쾌함은 술에 있는 것이 아니라, '공짜'라는 데 있다.

군대에서 모자 훔치기

 남자로서 올바른 대접을 받으려면 아무래도 정상적으로 군무를 마치고 만기 제대를 해야 그럴듯해 보인다. 남자들이 모이기만 해도 군대에 가서 경험하고 느낀 일들을 이야기하느라고 시간 가는 줄 모르기가 일쑤다. 벌써 수십 년 전의 군대생활이었지만 아직도 이야깃거리는 너무 많다. 그때도 내무반의 관물함에다 소지품을 가지런히 정리 정돈해 두어야 했는데, 배당받은 물건이 부지기수로 없어지곤 했다. 어쩌다가 망실亡失을 하게 되면 군수품이 귀하던 시절이라 다시 구입해서 비치해 놓을 수도 없고 하여, 반드시 다른 사람의 물건을 슬쩍 훔쳐서 대치해 놓기 일쑤였다.

 하루는 군모軍帽가 없어졌다. 모자를 채워 넣기에 가장 좋은 장소는 화장실이었다. 화장실에 가서 훔치는 것이 기발한 아이디어였던 셈이다. 얼굴을 봐도 잘 모를 정도로 조금 어둑어둑한 저녁 시간을 이용하여 살살 화장실로 접근한 다음 먼저 안에 사람이 들어가 있는지 확인하거나 근처에서 사람이 들어가는 것을 확인한다. 일단 대변을 보러 누군가가 화장실 안에 들어간 것이 확인되면 가까이 접근하여 순간적으로 문을 확 열면서 머리에 쓰고 있는 모자를 날름 낚아채어 달아나는 것이다.

 그런데 대낮이라면 어떻게 될까? 화장실 주변을 슬슬 기웃거리다가 사람이 들어가서 대변을 보려고 앉으면 모자만 약간 보인다. 그때를 놓치지 않고 모자만 확 잡고 빼앗으면 일을 보느라고 엉덩이를 까고 있기 때문에 일어설 수도 없고 하여 모자를 안전하게 훔칠 수 있다. 아예 강탈하다시피 모자를 확보하면 머리에 꾹 눌러 쓰고는, 걸음아 날

78

살려라 하고 마구 뛴다. 그러다가 기가 막힌 사건이 발생하고 말았다.

화장실에서 모자를 훔쳐 쓴 다음 열심히 뛰고 있는데 훈련병들이 쳐다보며 경례를 하고, 사병은 물론 장기 하사관인 하사나 중사 또는 상사까지도 차렷 자세로 열심히 경례를 하고, 장교인 소위와 중위까지도 정중하게 경례를 하는 것이 아닌가? 이상하게 생각되어 한적한 곳에서 모자를 벗어 보니 모자의 계급장이 대위였다. 일등병 주제에 대위 계급장을 달고 뛰었으니 너도나도 경례를 할 수밖에 없었을 터였다.

모유의 장점

오늘날 서구나 우리나라에서는 여성들이 유방의 모양을 아름답게 유지하기 위해 모유母乳보다 분유粉乳를 선호하는 경향이 있다. 나름대로 장단점이 있겠지만, 심리학자나 교육학자들은 자녀들의 성격이나 성장을 위해 될 수 있는 대로 모유를 먹이도록 권유하고 있는 실정이다. 여기서는 아이의 양육과는 전혀 관련이 없는 이야기로 모유가 분유보다 좋은 점을 소개할까 한다.

모유가 분유보다 좋은 이유는 부자父子가 함께 공유할 수 있다는 점, 수고스럽게 먹을 때마다 데울 필요가 없다는 점, 오래 두어도 부패할 위험이 전혀 없다는 점, 모유를 담은 용기는 깨질 염려가 전혀 없다는 점, 거꾸로 쏟아도 전혀 쏟아지지 않고 안전하다는 점, 분유처럼 도둑맞을 일이 없고 훔쳐 먹을 수도 없다는 점, 특별히 가지고 다니기가 아주 간편하다는 점 등이 특히 모유의 장점이라고 한다.

모유의 단점

분유는 니코틴 냄새가 안 나지만, 모유는 니코틴 냄새가 난다.

분유는 타액이 검출되지 않지만, 모유는 자녀 이외의 타액 성분이 검출된다.

분유로는 여자의 임신 여부를 모르지만, 모유는 임신했던 여자를 금방 알 수 있다.

애주가의 전화기

정말 술을 사랑하는 애주가가 있었다. 그는 거의 날마다 밤 10시가 넘어서 거나하게 취해야만 집으로 돌아온다. 남편이 귀가하기를 기다리던 아내가 다리미질을 하다가 다리미를 플러그에 꼽아 놓은 채 깜박 잊고 잠시 욕실에 볼일을 보러 간 사이 남편이 거나하게 취하여 현관으로 들어왔다. 부인은 다리미질을 하면서 혹시나 전화가 올까 봐 다리미 옆에 전화기까지 갖다 놓고 있었다. 남편이 집에 들어오자마자 전화가 크게 울렸다. 술에 취한 애주가는 급하게 뛰어가서 전화기인 줄 알고 벌겋게 달아 있는 다리미를 집어 들고 "여보세요" 하다가 화상을 입고는 기절해 버렸다. 아내가 욕실에서 볼일을 보고 나와 보니 남편이 들어왔는데 기절해서 누워 있는 것이 아닌가? 기절한 남편을 깨워 보니 다리미에 양쪽 귀를 데어서 화상을 입고 있었다. 부인은 상처

부위에 약을 발라 치료해 주고 반창고로 정성껏 감싸 준 다음 이상한 생각이 들어서 남편에게 물었다.

"왜 이렇게 양쪽 귀에 화상을 입었어요?"

"전화를 받다가 그랬지."

"전화를 받다가 그랬다면 한 쪽 귀에만 화상이 있어야 할 텐데, 왜 양쪽 귀에 모두 화상을 입었지요?"

아내의 질문에 애주가 남편의 대답이 걸작이다.

"오른손으로 전화를 받았다가 이렇게 화상을 입었지. 전화기인 줄 알고 다리미를 들고 받았거든."

"그러면 왼쪽 귀에는 왜 화상을 입었어요?"

"자식, 깨어나니 바로 또 전화가 왔잖아. 그래서 아픈 쪽을 두고, 아프지 않은 왼쪽으로 전화기를 받았지."

한 번 기절했다가 깨어나서도 다리미를 전화기로 착각했던 모양이다.

술 주酒 자字 이야기

금슬 좋은 부부가 살았다. 아내는 문맹文盲을 벗어나 글을 제법 알고 있었고, 남편은 낫 놓고 기역(ㄱ)자도 모를 정도로 철저한 까막눈이었다. 현명한 아내는 남편이 속을 썩일 때 가끔씩 남편을 골탕 먹이곤 하였다. 남편이 술을 너무 좋아하고 과음過飮을 하여 속이 상하였으나, 바가지를 긁는 대신 늘 해학적으로 남편을 골탕을 먹이긴 해도 감정이나 앙금은 없었다. 그만큼 남편도 도량이 넓은 아내를 고맙게 생각하고 속이 상하거나 감정을 건드리는 말은 삼갔다.

그런데 자녀 교육에 남다른 열의를 보인 것은 아내보다 남편이었다. 까막눈이었던 남편은 내 아들만은 좋은 학교에 보내야 한다며 어려운 살림이지만 열심히 가정교사를 붙여 아이의 교육을 맡길 정도로 열성을 보였다. 하루는 집에서 일하던 아내가 몹시 속이 상한 끝에, 남편이 집에 올 시간이 훨씬 지났는데도 돌아오지 않자, 남편이 들어오면 모처럼 바가지를 긁어 보겠다는 마음으로 단단히 벼르고 있었다. 아이는 학교에서 내준 숙제를 다 하지 못하여 10시가 훨씬 넘어서도 숙제를 하고 있는데, 거나하게 취한 아버지가 들어왔다.

"여보 미안하오. 나 이제 왔소."

그런데 아내의 태도가 전과 달랐다. 저녁 먹었느냐고 묻지도 않고 방으로 들어가 버리는 게 아닌가. 남편은 머쓱하여 거실에서 그냥 앉아 TV를 보고 있었다. 아이는 자기 방에서 숙제를 하다가 한자 술 주酒 자의 뜻을 몰라서 어머니 방에 가서 물었다.

"엄마, 엄마, 이 한자 무슨 뜻이에요? 이것만 하면 숙제 다 하는데 뜻을 모르겠어요."

어머니는 남편을 골탕 먹이려는 마음에 이렇게 대답했다.

"아버지에게 가서 물어 보아라. 네 아버지가 세상에서 가장 좋아하는 것이란다."

아이는 글자를 모르는 아빠가 이것만은 제일 잘 안다고 하니 고개를 갸우뚱거리며 거실로 나가 거나하게 취한 상태로 기분 좋게 TV를 보고 계시는 아버지에게 다가가서 물었다.

"아빠, 이 한자가 무슨 글자인가요? 엄마는 아빠가 가장 좋아하고 잘 아는 글자라고 하던데요."

아버지는 아이가 내민 공책에 쓰인 술 주酒자를 받아 보니 도무지 알 길이 없었다. 아이에게 시원하게 '이것은 무슨 글자다' 하고 가르쳐 줄 수도 없는 입장이라 공책을 들고 방향을 바꿔가면서 거꾸로도 세워 보고, 돌려도 보고 하였으나, 영 알 길이 없고 깜깜하였다. 아이의 엄마 말로, 내가 제일 좋아하는 것이라고 했다면… 애주가 남편은 무릎을 치며 속으로 중얼거렸다.

'이 글자는 아무래도 보지 보자가 틀림없어.'

물론 술이 많이 취한지라, 마누라의 그것으로도 보이겠지.

한두 가지 수수께끼

＊노처녀나 노총각이 왜 결혼을 못했을까요?

이것저것 너무 따지다가.

아니오.

독신으로 살려고 하다가.

아니오.

마음에 드는 사람이 없어서.

아니오.

아무도 자신에게 결혼을 하자고 청하는 사람이 없어서.

아니오.

전문직으로 직장생활을 하다가 나이가 많아 기회를 잃어버려서.

아니오. 이 사람아, 이들은 성씨가 둘 다 '노' 씨 아닌가?

아하, 그렇군요. 동성동본이군요.

* 머리는 백발인데 수염은 새까만 이유

수염은 머리털보다 20년이나 늦게 나오기 때문에 아직 때가 되지 않아서 새까만 것이란다.

외식하러 가려고요

평소에도 식사를 제때에 해 주지 않는 아내 때문에 늘 속이 상하던 친구가 오늘도 회사의 잔업을 끝내고 배가 고픈 걸 참으며 집으로 돌아와 문을 열자마자 아내에게 말하였다.

"여보, 배가 고파 죽겠어요."

"저녁 준비가 안 됐는데요."

"안 되었다고? 아니, 무엇을 했기에 제때에 저녁 준비도 안 해요? 배가 고파서 미칠 지경인데, 식당에 가서 사 먹든지 해야지 원…."

"잠깐만요, 5분만 기다리세요."

"5분만 기다리면 저녁이 된다는 거요?"

"아니요, 나도 외식外食하러 가려고요. 바늘 가는 데 실이 안 따라 갈 수가 있나요."

'I' 자가 섬이 되는 이유?

"영어의 'I' 자가 섬의 뜻을 가진 까닭을 아는 사람 있으면 손들어 봐."

선생님이 학생들에게 이렇게 말하자 한 학생이 대답을 한다.

"네, 선생님 그 'I'는 물Water 가운데 있기 때문이지요."

"옳아요, 옳아."

성姓으로 언쟁

당나라 사람 감흡여甘洽輿와 왕선객王仙客이 서로 사이가 좋았는데, 하루는 성姓을 놓고 두 사람 사이에 언쟁이 벌어졌다.

"여보게 왕공王公, 자네 성은 전씨田氏였음이 틀림없어. 자네 얼굴이 자꾸 살이 찌다 보니 양쪽 볼이 떨어져 나가고 만 것이여."

이렇게 놀리자 왕선객도 지지 않고 말하였다.

"여보게 감공甘公, 자네 성은 본디 단씨丹氏였음이 틀림이 없다고. 자네 머리에 피가 돌지 않아서 다리를 쳐들고 거꾸로 물구나무서기를 하게 된 것이지?"

국보 1호 양주동 박사

양주동 박사 하면 자타가 공인하는 석학임에 틀림없다. 그러나 자기 자신이 스스로를 국보 1호라고 자찬을 한다는 점이 가관이다. 그래서 어느 강연회에서나 매번 강연 때마다 사회자가 소개를 한 다음 첫 말씀이 "나 유명한 양주동 박사요" 하는 것이다. 대구의 어느 대학에서 초청 강연을 마치고, 학생들과 담소를 나누던 자리에서 어느 학생이 박사님께 따지듯 캐물었다.

"박사님, 오늘 강연 잘 들었습니다. 그런데 오늘 강연하신 내용은 제가 서울에서 들은 것과 똑같은데요, 그렇지 않습니까?"

양주동 박사가 아무리 천재라 할지라도 전국을 무대로 수많은 강연을 하다 보니 어디서 어떤 강연을 하고, 내용이 어땠는지 그만 깜박한 모양이어서, 그런 질문에 다소 난처한 표정을 짓더니 국보급 천재답게 태연한 말투로 이렇게 대답하였다.

"에이 이 사람아, 소 뼈다귀도 두 번은 우려먹는다던데, 국보 양주동의 명강의를 두 번쯤 들었기로서니…."

충주목사의 엉큼한 생각

새로 부임한 충주목사가 자기 관할 지역 내에 예쁜 여자가 없을까 하고 눈을 닦으며 찾고 있었다. 마침 이방의 소실이 빼어난 절색임을 알고 엉큼한 마음으로 뺏을 궁리를 하였다. 그래서 목사는 이방을 불러 놓고 지금부터 내가 묻는 말에 대답을 하지 못하면 자네의 소실을 내 소실로 만들겠다고 말하며 질문을 하였다.

"너희 집 사랑 앞에 서 있는 배나무 가지마다 참새가 앉으면 모두 몇 마리나 앉겠는가?"

이방이 무슨 재주로 대답을 할 수 있겠는가?

"모르겠습니다."

목사가 또 물었다.

"하룻밤에 보름달이 몇 리나 가겠느냐?"

이번에도 대답을 할 수가 없다.

"모르겠습니다."

마지막 질문으로 목사가 물었다.

"그러면 지금 내가 앉겠느냐, 서겠느냐?"

"그것은 더욱 모르겠습니다."

분통 터질 일이지만 약속은 약속이고 이방이 목사의 묻는 말에 대답을 못했으니 소실을 빼앗길 수밖에…. 목사가 이방의 소실을 불러 놓고 보니 과연 침이 넘어갈 정도로 절색이었다.

"자, 이리 올라오너라."

목사가 소실에게 청하니 여자가 물었다.

"제가 올라가는 일은 바쁠 것이 없습니다만, 대관절 쇤네의 지아비가 무슨 잘못을 저질러 이 지경이 되었습니까?"

그러자 목사가 의기양양해서 묻는다.

"오냐, 너도 대답을 해보겠느냐? 너희 집 배나무에 가지마다 참새가 앉으면 몇 마리나 앉겠느냐?"

목사의 질문에 소실이 곧바로 대답을 한다.

"이천삼백구십한 마리가 앉습니다."

"어찌 그렇게 자세히 아느냐?"

목사가 되묻자 이번에도 소실은 넙죽 대답을 한다.

"지난해 가지마다 배가 열렸는데 모두 따서 세어 보니 꼭 이 숫자였습니다. 새가 앉아도 그 이상은 못 앉을 것입니다."

"그러면 좋다. 보름달이 하룻밤에 몇 리나 가겠느냐?"

소실은 이번에도 거침없이 대답한다.

"구십 리를 갑니다."

그러자 목사가 다시 물었다.

"달이 겨우 구십 리밖에 못 간단 말이냐?"

"금년 정월 보름날에 친정 모친의 부음을 받고 달이 뜰 때 출발해서 친정에 도착하니 달이 뚝 떨어졌습니다요. 쇤네와 달이 같이 동행을 했는데 어찌 그걸 모르겠습니까?"

"음! 그럼 너 지금 내가 앉겠는가? 서겠는가?"

마지막으로 목사가 물었다. 그러자 소실이 벌떡 일어서더니 되물었다.

"그럼 나으리, 지금 제가 웃겠습니까, 울겠습니까?"

자, 이쯤 되고 보니 목사의 흉계는 여지없이 깨지고 만다. 그야말로 세상 살아가는 데 꼭 필요한 유머가 아닐까 한다.

바람쟁이

어느 날, 부부가 함께 잠자리에 들어갔다. 마침 오랜만의 기회라 둘은 서로의 성감대를 긁어 주면서 애무를 진하고 길게 하며 일을 치른 다음 그만 둘 다 잠에 곯아떨어졌다. 몇 시간을 잤는지 달게 잠을 자던 아내가 잠꼬대를 했다.

"여보, 저기 남편 들어와요."

그러자 이 말을 들은 남편이 갑자기 일어나 급히 옷을 주섬주섬 걸치고는 옆문으로 도망을 갔다. 도둑이 제 발 저리다는 말이 틀린 말도 아닌 셈이다.

술에 가장 약한 사람

친구들 여럿이 모여 잡담을 하는 가운데 한 친구가 말하였다.

"나는 말이야, 우리 집안 대대로 술을 못해. 그래서 그런지 한 병만 마셔도 그냥 뿅 간단 말이야."

그러자 옆 친구가 하는 말,

"난 술 한 병 정도가 아니야. 단 한 잔을 마셔도 끝이라고. 심지어 콜라를 마셔도 취한다니까."

이 말을 듣고 있던 세 번째 친구가 나서서 하는 말,

"쳇, 그 정도면 난 기절하고 말지. 난 술집 앞을 지나다니거나, 술집에서 풍기는 술 냄새만 맡아도 취하고 마니까 말이야."

이 말을 듣고 있던 또 다른 친구가 말했다.

"난 술 냄새 정도가 아니야, 술 주酒자를 보거나 술이라는 말만 들으면 취해 버리고 만다네. 난 아무래도 너무 병적인 모양일세."

이렇게 모두 자기가 술에 약하다는 이야기를 자랑삼아 하고 있는데, 어느 한 친구가 쿨쿨 코를 골면서 잠을 자고 있었다. 그래서 친구들이 깨우기 시작한다.

"이봐 지금 뭐하나? 무슨 잠을 그렇게 자는 거야? 일어나 어서!"

그러자 이 친구 일어나면서 취한 체하고 하는 말,

"난 자네들이 술 이야기 시작할 때부터 흠뻑 취해 그만 곯아떨어져서 잠을 잔 거야."

이 중에서 과연 누가 술에 가장 약한 사람일까?

어느 사원의 변명

어느 날 지각을 한 사원이 사장에게 들켜 호되게 꾸중을 듣는 중이다. 사장은 지각을 한 사원에게 까닭을 물으며 호통을 치고 있었다.

"버스가 사람을 피하려다가 그만 인도로 뛰어 들어와서 도로변의 가게를 들이받는 바람에 그만…"

지각한 사원이 이렇게 말하면서 고개를 숙이자 사장이 깜짝 놀란 듯 걱정스럽게 물었다.

"아니 저런~큰일날 뻔하였군, 그래. 어디 다친 데는 없어?"

그러자 사원은 민망한 듯 뒷머리를 손으로 쓰다듬어 내리며 우물쭈물 대답을 한다.

"예, 사장님, 저는 괜찮아요, 멀리서 그냥 구경만 하고 있었으니까요."

사장은 화가 치밀고 혈압이 오르는 것을 참고 사장실로 들어가 버렸다. 사장실에서 사장은 어떻게 했을까? 박장대소拍掌大笑를 하고 웃지 않았을까?

위험해서

한 농부가 그의 부인과 함께 철도역 매표소에 찾아와서 물었다.

"여보세요, 3시 10분차 갔습니까?"

"네, 벌써 떠났습니다."

"4시 기차는 언제 옵니까?"

"그 기차는 4시가 되어야 오죠. 오늘은 아마 연착이 될 거요."

"그럼 그전에 객차가 지나가는 것은 없습니까?"

"네, 전혀 없습니다."

"분명합니까?"

"분명하죠. 매표소 직원이 그것도 모르겠습니까?"

그러자 그 사람은 아내를 향하여 씩씩하게 말했다.

"여보, 됐어요. 안심하고 철도를 건너갑시다."

한 노인과의 대화

자동차를 운전하고 가던 신사가 미국의 매인주의 한적한 시골에 이르러, 외딴집에 사는 노인과 대화를 나누었다.

"이 집의 주인은 누구입니까?"

"모그스Moggs가 주인이요."

"무엇으로 이 집을 지었소?"

"로그스(Logs: 통나무)로 지었소."

"이 지방에 특이한 동물이 무엇이죠?"

"푸로그스(Frogs: 개구리)죠."

"이곳의 토질은 어떻소?"

"호그스(Hogs: 돼지) 토질이죠."

"기후는 어떻습니까?"

"포그스(Fogs: 안개)가 많죠."

"이 지방의 주식은 무엇입니까?"

"호그스(Hogs: 돼지)죠."

"할아버지는 친구가 있으십니까?"

"도그스(Dogs: 개)가 있지요."

참으로 격에 맞는 답변들이다.

미군과의 대화

한국전쟁의 휴전을 몇 주 앞두고 있었던 일이다. 국군 병사가 미군 헌병 검문소에 달려가서 짧은 영어로 지껄이며 열을 올렸다.

"에이, MP. 코리언 찝, 아메리칸 트럭 키스, 키스, 코리언 찝 왕창, OK, 아메리칸 트럭 뺑소니, 고-"

미군 헌병은 이미 그 말의 내용을 다 알아듣고, 지프차를 몰고 급히 달려가 보니 한국 지프차가 크게 부서져 있었고, 군인들은 모두 부상을 입은 채 신음하고 있었단다. 급할 때야 말이 뭐 필요한가? 바디 랭귀지가 제일이지, 뭐.

만년해로

예식장에서 주례가 성혼 서약을 받는다.

"신랑은 신부와 더불어 백년해로를 하겠는가?"

주례의 목소리가 성능 좋은 확성기를 타고 홀 안에 가득 찼다. 의당 "예" 하고 대답해야 할 신랑은 묵묵부답이다. 그러자 주례가 당황하여 다시 신랑에게 물었다.

"신랑은 신부와 백년해로 하겠는가?"

그런데도 신랑이 아무 말도 하지 않자, 신부가 옆에서 손으로 쿡 질렀다. 그러자 갑자기 신랑이 "아니요" 하고 대답하였다. 주례가 깜짝 놀라서 눈을 동그랗게 뜨고 캐물었다.

"아니 뭐라고? 신랑 자네 지금 제정신인가?"

신랑은 싱글벙글하면서 입을 열었다.

"물론 제정신입니다. 저는 신부와 백년이 아니고, 천년만년을 해로하고 싶습니다. 백년은 너무 짧아서요."

이에 재치 있는 주례가 다시 물었다.

"신랑은 신부를 맞아 천년이고 만년이고 해로를 하겠는가?"

그제서야 신랑이 큰소리로 "예" 하고 대답을 하였고, 식장 안은 온통 웃음바다가 되었단다.

소크라테스의 아내

세계의 3대 악처로는 요한 웨슬러의 부인과 존 하워드 부인, 그리고 소크라테스의 부인이다. 이 악처들의 행동 때문에 웨슬러나 하워드, 소크라테스가 그만큼 유명해졌다는 것이다. 하루는 소크라테스가 정한 시간에 정한 코스대로 사색을 하며 산책을 나갔다. 그런데 마침 그날은 초여름이라 떠날 때 날씨가 어둡더니 비가 오기 시작하였다.

집에서는 부인 혼자 앞마당에 널어 놓은 곡식을 비 맞지 않게 거둬들이고, 집안의 자질구레한 일을 하느라 정신없이 바빴다. 일이 많을 때 집에서 일이나 도와주지, 밥이 생기는 일도 아닌데 허구 헌 날 저렇게 돌아다니는 영감이 죽이고 싶도록 미웠다. 울화통이 치밀어 이놈의 영감 집에만 와 봐라 하고 벼르고 있던 차에 소크라테스가 집에 당도하였다. 평소 같으면 손으로 대문을 열고 들어갔는데 그날은 무슨 끼가 씌웠던지 기분 좋게 발로 걷어차면서 "대문 열어라" 하고 고함을 쳤것다. 벼르고 있던 마누라가 뭐라고, 뭐라고 욕지거리로 고함을 치면서 집안에서 야단을 부렸다. 그러다가 잠시 조용하던 끝에 대문이 열리기 시작하여 소크라테스가 고개를 들이밀자, 부인은 바가지 가득 담아온 물을 소크라테스의 머리 위에 덮어 씌어 버렸다. 소크라테스는 갑작스럽게 물벼락을 맞고, 물에 빠졌다가 살아 나온 생쥐 꼴이 되었다. 그런데도 소크라테스는 고개를 들고 빙그레 웃기까지 하면서 한마디 했다.

"천둥이 크게 치더니, 소나기가 오는구나."

이 얼마나 기상천외한 응변인가? 이 말 한마디에 소크라테스 부인은 그 후부터 꼼짝을 못했다나 어쨌다나? 정말 소크라테스의 마누라가 개과천선改過遷善했다면 마누라 버릇 길들이는 수법 중의 하나로 손색이 없을 법하다.

언어의 뉘앙스nuance

"내가 군에 있을 때 말이야, 어느 날 찦차를 타고 가다가 어떤 마을 입구에서 글쎄 내 차와 소가 충돌을 일으켰지 뭔가? 그때 일을 생각하면 식은땀이 다 나네. 그런데 차가 넘어졌을까, 소가 넘어졌을까?"

이렇게 물었다. 이 이야기부터 흥미가 진진하다. '소와 찦차의 대결!' 요컨대 찦차가 몇 킬로미터로 달렸는가? 어디를 어떻게 부딪쳤는가? 이러저러한 의문이 생길 것이다. 이때의 대답은 꼭 하나다.

"소가 넘어갔다."

이것이 대답이다. 여기서 언어의 뉘앙스가 파생된다. "소가 넘어갔다"와 "속아 넘어갔다"의 두 가지 의미가 있다는 말이다.

욕심 많은 원님의 잔꾀

욕심 많은 어느 마을의 원님이 하루는 한 부자의 돈을 빼앗기 위해 궁리를 하다가 마침 좋은 꾀가 생각나서 그 부자를 불렀다. 하기야 얼마 전에도 청와대에서 대통령이 들어오라고 하여 들어갈 때 수십억 원이나 수백억 원을 상납했던 일이 들통이 나서 콩밥을 먹었던 전직 대통령도 있었다.

"나라에서 우리 고을에다 다음과 같은 물건들을 구해 바치라는 영을 내렸는데, 최 부자가 이 고을 터줏대감이니 꼭 구해 오도록 하시오, 나흘 안에 여기 적은 물건들을 구해 오지 못하면 모든 재산을 몰수할 테니 그리 아시오."

최 부자가 원님이 건네준 쪽지를 받아 보니 이 세상에서 가장 큰 것과 함께 십리탕과 백 가지 나물을 구해 오라는 내용이었다.

"나흘 안에 이 물건들을 어떻게 구하란 말인가?"

집에 돌아온 최 부자는 필시 원님이 자기의 재산을 모두 빼앗으려는 수작이라는 것을 직감하였다. 그렇지만 뾰족한 수가 없는지라 자리에 누워 끙끙거리고 있었다.

"이 세상에서 가장 큰 것이 무엇이란 말인가? 십리탕은 또 무엇이며,

나물 백 가지를 어떻게 마련한단 말인가? 억지를 써도 분수가 있지 난 이제 꼼짝없이 재산을 몰수당하게 되었구나. 아이고, 내 팔자야."

최 부자가 끙끙거리며 드러누워 있자, 열 살 난 아들이 왜 그러는지 곡절을 물었다. 최 부자의 아들이 아버지의 이야기를 다 듣고 나더니 빙그레 웃으면서 말했다.

"아버지, 그러면 이렇게 하십시오."

아들의 귓속말을 듣고 난 다음 최 부자가 벌떡 일어나더니, 무릎을 탁 치면서 '옳거니!' 하였다. 그러더니 종을 불러 지시를 했다.

"너, 내일 아침 일찍 장에 가서 하늘 타리 하나, 오리 두 마리, 그리고 흰 가지를 사 오너라."

하늘 타리는 박과에 속하는 다년생 풀로서 산이나 밭둑에서 많이 볼 수 있는 풀이다. 사또의 분부가 있은 지 나흘째 되던 날 최 부자는 원님을 찾아갔다. 원님이 눈을 껌벅이며 물었다.

"이게 무엇인고?"

최 부자는 아들이 일러 준 대로 이렇게 아뢰었다.

"예, 속담에 이르기를 하늘 타리는 하늘의 울타리라 하였으니, 세상에 이보다 더 큰 것이 어디 있겠사오며, 오리 두 마리로 국을 끓였으니 그게 십리탕이요, 흰 가지로 나물을 무쳤으니 백 가지 나물이 아니고 무엇이겠습니까?"

그러자 할 말을 잊은 원님이 최 부자를 돌려보냈다는 이야기다.

누구든 내 앞에 오면

하루는 서로 다른 직업을 가진 네 사람이 자기 자랑을 하느라 열을 올렸다. 이들은 이발사, 구두수선공, 치과의사, 목욕탕 주인이었다. 치과의사가 먼저 말을 하였다.

"아무리 소문난 수다쟁이라도 내 앞에 왔을 때, 입 다물어 하면 안 다물고는 못 배긴다오."

그러자 이발사가 자랑하는 말,

"이래 뵈도 내 앞에서는 대통령이라도 모자를 벗으며, 앞으로 숙여, 옆으로 돌려, 고개 숙여 하고 말하면, 따르지 않을 수 없다오."

그러자 구두를 수선하는 사람이 말하였다.

"그래요? 별것 아니군. 세상사람 어느 누구도 내 앞에서는 신을 벗으시오 하면 안 벗는 사람이 없다오."

그러자 기가 막힌다는 식으로 목욕탕 주인이 하는 말,

"그래요? 다들 별것 아닌 것 가지고 그러시는구려. 우리 집에 오면 남자여자, 노소귀천을 불구하고 옷을 벗어라 하면, 몽땅 다 벗고 벌거 숭이가 되지요. 망칙하다고 그러시는 분도 별 수 없이 스스로 옷을 홀 랑 벗는다니까요."

"아이 망칙해라, 옷을 홀랑 벗다니?"

"당신은 도대체 뭐 하는 분이요?"

"나요, 공중목욕탕을 경영하는 사장이오."

요즘은 돈이 말하는 세상

남편이 출근할 때 아내가 말했다.
"여보, 요즘은 돈이 말하는 세상이라는 사실 아세요?"
"모두들 그렇다."
"그럼 여보, 오늘 돈 좀 내놓고 가요. 나 요즘 외로워 죽겠는데, 당신 없는 사이 돈과 말 좀 하게요."

아버지의 부탁

많은 남성들이 예쁘고 늘씬한 딸에게 침을 흘리고 따라다니면서 칭얼댄다는 것을 안 아버지가 성이 나서 말하였다.
"얘야, 널 졸졸 따라다니는 그 능청스런 녀석 말이야, 그 녀석 또 집에 찾아오면 내가 아주 깔고 앉아 버릴 참이다."
딸이 얼른 받아서 하는 말,
"아빠, 그것은 제가 해봐서 잘해요. 그 일은 제가 할 테니, 아빠는 피아노를 쳐 주세요."

식사는 2인분

신혼부부가 밀월여행을 즐기려고 호텔에 도착하였다. 신랑이 자신 만만하게 신부를 끌어안으면서 말했다.

"브라보, 우리는 드디어 이제부터 하나가 되었다."

그러면서 조금 후에 식사를 시키면서 왈,

"그래도 식사는 2인분을 시켜야 되잖아? 그럼 하나가 된 것은 아니군. 그래도 입이 두 개라서."

옆 자리 대학생들의 대화

어느 카페에서 젊은 대학생들인 듯싶은 사람들이 여자에 대해 이야기하고 있었다.

"숫처녀는 무슨 뜻인지 아는가?"

"숫제 안 한 여자지 뭐."

"그럼 처녀는?"

"처음 한 여자지."

"아줌마는?"

"아주 많이 한 여자."

"네 말대로라면 '할머니'는 할 만큼 한 여자겠네?"

"그렇지."

"사랑이란, (   ) 끼고, (   ) 하는 것."
어떤 말을 채워 넣으면 말이 될까?

딱 한 자밖에 몰라

이 사람이 배운 글자라고는 내 천川 자 하나밖에 없고 아는 글자도 이것 하나뿐이었다. 하루는 멀리 있는 친척에게서 편지가 한 장 왔다. 편지 내용 중에서 천川 자를 찾아서 친구들에게 글을 안다고 자랑하려 하였으나, 아무리 찾아보아도 그 글자가 보이지 않고, 눈에 띄는 비슷한 글자는 석 삼三 자 하나뿐이었다. 그래서 속이 상하던 차에 하던 말,

"암만 찾아도 안 보이더니, 요놈이 여기 누워 있었으니 찾을 수가 있었겠나."

실력 있는 학생의 장난

미군이 주둔하는 부대 주위에 땅을 갖고 있던 사람이 건물을 신축하였는데, 집이 완공되어 준공검사를 받기 전에 미군이나 미군 부대 군속들에게 집을 전세 놓거나 월세를 놓으려고 대문 앞에다 세놓는다는 광고를 영문으로 크게 게시하였다.

[House & Room To Let]

이런 문구였다. 집이 가난하여 항상 있는 자에게 반항심을 가졌던 한 학생이 자기의 영어 실력도 과시해 보고, 주인도 골탕을 먹이려고 마음을 먹고는 장난을 하였다.

'To Let' 이라는 말은 '세를 놓는다' 는 뜻이다. 그런데 이 학생은 이 말이 숙어이기에 한 단어로 만들자고 마음을 먹었다. 그래서 'To Let' 에다 [I]자 하나를 첨가하였다. 그랬더니 'Toilet' 이라는 말이 돼 버렸다. 물론 이 단어는 '화장실, 변소, 세면소' 라는 뜻이다.

집주인은 오랫동안 소식을 기다렸으나, 세를 얻으러 오거나 연락하는 사람이 없어서 이상하게 생각하고 대문에 붙여 놓은 광고 글을 보고는 고개를 숙였다고 한다. 그래서 아예 한글로 큼직하게, [세 놓습니다]로 바꾸었다. 우리 주변에는 외국어로 된 업소 간판이나 생활용품 이름이 많다. 해도 너무 한다는 생각이 들 때도 있다. 필자는 아름다운 우리 한글로 대치하는 것이 바람직하다고 생각한다.

애인의 건망증

고교 시절부터 서로 깊이 알고 지내던 애인이 군에 입대하였다. 서로 그리울 때면 편지를 쓰는 것이 생활이 되었다.

"사랑하는 영자, 내가 좀 건망증이 심한 것을 용서해 주기 바라오. 나는 어제 저녁 영자에게 청혼을 한 것 같은데, 영자가 '예스' 했는지, '노' 했는지 잊어버려서 이 편지를 쓰니 친절히 답해 주면 고맙겠소."

군에 간 공삼이가 애인인 영자에게 보낸 편지였다.

"사랑하는 공삼이에게, 편지를 받으니 너무나 반갑습니다. 그날 밤 내가 분명히 '노'라고 답했는데, 그 사람이 공삼이었는지 소중이었는지 도무지 기억이 나질 않아 회답해 드리지 못함을 용서해 주기 바랍니다."

스승과 제자의 내기

스승이 제자에게 내기를 제안하였다.

"누구든지 나를 이 방에서 밖으로 나가게 하면 곶감 한 접을 주도록 하지."

그러자 한 제자가 앞으로 나서며 정중하게 말씀을 드렸다.

"선생님, 제가 내기를 제안하겠습니다. 제가 감히 어떻게 선생님을 이 방에서 나가시게 하겠습니까? 그러나 선생님이 밖에 계시면 제가 들어오시게 할 수는 있습니다."

"그래? 그럼 내가 밖으로 나가지."

스승이 밖으로 나가자, 그 순간 제자가 일어나 꾸벅 인사를 하면서 말했다.

"네, 내기가 끝났습니다."

만담

다음은 K씨와 B씨의 만담 내용이다.

B : 자네 영어 공부 많이 했나?

K : 많이 하다뿐인가? 뭐든지 물어 보게 척척 대답을 할 테니…

B : 아버지를 영어로 무엇이라 하나?

K : 이 사람아 그거야 '파더' 지 뭔가?

B : 아 그래, 그럼 할아버지는?

K : 그랜 파더.

B : 그렇지만 할머니는 모를 거다.

K : 식은죽 먹기보다 쉽지. 그거야 그랜 머더.

B : 정말 척척이군 그래.

K : 암, 이 세상에 나보다 영어 잘하는 사람 있으면 나와 보라고 해!

B : 그럼, 장모님은 무어라고 하나?

K : 장모라… '장' 은 긴 장長 자이고, '모' 는 어미 모母라, 이 사람아 그걸 모르는 줄 아나? 길다고 하면 영어로 '롱Long' 이고, 어머니라면 머더Mother이니, '장모님' 은 '롱 머더' 지 뭐야.

B : 그것마저도 알고 있었군.

B씨는 시무룩한 표정으로 눈살을 찌푸린다.

K : 장모의 장자는 긴 장長 자가 아니고, 어른 장丈이야. 또 영어로 장모님은 '머더 인 로Mother in Law'지 뭐가 '롱 머더Long mother'란 말인가? 예끼, 이 사람아! 잘못하면 사람 잡겠다.

부전자전

오랜만에 친구를 만나서 친구의 집으로 함께 가게 되었다. 친구의 부인은 하나밖에 없는 외동아들인 초등학교 1학년을 소개시켜 주었다.

"제 아빠와 생긴 것 하며, 하는 짓 하며 꼭 닮았어요. 미워 죽겠어요."

그러자 방문했던 친구는 흠칫 놀라면서 중얼거렸다.

"큰일이군, 어린 녀석이 벌써부터 그렇게…."

친구는 옆에서 땡감 씹은 표정으로 오만상을 찡그린다.

너무 비대한 처녀

몸이 무척 뚱뚱한 처녀가 앙드레 봉이 운영하는 의상실에 옷을 맞추려고 찾아왔다. 몸의 치수를 재봐야 하는데 예쁘장하게 생긴 남자 주인은 웬일인지 몸의 치수를 재기보다는 그녀의 몸을 더듬는 데 열을 올리며 정신이 없었다. 그러자 처녀가 마침내 언성을 높이며 말했다.

"여보세요! 어딜 자꾸 더듬어요?"

그러자 남자 주인이 대답한다.

"죄송해요, 누나! 아직 허리를 못 찾아서 그래요."

러시아 말을 못해서

한 한국 남자가 러시아로 여행 가서 모스크바에 도착하였다. 도착하자마자 몹시 배가 고파서 식당을 찾아갔으나, 말을 하지 못해 음식을 시킬 수가 없었다. 식탁에 앉아 한참이나 우물쭈물하고 있는데, 옆 자리의 미국인이 자기와 마찬가지로 말을 하지 못하는 것 같았다. 주위를 살피던 미국인이 일어나더니 주방으로 성큼성큼 걸어가서는 자신의 바지의 지퍼를 내려 보이는 게 아닌가? 그러자 미국인 앞으로 예쁘장한 러시아 아가씨가 큼직한 소시지 하나와 계란 두 개를 내왔다. 이 모습을 본 한국인은 '옳지, 이거구나' 하고는 자기도 주방 앞으로 다가가서 바지 지퍼를 내려 보이는 흉내를 냈다. 그런 다음 자리로 돌아와 음식이 나오기를 기다리는데, 한참 만에 나온 음식은 번데기 하나와 메추리 알 두 개였다.

아버지의 아들 생각

서울 근교에 사는 아버지가 아들 생각을 하여 바나나를 샀다. 옆 주머니에 하나씩 넣고, 하나는 뒷주머니에 넣은 다음 집으로 돌아가기 위해 전철을 기다리고 있었다. 마침 퇴근길 러시아워라 만원 전차가 도착했다. 콩나물시루 같은 손님들의 틈을 비집고 들어가서 겨우 전철을 타고 가다가 주머니에 넣어 둔 바나나를 생각하고 만져 보니 옆 호주머니의 바나나는 뭉개져서 만져지지가 않았다. 그래서 뒷주머니에 넣어 둔 것도 절단이 났을 거라고 생각하며 만져 보니 그것은 그대로 있었다. 남은 하나라도 가지고 가서 아들에게 주려고 꼭 감싸 쥐고 내릴 때를 기다렸다. 마침 내릴 역에 닿아 전철이 멈추기를 기다리는데, 뒤에 서 있던 총각이 말했다.

"아저씨 이제 저 내려야 하는데요?"

내리면 내릴 일이지 총각이 싱겁게 왜 이러나 하고 대꾸했다.

"내리려면 내리시구려."

그러자 총각은 울상이 되어 통사정을 하였다.

"놔 주셔야지요."

사돈집 풍속

"사돈집은 오이 먹는 풍속도 다르다더라. 여러 가지로 당황하고 애를 먹었제?"

친정아버지가 묻자 딸은 고개를 저었다.

"아니에요, 우리 집과 별로 다른 것은 없었어요. 다만 베개 사용하는 법이 다르데요. 우리 집에서는 베개를 머리 밑에 베고 자는데, 시댁에서 잘 때는 남편이 허리 밑에 베라고 하던데요."

꼬마의 지혜

어느 마을에 고약한 지주가 살고 있었다. 지주네 옆집에는 가난하지만 아름다운 아내를 가진 머슴이 살았다. 이 머슴의 아들은 정말 영특하고 총명하였다. 부자인 지주는 머슴의 아내에게 늘 추파를 보내고, 머슴의 아내를 어찌 해보려고 여러 가지 방법으로 유혹하기 시작하였다. 지주가 하루는 머슴을 불러 놓고 말했다.

"자네, 꾸어간 쌀 석 섬을 언제 갚을 건가? 만약에 자네가 딸기를 구해 오면 쌀 석 섬을 탕감해 주겠네. 그렇지 않으면 자네 부인을 나에게 보내야 하네."

참으로 고약한 지주지만 쌀 석 섬을 꾸어다 먹은 처지라 머슴은 끙끙 앓고 있었다. 머슴의 아들이 사정을 알고는 아버지에게 말했다.

"아버지, 염려하실 것 없습니다. 제가 그 고약한 지주 아저씨한테 다녀오겠습니다."

머슴의 아들이 찾아온 것을 보고 지주가 나무라며 물었다.

"네 아버지가 안 오고 왜 네가 왔느냐?"

그러자 머슴의 아들이 대답했다.

"우리 아버지는요. 딸기를 구하러 들에 갔다가 뱀에 물려서 지금 앓아누워 있어요.

그러자 지주는 화를 버럭 내며 호통을 쳤다.

"야 이 녀석아, 이 엄동설한에 무슨 뱀이 있다는 거냐?"

머슴의 아들은 빙그레 웃으며 말했다.

"아저씨, 이 엄동설한에 뱀이 없는 줄은 알면서 딸기가 없는 줄은 왜 모르십니까?"

머슴 아들의 꾀에 넘어간 것을 분하게 여긴 지주가 머슴을 불러 놓고 말했다.

"내가 이번에 여행을 갈 때, 자네 아들을 마부로 쓰려는데, 보내 주게나."

집에 돌아온 머슴이 아들에게 그 이야기를 하였다. 그러자 아들은 염려하지 마시라며 오히려 아버지를 안심시켰다. 머슴 아들을 마부 삼아 여행을 하면서 지주는 점심시간이 되자 주막에 들러 음식을 시키는데, 자기 것만 시키고 마부의 것은 시키지도 않았다. 아마도 지주는 머슴의 아들을 밖에서 굶기려는 속셈인 것 같았다. 주막집 아낙이 점심상을 차려오자 머슴의 아들은 덥석 받아들고 지주에게 가져가서 상을 내려놓은 다음, 국 그릇 안에다 손가락을 넣고는 휘젓는다. 그러자 지주가 호통을 쳤다.

"이놈 뭐하는 짓이냐?"

"밥상을 들고 들어오다가 콧물이 국그릇에 떨어져서 어디 있는지 건져내려고요."

머슴 아들의 말을 들은 지주는 화가 나서 냅다 소리를 질렀다.

"콧물이 빠진 국을 어떻게 먹나? 너나 먹어라."

그러면서 밥상을 물리는 바람에 머슴의 아들은 점심을 배불리 먹었지만, 지주는 쫄딱 굶고 말았다. 저녁때가 되어 저녁을 먹어야겠는데, 지주가 생각해 보니 마부가 문제였다. 그래서 지주는 머슴의 아들인 마부에게 이렇게 이야기했다.

"나는 저 아래 주막에 내려가서 잠시 요기를 하고 올 테니, 너는 여기서 말을 지켜라. 여기는 무시무시한 도둑이 코를 베어가는 세상이니, 이 말 고삐를 단단히 잡고 있어야 한다!"

생각해 보니 지주의 소행이 해도 너무하였다. 지주가 저 아래 주막으로 내려가고 나서 마침 지나가는 사람에게 말을 반값으로 팔아 버린 다음, 고삐 끈만 조금 자르자고 하였다. 얼마 후 지주가 돌아와 보니 마부는 말고삐 끈만 꼭 움켜진 채 고개를 푹 수그리고 있는 것이었다.

"예 이놈아, 뭐 하고 있는 거냐?"

"네, 아저씨가 고삐를 단단히 붙들고 있으라고 하지 않았어요? 그리고 이곳은 코 베어가는 무시무시한 곳이라고 해서 이렇게 코를 잔뜩 붙들고 있는 거예요."

"이놈아, 말은 어디 갔니?"

"어, 말이 어디 갔지? 난 주인님이 시키는 대로 고삐만 이렇게 단단히 잡고 있었는데…"

그래서 결국 지주가 또 당했다. 화가 난 지주가 마대 속에다 머슴의 아들을 집어 넣고, 나무에 매달아 놓았다. 마대 속에 들어가고 보니 이제는 꼼짝없이 죽었구나 하는 생각마저 들었다. 머슴의 아들은 머리를 굴리면서 마대 구멍으로 내다보니 외눈 가진 청년이 걸어오는 것이 보였다. 옳다구나 하고 머슴의 아들은 계속 마대 안에서 주문을 외듯 열심히 중얼거렸다.

"한 눈 떠라, 한 눈 떠라."

마대에서 이상한 소리가 들리자 청년이 묻는다.

"여보시오, 당신 마대 속에서 뭐 하고 있는 거요?"

"가만히 계셔. 난 두 눈을 못 보는 사람인데, 여기에 들어와 '한 눈 떠라'를 100번만 외우면 한 눈이 떠진다오. 지금까지 100번을 다 외워서 한 눈은 떴고, 다른 한 눈도 뜨려고 외우는 중이요. 이제 20번만 외우면 되니까 방해하지 마셔."

그러면서 열심히 외더니 이윽고 고함을 질렀다.

"아 내 눈 다 떴다."

외눈을 가진 청년이 가만히 생각해 보니 자기도 눈을 뜨고 싶었다.

"여보시오, 당신 눈 모두 떴으면 빨리 내려오시오, 내 한 쪽 눈도 떠야겠소."

"그래요? 그럼 내가 들어가 있는 자루를 내려놓고 대신 당신이 들어가시오."

청년은 자루를 내리고 자신이 들어갔고, 머슴의 아들은 자루를 어렵게 나무에 매달아 놓고 떠나가려는데, 멀리서 지주의 하인들이 달려오는 것이 보였다. 피신해서 가만히 지켜보았더니, 지주의 하인들은 마대를 끌어내려 짊어지고 바다로 가서 넓은 곳에 던져 버리는 것이 아닌가? 마대 속의 청년이 살려 달라고 애걸복걸하여도 못된 하인들은 그냥 던져 버렸다. 지주네 하인들이 돌아간 후에 머슴의 아들은 물에 빠진 청년을 구해 주고 능청스럽게 집으로 돌아왔다. 이튿날 아침 머슴의 아들은 지주를 찾아가서 이렇게 말했다.

"감사합니다. 아저씨 덕분에 바다의 용왕님을 만나고 왔습니다. 그 바다 속의 용왕님은 참으로 인자하시고 지혜가 많으시더군요. 제가 들어가자마자 마대를 풀어 주고는 즐비하게 쌓여 있는 보석들을 마음대로 가져가라고 하셨습니다요. 용왕님은 주위에 훌륭한 분들이 계시면어서 모시고 오라는 말씀도 하셨고요."

이 말을 들은 지주는 욕심이 발동하여 눈을 크게 뜨며 물었다.

"그래, 그럼 언제 갈까?"

"언제든지요. 그런데 용궁에는 맷돌이 귀하더라고요. 그러니까 맷돌과 솥을 가져다가 선물하면 용왕님이 매우 기뻐하실 것입니다."

"그런 것은 우리 집에 다 있으니 가져가면 될 것 아니냐?"

"그래요, 그럼 준비가 되는 대로 아무 때나 떠나요."

마침내 지주는 맷돌을 지도록 하고, 하인들은 솥과 솥뚜껑을 지도록 하여 끈으로 몸에 단단히 맨 다음 바다로 뛰어들게 하였으니 과연 이들은 어떻게 되었을까?

잊을 수가 없어

결혼하자고 서로 마음을 나누었던 아가씨와 헤어진 총각이 늘 우울하게 지내는 것을 보고 친구들이 위로를 해 주었다.

"이 사람아, 이젠 잊어버리게나. 세상에는 그녀보다 더 좋은 처녀들이 많고도 많단다. 하루빨리 잊어버리는 것이 자네에겐 여러모로 유익하다니까."

친구들이 위로하는 말에 실연을 당한 총각은 고개를 설레설레 저었다.

"아무리 잊으려고 해도 잊을 수가 없을 것 같아. 너무나 많은 것을 월부로 사 주었거든. 그 청구서가 올 때마다 생각이 날 테니까 말이야."

따라 웃어!

엄청나게 뚱뚱한 사람이 영화 구경을 낙으로 삼았다. 하루는 영화관에 가서 영화를 보고 있는데, 꼬마 손님이 뒷좌석에 앉아서 영화를 보려고 하는 것이었다. 그래서 궁금하여 물었다.

"이 작은 친구야, 앞이 잘 보이냐?"

"아니오, 아무것도 안 보이고 벽 같은 아저씨의 등만 보여요."

"그러면 말이야, 너는 나만 보고 있다가 내가 웃거든 너도 따라서 큰 소리로 웃으면 돼. 알았지?"

열두 개미

어떤 노신사가 기차여행을 하고 있었는데, 옆 좌석에 젊은 사람이 자리를 잡았다. 함께 가면서 서로 알기 위해 이야기를 주고받았다.

"나는 여섯 명의 딸을 두고 있다오, 젊은이."

"그러세요? 여섯 입을 먹이려면 선생님과 사모님이 무척 힘이 드시겠네요?"

"그게 아니라, 열두 입을 먹여야 한다네. 딸들이 모두 결혼을 해서…."

"그러니 선생님 차지는 아무것도 없겠네요. 열두 개미가 떼로 몰려와 모든 것을 물어가니까 말입니다."

"그렇지, 그런데 젊은이는 어떻게 그리 잘 아나?"

"저도 그런 개미 중의 하나랍니다."

"흥 통하는 데가 있군. 나도 어려울 것 없다네, 알겠나?"

"선배님 알아 모시겠습니다."

"그러니 이렇게 여행이나 하면서 놀지 않나."

이틀 만에 바보가 된 천재

어느 부인이 신문을 보다가 호들갑을 떨며 남편을 부른다.

"어머나 여보, 참 놀라운 기사가 실렸어요. 40세가 되도록 글을 읽지도 쓰지도 못하던 사람이 결혼을 하자, 부인을 위하여 얼마나 피나는 노력을 했던지 2년 만에 대학자가 되었다는 기사가 있어요."

"뭐, 그까짓 걸로 그렇게 감탄해. 내가 아는 친구는 학교 다닐 때 천재라는 별명을 얻었고, 이를 누구나 인정하였지. 그런데 이 친구 결혼하자마자 이틀 만에 그의 아내 때문에 바보가 되어 버렸더라고."

뺨맞으려고?

부부 사이가 서먹서먹한 가정의 이웃에 금실 좋기로 소문난 부부가 이사를 왔다. 이사를 온 가정의 남편은 출퇴근할 때마다 아내에게 진한 키스를 해 주곤 했다. 이런 모습을 아침저녁으로 지켜보던 이웃의 부인이 출근하는 남편에게 애교를 떨면서 말했다.

"여보, 당신은 저렇게 좀 못해요?"

"아니 여보, 난 그 부인 알지도 못해. 남의 부인에게 그렇게 했다가는 여자에게 뺨을 맞거나 남편에게 몽둥이찜질을 당하지."

"아이고, 이 벽창호야!"

부인의 지혜

사대부 집의 부인이 남편의 주색잡기에 몸서리를 치고 있었다. 매일 그 짓을 하지 않고는 잠을 자지 않았다. 어느 날 저녁 남편은 부인과 잠자리에 들어서도 예쁘장한 계집종이 새로 들어왔다는 생각에 영 잠이 오지 않았다. 잠을 자는 척하다가 아내가 잠들었는지 확인하고는 일어나 계집종의 거처로 갔다. 새로 들어온 계집종을 한 번도 그냥 두지 않았던 남편의 소행을 익히 아는지라, 부인은 이날도 잠이 든 척하고 누워 있다가 남편이 계집종의 거처로 간다는 것을 알고 뒤따라갔다. 계집종의 방에 다다르자, 벌써 이상한 소리가 들렸다.

"서방님 안 돼요. 서방님은 왜 흰 떡같이 예쁜 아씨를 두고 저에게 오셔요?"

그러자 바람둥인 주인이 하는 말,

"아씨가 흰 떡이라면 너는 갓김치가 아닌가? 흰 떡 먹고 갓김치 국물을 안 마실 수가 있겠는가?"

이렇게 달래자 어느새 계집종까지 불이 붙었는지 "아이고 좋아요, 더~더… 빨리빨리" 하며 야단법석이었다. 부인은 그 소리를 듣자니 마음이 이상하여 모르는 척 방으로 돌아왔고, 남편도 일을 다 끝내고 돌아와 잠을 잤다. 이튿날 아침 일찍 대감이 아들 부부를 불렀다. 아들은 술기운에다 어젯밤 계집종과 밤일에 치르느라 녹초가 되어 정신이 맑지 못했다. 방 안으로 들어오는 아들을 보고 대감이 근심 어린 얼굴로 물었다.

"너 어디 아프냐?"

"감기가 약간 들었습니다."

아들의 대답에 며느리가 옆에 있다가 한마디 거들었다.

"밤에 갓김치 국물을 마시느라고 감기가 들었나 봅니다."

그러자 대감이 성을 버럭 내면서 호통을 쳤다.

"갓김치가 어디서 나서 너 혼자만 몰래 먹었느냐?"

우물쭈물 대감 앞에서 물러난 남편은 부인이 알면서도 지혜롭게 빗대어 이야기했다는 사실에 깨달은 바 있어 더는 외도를 하지 않았다고 한다. 어느 누가 다른 여자와 불륜을 저지르는 남편을 보고 이토록 지혜롭고 통쾌하게 꾸짖을 수 있을까?

아내는 떠나지 않았다

집안이 무척 가난한 이육우라는 선비가 있었다. 나이 스무 살이 되어 영남에 장가를 들게 되었다. 아내 박씨는 절세미인일 뿐만 아니라 지혜가 비상하여 선비는 모든 살림을 아내에게 맡기고 살았다. 그 해 세밑에 부인 박씨가 친정에 다니러 가겠다고 하자, 남편은 기꺼이 말 한 필을 빌려 왔다. 그리고 선비는 부인을 말에 태우고 유랑이라도 하듯이 느긋하게 길을 떠났다. 가다가 날이 저물었고, 산중이라 집이 드문드문 있어서 외딴집에서 하루를 유숙하게 되었다. 밤중에 밖에서 갑자기 떠들썩한 소리가 들려 왔다. 귀를 곤두세우고 바깥 동정을 살피고 있는데 방문이 열리며 육척의 거한이 불쑥 들어왔다. 들어온 사람은 혼자가 아니라 졸개들을 데리고 있었다. 이육우는 엉겁결에 거한을 맞았다. 방에 들어온 그는 서른 살 정도로 준걸스럽고 거동에 품격이 있으며, 몸에는 군관들이나 입는 남천익藍天翼 같은 옷을 입고 있어서 마치 아장이나 대장과 흡사하였다.

"그대는 누구이기에 일찍이 한 번도 면식이 없는 터에 이 밤중에 가난한 선비가 유숙하는 곳에 들어왔소?"

"나로 말하면 산중에 숨어 사는 사람으로서 수하에 거느린 졸도가 수천 명이고, 부귀 또한 관찰사를 부러워하지 않을 만하오. 다만 나이 서른에 아직 장가를 들지 못한 처지로 아내 될 사람을 찾는 중인데, 시골 여인은 내게 맞지 않고 현형賢兄이 부인을 데리고 고향으로 간다는 소식과 함께 부인이 세상에서 둘도 없을 정도로 아름답고 현숙하다는 소문을 들은지라, 이렇게 형을 만나 양해를 구했으면 하고 찾아왔소이다. 형은 한양에 가서 새로 아내를 얻는다고 해도 별로 어려운 일이 아닐 테고, 이 말이 극히 무례한 줄 아오나 형의 아내를 모시고 가서 산중에서 내조를 삼고자 하오니, 금 오천으로 바꾸는 것이 어떻겠소? 형의 뜻은 어떠하오?"

"세상에 어찌 백지白地에 남의 아내를 빼앗는 법이 있소? 또한 내 아무리 가난하게 살고 있으나, 어찌 아내를 돈받고 파는 파렴치한 죄를 범하겠소?"

이육우는 벌벌 떨면서도 심중에 있는 말을 모두 하며, 거한의 제안을 거절했다. 그러자 거한이 말했다.

"형은 왜 그렇게 생각이 모자라시오? 이 일이 예의가 아닌 줄 모르고 있는 게 아니요. 내가 이미 여기에 올 때는 이 말을 하려고 결심했는데, 어찌 쉽게 물러설 수가 있겠소. 형은 내 말대로 이 돈으로 현실을 택하시오. 현실을 택한다면 상처 없이 몸을 보존하여 돌아갈 것이나, 만약

듣지 않으면 부하들이 형을 그냥 두지 않을 뿐더러, 돈도 못 받고 부인도 겁탈을 당하여 돌아갈 것이오. 하하하."

말을 마친 거한이 호탕하게 웃었다. 한마디로 청천벽력이 아닐 수 없었다. 이육우는 이러지도 저러지도 못한 채 울기만 하며 어쩔 줄을 모르고 있었다. 그때 옆방에서 남편과 거한의 말을 엿듣고 있던 박씨가 벽을 쳐서 남편을 불렀다. 거한은 이육유를 옆방에 보내 놓고 벽에다 귀를 대고 무슨 말을 하는지 듣고 있었다.

"이것은 큰 변이니 입으로 싸울 일이 아닌 것 같소. 또 힘으로도 할 수가 없지 않소. 그들은 큰 도적으로 아녀자 한 명쯤은 우습게 아는 것이 아니옵니까? 그래서 생각건대 첩이 낭군 집에 들어온 지 기한이 다 차도록 자녀가 없거늘, 저 사람에게 몸을 허락하면 첩도 평생에 부귀를 누리고, 낭군도 또한 오천이나 되는 금으로 다시 현처賢妻를 얻어, 넓은 논밭과 집을 얻어서 살면 양쪽 모두 좋을 것 같습니다. 이 몸으로 하여금 귀하신 몸에 상처를 입지 않도록 허락을 해 주십시오."

박씨가 말을 마치고 흐느끼며 우는가 싶더니 입술을 깨물고 오열하는 소리가 들려 왔다.

"내 어찌 죽을지언정 차마 그대와 생이별을 하리오."

이육유도 아내와 함께 통곡을 하였다.

"대장부가 어찌 그리 녹록하시오? 생각을 바꾸세요."

박씨가 오열을 삼키며 통곡하는 이육우를 밖으로 밀어내었다. 거한이 잠깐 방 안의 이야기를 엿들은즉, 박씨가 과연 현부인지라, 맥없이 앉아 있는 이육우에게 말했다.

"그대는 어찌 한때의 정을 금하지 못하고 큰 재화를 마다하시오?"

그때 박씨가 떨치고 나섰다.

"내 마땅히 장군을 따라가리니, 머리 빗고 세수하고 새 옷을 갈아입을 동안 너희들은 때를 맞추어 교자와 하인으로 하여금 기다리게 하여라."

박씨가 거한의 부하들에게 호령을 하니, 거한은 사뭇 즐거워하며 박씨의 명을 따르도록 지시하였다. 부하들이 행구를 준비하는 동안 거한은 다시 방 안으로 들어간 이육우에게 금 오천을 들려주고 너무 상심하지 말라고 위로하였다. 이육우는 금 오천을 바라보며 넋이 빠진 듯이 앉아 있었다. 그러다가 두어 시간 뒤에 박씨가 교자를 타고 나오거늘, 여러 도적들이 교자를 붙잡고 호의하며 떠날 차비를 하였다.

"그대는 부디 좋은 첩을 얻어 잘 살거라, 하하하."

거한은 이육우와 헤어지면서 말 머리를 돌렸다. 떠나고 난 뒤 이육우는 통곡을 하며 안방으로 들어갔다. 그런데 이게 웬일인가? 박씨가 전과 같이 단정하게 앉아 있는 것이 아닌가? 이육우는 마치 환상을 본 것처럼 눈을 비비며, 다시 쳐다보아도 분명히 박씨 부인임이 틀림없었다.

"그대의 현명한 지혜는 내가 능히 만분의 일도 따를 수가 없소. 이 몸은 마치 꿈에서 깨어난 것 같소."

"일이 어찌 할 수 없게 되어, 부득이 조그만 계책을 썼을 뿐이오. 칭찬은 과분하지요."

그리고 이들 부부는 행복하게 살았으리라.

두 죄수罪囚의 대화

옥중에서는 신참이 들어오면 반드시 고참인 감방장이 대장 노릇을 하며 신참의 지은 죄를 고백告白받는다. 고백한 내용에 따라 평가를 받고 그에 따라 대접도 달라진다는 것이다. 그리고 아무리 장대한 사람이라도 죄수들이 기를 꺾기 위해 모진 고문을 가하는 일도 비일비재하다고 한다. 감방에서 수형생활을 하는 두 사람이 서로 죄를 뉘우치기는커녕 도리어 자기는 죄가 없다는 이야기를 늘어놓았다.

"나로 말하면 엎드려 자다가 이렇게 들어오게 되었소."

"엎드려 자는데, 무슨 죄가 되오? 필시 무슨 까닭이 있겠지요."

"배 밑에 사람이 있었던 까닭이지요. 밑에 깔린 사람이 첫 경험을 당하는 처녀라 내가 이렇게 되었소."

"그대는 어떤 연고로 여길 들어왔소이까?"

"나는 길에 떨어진 줄을 잡고 가다가 이리로 왔소."

"그것이 무슨 죄가 되오?"

"그 고삐 줄 끝에 소라는 동물이 매달려 있었기 때문이지요."

이야기를 들어 보니 기가 막힌다. 한 사람은 간통죄로 들어온 것이 틀림없고, 다른 한 사람은 소를 훔쳐 나오다가 잡혀서 온 사람이 틀림없다.

그게 그거지 뭐냐?

어느 대감의 옆집에 대장장이가 살고 있었고, 또 다른 옆집에는 목수가 살고 있었다. 밤낮으로 경쟁이나 하듯이 두드리고, 썰고, 부수고, 뚝딱거리며 시끄럽게 구는 바람에 대감 집안은 온 식구가 귀가 아프고, 머리가 어지러워 미칠 지경이었다.

"이런 놈들, 내가 이사를 가든지 저놈들을 이사를 가게 하든지 해야지 시끄러워 살 수가 있나?"

이렇게 탄식을 하였다. 다른 권세 가문이었으면 벌써 불호령이 떨어졌을 터인데, 워낙 사람이 좋은 대감이라 늘 속마음으로 끙끙 앓으면서도 내색을 하지 않았다. 하루는 목수가 찾아왔다.

"대감님 소인이 이사를 가게 되었습니다."

"듣던 중 반가운 소리로군. 어디를 가든지 열심히 살도록 해라."

조금 있으니 또 대장장이가 와서 말한다.

"대감님, 소인이 이사를 가게 되었습니다."

"아, 그래?"

한 집도 아니고 두 집이 한꺼번에 이사를 간다니 이보다도 반가운 일이 있으랴. 대감은 겉으로 서운한 체하였지만 속으로는 후련하였다.

"너희들이 한 집도 아니고, 두 집이 한꺼번에 이사를 간다니 실로 서운하구나."

대감은 특별히 술상까지 봐서 이별주를 톡톡히 냈다. 이사를 간다던 두 사람은 저녁 늦게까지 술을 얻어 마셨다. 그런데 분명히 이사를 간다고 하더니 다음날도, 그 다음날도 시끄러운 소리가 여전하다. 답답한 대감이 하인을 시켜 알아보도록 하였다.

"예, 대장장이와 목수가 집을 서로 맞바꾸었다고 합니다."
하인은 이렇게 아뢰는 것이었다.

쥐뿔도 없는 주제에

어느 가난한 집에 도둑이 들었다. 아무리 뒤져 보아도 가져갈 만한 물건이라고는 없었다. 도둑은 침을 뱉으며 문을 열어 놓은 채 자는 주인을 발로 걷어차며 나가려고 하였다. 잠자던 주인이 나가던 도둑에게 하는 말,

"여보 도둑, 나갈 때는 문을 닫고 나가야지?"
그러자 도둑이 하는 말,
"쥐뿔도 없는 주제에 문을 왜 닫으라는 거야?"

하룻밤 사이에

아버지가 어린 아들에게 한 일― 자를 가르쳤다. 다음날 아버지가 책상에 걸레질을 하고 있자, 아들 녀석이 그 옆으로 다가왔다. 아버지는 어제 가르쳐 주었던 글자를 알고 있는지 알아보려고, 걸레를 한 일― 자 같이 길게 늘어놓고는 물었다.

"이게 무슨 글자냐?"
아들 녀석이 눈을 멀뚱멀뚱하며 대답한다.

"몰라요."

아버지가 기가 막혀 아들을 쥐어박으며 타박한다.

"이놈아, 어제 가르쳐준 한 일― 자 아니냐?"

그러자 아들이 눈을 동그랗게 뜨면서 반문했다.

"단 하룻밤 사이에 왜 이렇게 커졌어요?"

철석같이 지킨 일

어떤 아버지가 밭에다 과일나무를 심은 다음, 아들에게 신신당부하면서 잘 지키라고 하였다. 밤에 누가 뽑아 가면 잃어버리기 때문이었다. 아버지가 먼 곳으로 출타하였다가 열흘쯤 지난 후에 집으로 돌아와 당부했던 것에 대해 물었다.

"별일 없었지? 과일나무는 잘 지켰겠지?"

아들은 씩씩하게 대답한다.

"단 한 그루도 잃어버리지 않았습니다."

아버지는 크게 기뻐하며 칭찬을 하고 물었다.

"네가 그렇게 정성껏 지켜 주어서 고맙다. 그런데 마을에서는 자주 묘목을 잃어버리는데, 너는 어떻게 지켰기에 하나도 잃어버리지 않았느냐?"

그러자 아들이 하는 말,

"매일 밤 밭에서 삽목揷木했던 것을 뽑아다가 집안에 갖다 두곤 했지요, 뭐."

124

처녀라니까

도박을 몹시 좋아하는 사나이가 있었다. 낮이고 밤이고 집에 들어가지도 않고 계속 도박을 하다가 마침내 몽땅 잃고 무일푼이 되었다. 남은 것이라고는 집에서 기다리고 있는 마누라뿐이었다. 그래서 마누라를 잡히고 또 본전을 찾겠다고 하다가 그마저 잃어버렸다. 이제는 더 이상 잡힐 것이 하나도 없었다.

"여보게 부탁일세. 내 마누라를 한 번만 더 잡아 주게나."

그러자 돈을 딴 사나이가 물었다.

"자네 마누라에게 이중으로 잡힐 만한 가치가 있던가?"

"응, 그렇고말고… 실은 내 마누라가 아직 숫처녀라네."

"그런 엉터리 같은 말이 어디 있어?"

"믿지 않겠다면 사실을 털어놓지. 결혼한 후로 한 번도 집에서 마누라와 자본 적이 없다네."

노비 춘심

어느 부유한 집의 노비였던 춘심은 주인집 딸이 혼례를 하자 딸의 몸종으로 시댁에 따라가게 되었다. 신랑은 아내가 데려온 춘심을 보고 마음속에 흑심을 품기 시작하였다. 천한 노비라지만 나이 십오륙 세에 용모 단정하고 행동이 민첩하기 그지없어 여느 집 규슈 못지않았다.

춘심은 며칠이 지나자 신랑의 눈초리가 예사롭지 않다는 것을 알 수 있었다. 춘심은 아씨의 얼굴을 떠올리며 생각했다.

'내가 아씨와 명색이 주종의 관계라고 하나, 어릴 적부터 이 나이까지 친형제나 다름없이 지내왔다. 그런데 이제 와서 아씨와 적이 된다면 하늘이 반드시 천벌을 주리라. 오래 여기 있다가는 언제 어느 때 신랑에게 당할지 모르니 도망하여 피하는 것이 차라리 낫겠지. 만약 지금까지 숙식을 함께하며 서로 사랑해 왔던 아씨께 이 사실을 말한다면 반드시 즐거이 허락하지 않으리라.'

춘심은 그날 밤으로 집을 떠나야겠다고 결심하였다. 길을 떠나면서 여자의 행색으로 홀로 간다면 불편할 것 같아서, 남자의 복장을 하고 무조건 서울 쪽을 향하여 떠났다. 어느 정도 가다가 보니 길가에 주막이 있었다. 점심 요기를 하면서 보니 주인 노파 외에 남자라고는 없었다. 그래서 춘심은 주인 노파에게 물었다.

"혹시 사람을 쓸 일이 없는지요?"

춘심은 여비도 떨어지고 여자의 몸으로 이틀 밤낮이나 걸어오느라 지친 몸이라 주막에서 빌붙어 살다가 다음을 생각하기로 하였다.

"그렇지 않아도 잔심부름 할 남자 아이를 하나 두려고 하던 참이었소."

주인 노파가 이렇게 대답하였다. 노파의 허락을 받고 춘심은 그날부터 객방에 불을 넣거나 저잣거리에 잔심부름과 부엌일까지 도맡아 해 주었다. 이렇게 3개월 정도 지났을까? 주인 노파가 춘심을 살펴보니 차림새는 남자지만 이목구비는 분명 여자인 듯하였다.

"너는 남자가 아니고 여자지?"

주인 노파가 부엌에서 장작불을 때던 춘심의 장딴지를 보고 여자가 분명하다는 것을 알고 물어 보았다. 춘심이도 3개월 정도 시간이 흘렀으니 주인집에서 찾기를 포기했겠지 하는 마음으로 자초지종을 이야기하였다. 주인 노파는 춘심의 말을 기특하게 여기고 치마저고리를 입혀 보니 빼어난 아름다움을 갖춘 여자였다. 거기다가 제대로 부엌일을 시켜 보았더니 음식 솜씨 또한 정갈하고 맛이 있으며 바느질도 여간이 아니었다. 주인 노파는 복덩어리가 굴러 왔다고 생각하며 자신의 몸에서 낳은 딸보다도 사랑해 주었다. 다시 3개월 정도가 흘러 과거를 보러 가던 나그네가 유숙을 하게 되었다. 선비는 춘심의 아름다움에 도취되어 주인 노파에게 동침하게 해달라고 요구하기에 이르렀다. 주인 노파가 나그네의 간청을 듣고 춘심에게 와서 이야기를 하였다.

"내가 비록 여기까지 흘러왔지만 본래 양반집의 처자라, 가난한 사람의 아내가 될지언정 부잣집의 후첩은 될 수 없으니 그리 아시오."

그 말을 들은 선비는 아직까지 장가를 들지 않은 몸이라 어려울 게 없었다.

"그렇다면 그대의 조건에 내가 부합하니 정식으로 청혼을 하겠네."

춘심은 그 선비의 말을 진심으로 믿고 청혼을 받아들였다. 선비가 춘심과 혼인을 하고 과거를 보았더니, 장원은 하지 못했으나 급제及第를 하였다. 세월이 흘러 춘심의 남편은 관찰사를 지냈고, 세 아들을 낳은 후에 먼저 세상을 떠났다. 그의 아들들은 모두 아버지의 뒤를 이어 벼슬길에 올랐고, 효성이 극진하였다. 하루는 어머니를 앞에 두고 세 아들이 말을 주고받았다.

"나의 벗 우 생원은 선조가 출세를 하여 당록을 받고 있다더라."

"유 선비는 조상의 덕으로 과거를 거치지 않고 벼슬에 오르지 않았습니까?"

춘심은 아들의 말을 들으니 자신의 과거 이야기를 하지 않을 수가 없었다.

"너의 집안 문벌로 어찌 타인을 논평할 수 있겠느냐? 내가 집안의 이목을 꺼리어 너희들에게 말하지 않았으나, 지금은 마침 며느리들도 없으니 나에 대해 말해 주겠노라. 나로 말하면 경기도 이천에 사는 이 생원의 누이 동생이라고 거짓으로 행세를 해 왔느니라."

춘심은 그 말을 시작으로 지난 일을 이야기해 주고 옛 주인을 생각하며 슬피 울었다. 그때 도둑이 대청 아래에서 그 이야기를 모두 듣고 나서 생각한다.

'내가 항상 위험을 안고 도둑질을 하며 구차하게 배를 채우는 것보다는 차라리 이 일을 이 생원에게 고한 다음에 그 대가를 받는 게 현명한 일이 아닐까.'

이 생원을 찾아간 도둑은 춘심에게 들은 이야기를 하나도 빠짐없이 그대로 전했다. 그러자 이 생원은 다음과 같이 말하면서 사례비는 조금 있다가 주기로 하였다.

"간절히 바라건대 절대로 누설하지 말길 바라오. 이웃에서 알게 되면 좋은 말이 나오지 않을 테니 말이오."

며칠 있다가 도둑에게 말을 끌게 하고 자식과 함께 서울을 행해 떠났다. 한강 가에 도착하자 사람이 없는 틈을 이용해 도둑을 한강으로 밀어 넣어 버렸다. 서울에 도착하여 도둑이 말하던 집을 찾아가니 과연 큼직한 대궐 같은 집이 보였다.

"이리 오너라."

이 생원이 대문에서 부르자 안에서 비복이 뛰어나왔다.

"내가 너희 댁 대부인의 오빠 되는 사람이다."

이 생원은 비복을 따라 안으로 들어갔다.

"오라비가 왔는데, 왜 그렇게 서 있느냐?"

이 생원의 말에 춘심은 뛰어나가 울면서 반가움에 어쩔 줄을 몰라 했다. 그런 후 자기의 아들들을 불러서 소개를 시켰다. 이미 사실을 다 알고 있는 자식들은 이 생원의 사람됨에 감격한 나머지 울음을 터뜨리며 몇 날 며칠을 극진하게 대접하였다. 그 후 춘심의 자식들이 이조에 청원을 하여 정6품 벼슬까지 내려주었다. 춘심의 아들 가운데 하나는 나중에 재상이 되어 이 생원에게 많은 논밭을 사주고 고을의 수령에게 우대하도록 조치를 취했다고 한다.

지계수처智計羞妻

관직에 머물던 이시우가 상감께 죄를 지어, 어명을 받고 경북 문경으로 귀양을 가게 되었다. 온몸이 결박된 채 우마차에 실려 가는데 부인이 대성통곡을 하며 물었다.

"오늘 떠나시면 언제나 돌아오시게 되오리까?"

"만일 달걀 위에 달걀을 올려 놓으면 내가 돌아오게 될 것이오. 그렇지 않으면 죽어서야 돌아오리다."

이시우는 침통한 어조로 이렇게 말하고는 고개를 돌렸다. 부인은 남편이 떠난 날부터 달걀 두 개를 가져다가 소반 위에 올리고 정성껏 빌었다.

"가지加之 가지 하라."

올려 놓으면 떨어지고 올려 놓으면 떨어져 슬피 울면서 그와 같이 기도를 올리기를 수년이 지났다. 하루는 상감이 평복으로 갈아입고 평민들의 사는 모습을 살피려 다니다가 이시우의 집에서 들려오는 그 소리를 들었다. 궁궐로 돌아온 상감은 이튿날 사람을 시켜 그게 무슨 말인지 알아오도록 하였다.

"귀양을 간 남편 이시우가 그렇게 시켰다고 하옵니다."

상감은 그 말을 듣고 부인의 지성을 불쌍히 여겨 이시우를 사면하고 입궐하도록 하였다.

"네가 돌아온 이유를 능히 알겠으냐?"

"성은이 망극 하오이다."

"그렇지가 않다. 달걀에 달걀을 더하려 했기 때문이노라."

상감은 이시우의 부인을 거듭 칭찬해 주었다. 아무리 아내가 남편보다 머리가 총명하고, 재물도 많고, 모든 면에서 앞선다 하더라도 남편의 앞에 설 수는 없는 법이다. 그저 뒤에서 따라가는 현명함을 보여야 현처라 할 수 있을 것이다. 살아도 죽어도 지아비를 위함이 진정 아내의 도리가 아닐까.

부창부수夫唱婦隨

한양 사는 재상 성운은 늙도록 슬하에 자식이 하나도 없었다. 아무리 권세가라 하더라도 대를 이을 자식이 없다면 자식 많은 지방 고을 아전보다 나을 게 없다고 할 정도로 후손에 대한 애착이 남달리 강하던 시대였고, 그러다 보니 부인의 마음인들 편할 날이 있었으랴? 당시만 해도 자식을 못 낳는 것은 여자의 책임이었고, 이것은 또한 칠거지악으로 엄하게 다스렸다. 부인은 용하다는 무당을 불러 굿을 하기도 하고, 틈이 날 때마다 절에 가서 백일기도를 드리는 등 온갖 치성을 다 했다. 처음에는 떡두꺼비 같은 아들 하나만 점지해 달라고 기원을 했으나, 해가 또 한 번 바뀌자 다급한 나머지 아들이나 딸이나 하나만 낳게 해 달라고 빌고 또 빌었다.

첫 새벽이면 정한수淨寒水를 떠놓고 삼신할머니한테 빌었다. 평소의 몸가짐도 행여 부정이 들까, 날것은 입에 대지도 않고, 불에 그슬린 음식도 먹지 않으며 더러운 곳은 애써 피해 다니는 정성에 하늘이 감동을 했는지 태기가 있었다. 그때부터 몸가짐에 더욱 신경을 쓰고, 종놈들에게 하는 말 한마디도 조심해 가면서 기다렸는데, 낳고 보니 딸이었다. 재상은 딸의 이름을 숙향이라고 짓고, 열 놈의 아들보다 잘난 딸하나가 낫다는 말대로 금이야 옥이야 소중하게 키웠다. 숙향은 부모의 염원을 일찍부터 파악했는지 네 살 때 천자문을 독파하더니, 나이 일곱 살이 되자 시전詩典까지 줄줄 외우는 신동이었다.

"숙향이 아들이었다면 후에 재상감이었을 걸."

성운은 영악하도록 똑똑한 숙향을 보고 혀를 차다가도 이내 마음을 돌려 먹고 정성을 다했다. 숙향의 나이 열 살이 되자, 서예는 물론 사군자에다 바느질까지 못하는 게 없을 정도로, 시쳇말로 완벽한 여자로 성장을 하였다. 이 시점에서 조물주가 한 가지 실수를 하게 되었는데, 그건 바로 숙향의 하늘 높은 줄 모르는 콧대였다. 조물주는 원래 인간에게 공평하게 복을 나누어 주었다. 얼굴이 못생긴 사람에게는 지혜를 주고, 잘생긴 사람에게는 허영을 주어 단명케 하고, 불구에게는 강철 같은 의지를, 맹인에게는 만 리 밖의 코고는 소리도 들을 만큼 예민한 청각을 고르게 나누어 주었다. 숙향도 마찬가지. 숙향만은 예외인 줄 알았는데, 역시 조물주는 공평했던 모양이다. 숙향은 세상에 자기보다 똑똑하고 잘생긴 사람 있으면 남녀를 불문하고 나와 보라는 식이었다. 나이가 들어가자 하늘같은 부모님한테도 자신의 생각이 옳으면 절대로 굴하지 않았다. 성운은 혼사를 앞두고 여기저기 신랑감을 물색해 보았지만 하나같이 숙향의 눈 밖에 났다.

"조부가 병조판서를 하던 이 참판 댁 자제를 보고 왔느니라."

숙향의 마음을 은근히 떠보았다.

"그 댁 도련님은 풍채가 좋고 가히 용맹스러우나 너무 미련하고 지혜가 부족한 듯싶사옵니다."

"너는 늘 별당에 있는 줄 알았는데, 이 참판 댁 자제에 대해서 어찌 그리 훤히 아느냐?"

"일전에 어머니와 박물장수가 하던 말을 들은 기억이 납니다."

매사가 이런 정도이니 이건 차라리 말을 하지 않음보다도 못한 형편이었다. 거기다가 엎친 데 덮친 격으로 성운은 고명딸의 혼삿길이 막힐까 보아 쉬쉬하고 있었지만 나약하고 힘없는 종들은 소문내기를 두려워하지 않는다는 점이다.

"어느 댁 도령이든지 우리 집 아씨한테 장가오시면 엄처시하를 면치 못할 것이오."

"그건 무슨 말인고?"

"아씨는 모르는 글이 없는 데다 총명하기가 하늘을 찔러 세상 남자 알기를 개 발에 달걀같이 여기거든."

그 탓에 명문가의 귀공자들은 지레 꼬리를 감추고 아내 삼기를 멀리 하였다. 형편이 이렇다 보니 재상은 근심이 생기지 않을 수 없었다. 하루는 재상이 딸의 고집을 꺾어 볼 요량으로 작심을 하였다.

"나이가 차면 혼인을 하는 게 부모에게 대한 효도이거늘, 너는 어찌 하여 도통 혼인할 생각을 않느냐?"

"인생이 겨우 백년을 살진대, 어찌 부부의 즐거움만 탐하여 자기를 구하고 기분을 상하게 하리까. 다만 부모의 슬하에서 부모를 모시고 평생을 편안케 함이 소저의 뜻이옵니다."

숙향의 말에 재상은 할 말을 잊었다. 이는 모두 부모가 너무나 아이를 아낀 탓이었다. 이러는 통에 하루는 매파가 찾아왔다.

"문벌은 상당하나 집안이 가난하여 의지할 곳이 없는 도련님입니다."

매파의 말을 듣고 성운은 평복으로 갈아입고 그 집을 찾아가 보았다. 마당에는 울타리도 없는 오두막인데 우렁찬 목소리로 글을 읽는 소리가 들렸다. 성운은 지나가는 과객처럼 도령과 몇 마디 이야기를 해보았더니 준수한 용모에 초롱초롱한 눈매가 범상치 않았다.

"너는 어인 일로 이렇게 살고 있는고?"

"본시 명문가의 독자였으나 기미년에 전국을 휩쓴 염병으로 가족이 모두 몰사하고 집안까지 패망하여 저는 이렇게 글을 벗 삼아 살고 있사옵니다."

도령이 조리 있게 말하자 성운은 마음속으로 사위를 삼고자 결심하였다. 집으로 돌아온 재상은 곧 매파를 불러 뜻을 전하고 혼인 날짜를 잡아 혼례를 올렸다.

"어찌 남자로 태어나 한 여자를 굴복시키지 못하겠는가?"

신랑은 익히 소문을 들어 왔는지라 한 가지 계책을 생각해 두었다. 신랑은 첫날밤에 신부의 이불 속에다 똥 한 덩어리를 집어 넣고 제자리에 와서 자는 척하였다. 한참을 있어도 신부는 그것도 모르고 여전히 자는 것을 보고 일어나 앉아서 혼잣말로 말했다.

"이상하고도 이상하다. 똥 냄새가 어디서 나는고?"

신부는 잠을 자면서 신랑의 말을 듣고 냉소하며 계속 자는 척했다. 그런데 신랑의 말이 틀리지 않다는 것을 느끼게 되었다. 냄새가 아주 가까운 곳에서 나고 있었기 때문이다.

"이상하도다. 한밤중에 뒷간을 풀 리도 없고…."

신랑은 신부의 반대쪽으로 돌아앉아 계속 중얼거렸고, 신부는 점점 사태의 심각성을 깨닫게 되었다. 자신의 이불 속에 냄새 나는 똥이 있음을 눈치챘기 때문이다.

"이를 어째? 곤히 잠들었을 때 저도 모르게 방분放糞하는 것은 예사로운 일이오. 하물며 부부 사이인데 어찌 서로 허물을 감춰 주지 않으리오."

신랑은 너그러운 음성으로 위로해 주고, 여비女婢를 불러 깨끗이 치우게 했다. 다음날부터 신부는 하늘과 땅 차이였다. 종들에게 큰소리를 칠 일이 있어도 자신의 실수를 생각하며 웃어넘겼고, 하고 싶은 말이 있어도 방분한 일을 부끄럽게 여기어 함구함은 물론이요, 어질고 양순良順한 현모양처가 따로 없었다. 세월이 흘러 남편은 정3품에 도달하고 자식을 삼형제까지 두게 되자 숙향은 잊고 살았던 불같은 자존심이 시나브로 불붙기 시작하였다.

"내, 남편보다 못한 것이 하나도 없거늘, 첫날밤의 실수로 물에 젖은 문종이처럼 살아온 게 심히 원통하다. 하지만 이제 자식들도 장성하였고, 내 나이 또한 마흔이 넘었으니 할 말을 다하고 남은 인생을 살리다."

숙향은 당장 밖으로 나가 종놈들의 기강부터 잡아야겠다고 생각했다. 그래서 종들은 모두 집합시켰다.

"너희들은 이제부터 집안의 청소를 시작해야 하거늘, 청소가 끝나고 점검을 해본 후에 어긋남이 있으면 혼쭐이 날 줄 알아라."

종들은 양같이 순하고 부처님처럼 어질던 주인마님이 갑자기 오랑캐처럼 닦달을 하자 술렁거리며 흩어져 청소를 하였다. 그날따라 남편은 저녁 늦게 술이 만취하여 비틀거리며 들어왔다.

"김 대감 어른의 생신이라 들렀다오."

"대감은 신첩을 어떻게 생각하십니까?"

"어찌 생각하긴, 첩을 첩으로 생각하지, 까마귀가 파먹은 감 홍시로 생각하고 있는 줄 알았소?"

"제 말은 행랑채에 있는 종과 똑같이 생각하지 않느냐, 이 말이오?"

"당신 오늘 삶은 새우젓을 먹었소, 아니면 쉰 막걸리를 마시었소?"

남편은 평소와 다르게 눈 꼬리를 치켜세우는 아내가 이상하게 보였다.

"첩의 나이 마흔, 이젠 할 말 다하고 살아야 하겠소이다."

숙향은 남편에게 부탁하는 게 아니고 처녀시절의 성격대로 선전 포고를 하는 것이었다.

"그렇다고 나이 마흔이 되면 첫날밤에 똥 싼 것은 반제가 된다는 법이라도 있소?"

남편은 아내의 심증을 알아차리고 단단히 못을 박았다.

"아니외다. 그저 신첩의 바람일 뿐이외다."

숙향은 첫날밤의 이야기가 나오자 얼굴이 붉어지며, 하던 말을 취소하고 황급히 고개를 숙여 백 번 사과를 하였다. 어느덧 남편은 재상이 되었고, 나이는 고희를 눈앞에 두고 있었다. 아들 삼형제도 모두 혼인을 하고 벼슬길에 올랐다. 재상의 고희잔치 때 자식들이 아버지의 장수를 기원하며 덕담을 하였다. 기분이 좋은 재상이 아들 내외가 모두 물러간 후에, 부인을 불러서 다정하게 이야기를 하였다.

"내 나이 이제 칠순인데, 부인께 뭘 숨기겠소. 사실 첫날밤의 사건은 그렇게 된 것이오."

이렇게 사실을 털어놓으며 그 통쾌함에 천정이 무너지도록 박장대소를 하였다. 그러자 부인이 영감에게 다가와서 수염을 꽉 잡아당기고 발버둥을 치며 악을 썼다. 그러다 보니 재상은 수염이 몽땅 빠져 버렸다. 대감은 화가 나기도 하였으나, 자신의 잘못을 알고 있는지라 참고 잠을 청했다.

이튿날 입궐하여 조회에 참석을 하였다.

"경은 어떠한 연고로 하룻밤 사이에 수염이 몽땅 빠지고, 턱이 그 지경이 되었는고?"

임금님이 놀라서 묻자, 재상은 지난밤의 일을 하나도 빠짐없이 아뢰었다.

"대신의 체통이 중하거늘 어찌 영악한 부인이 이와 같은 일을 할 수 있겠는가?"

임금은 사약을 내리자 금부도사가 그 뜻을 받들어 재상의 집으로 가서 어명을 전했다.

"첩의 죄는 용서하기 어려우니 어찌 하늘의 계시를 감히 어기랴."

부인은 뜰아래 내려와 무릎을 꿇고 엎드려 사약을 달게 받아 마셨다. 한 모금 마시고 입맛을 다셔 보더니 그건 사약이 아니고 이진탕이었다. 도사가 어명을 수행하고 임금님께 아뢰니 웃으면서 재상에게 말했다.

"참으로 여자 중의 호걸이로다. 그대의 지혜가 아니었다면 감히 어찌 하지 못하였으리라."

내일은 공짜

어느 이발소에 〈내일은 공짜로 이발해 드립니다!〉 하고 천에다 쓴 광고를 내걸었다. 이것을 보는 사람마다 내일 이곳으로 와서 공짜 이발을 하려고 벼르고 있었다. 어느 날 한 손님이 이발소에 와서 이발을 하였다. 이발을 다하고 감사하다는 인사를 하며 나오려니까 주인이 말한다.

"네, 손님 육천 원만 내시면 됩니다."

깜짝 놀란 손님이 되물었다.

"아니 이발을 공짜로 해 준다고 해서 들어와 이발을 했는데요?"

"어디 공짜라고 되어 있습니까?"

주인의 말에 두 사람은 밖으로 나가서 광고를 보았다.

"여기 공짜라고 되어 있지 않습니까?"

"어디 공짜라고 되어 있습니까? 내일이면 공짜로 해 드린다고 했죠."

"나는 어제 이 광고를 보았단 말이오."

"그러나 광고는 여전히 내일은 공짜라고 되어 있지 않습니까?"

손님이 어이가 없어 물었다.

"그럼 언제 오면 공짜입니까?"

그러자 주인의 태연한 대답,

"내일이요, 내일. 오늘은 항상 돈을 받습니다."

"그러면 항상 내일일 테니 기대할 수가 없군요."

"내일은 당신의 날도, 나의 날도 아닙니다. 단지 오늘만이, 지금 이 순간만이 나의 것, 당신의 것이지요. 지금 이 순간이 가장 귀한 것입니다."

아빠가 오시면…

어느 학교에서 학습에는 영 관심이 없고, 다른 아이들에게 늘 방해가 되는 학생 때문에 담임선생님은 애를 먹었다. 하루는 너무나 속이 상해서 학생을 보고 말했다.

"내일 아버지를 모시고 오너라."

이 말을 들은 학생은 머리를 긁적이더니 정말 곤란하다는 표정을 지으며 말하였다.

"네, 그러나 우리 아빠를 모시고 오려면, 왕진료往診料가 5만 원이나 드는 데요, 아시겠어요?"

아빠 자랑

어떤 마을에서 말썽꾸러기 세 꼬마가 자기 아버지가 높다고 자랑을 늘어놓았다.

"우리 아빠는 동네 반(1/2)장이다."

한 꼬마가 이렇게 말하자 다른 꼬마가 받았다.

"뭐 그것 가지고 그래? 우리 아빠는 동네 구(9)장이다."

그러자 마지막 꼬마가 하는 말,

"뭐 그까짓 구장 가자고 그래? 우리 아빠는 백(100)장[白丁]이다."

진범은 바로…

고속도로를 순찰 중이던 교통경찰관이 승용차 한 대가 개천으로 굴러 떨어져 있는 것을 보고 급히 달려가 보니, 타고 있던 두 내외와 두 아이들이 모두 죽어 있었다. 그런데 한쪽에서 원숭이 한 마리가 뭐라고 종알대는 것이었다. 교통경찰관이 물었다.

"너 말을 할 줄 아느냐?"

그러자 원숭이가 안다고 고개를 끄떡였다.

"그럼 묻겠다. 너도 이 차 안에 같이 타고 있었니?"

그러자 원숭이가 고개를 끄떡였다. 교통경찰관이 이번에는 남자를 가리키며 물었다.

"이 남자는 뭘 했지?"

원숭이는 캔맥주를 따서 마시는 흉내를 냈다.

"이 남자는 맥주를 마시고 있었단 말이지?"

그러자 원숭이는 또 고개를 끄떡였다. 경찰관이 부인을 가리키며 물었다.

"이 부인은 뭘 하고 있었니?"

그러자 원숭이는 말을 하는 흉내를 냈다.

"말을 하고 있었다고?"

그러자 고개를 끄떡였다.

"그럼 이 두 어린이들은 뭘 하고 있었어?"

이렇게 묻자 원숭이는 권투를 하는 흉내를 냈다.

"싸웠다고?"

그러자 고개를 끄떡였다. 경찰이 다시 물었다.

"그럼 너는 뭘 하고 있었니?"

그러자 원숭이는 신이 나는 것처럼 운전대를 돌려댔다.

"그러니까 네가 이 차를 운전했단 말이지?"

원숭이는 고개를 끄떡였고, 경찰관은 결론을 내렸다.

"아하 범인은 이놈이구먼."

같은 거리인데?

아빠의 친구가 집에 찾아와서 물었다.
"너의 아버지 어디 가셨니?"
아들놈이 대답했다.
"시장에요."
찾아온 아빠 친구가 다시 물었다.
"시장이 여기서 얼마나 먼데?"
그러자 대답이 좀 이상하다.
"갈 때는 10리구요, 오는 데는 20리쯤 돼요."
아빠 친구가 어이없다는 듯이 한마디 했다.
"어른 앞에서 장난을 하면 안 되지?"
"에이, 아저씨도… 우리 아빠가 가실 때는 맑은 정신으로 가시기 때문에 곧장 시장에 가시지만, 오실 때는 술이 만취가 되어 갈지자걸음으로 오시니까 두 배 거리가 되지요."

웃음을 주는 행위

세상에는 남장 여자가 흔히 있다. 우리나라의 김 아무개 전직 국회의원은 여자이면서도 남장을 하고 다니는 것으로 유명했다. 그런데 김 의원이 예의가 바르기로 유명한 영국에 국회의원 신분으로 방문했을

때의 일이다. 이때는 영국 여왕을 방문할 계획도 있었다. 갑자기 볼일을 보아야 할 위급한 상황이 닥쳤다. 남자용으로 갈까, 여자용으로 갈까 하고 망설이며 고민하다가, 여자니까 여성용으로 들어갔다.

"홧, 노오, 아웃!"

화장실 안에서 야단이 나고 떠드는 소리가 들렸다. 혼비백산하여 쫓겨나자 볼일을 보고 싶은 마음마저 사라져 버렸는데, 엄중한 항의까지 받았다고 한다. 나중에 이 사실을 이해한 당국은 웃음을 감추지 못했다는데….

준법정신

어떤 모임이나 학교에서 늦는 사람은 항상 늦게 오는 버릇이 있다. 그러나 그럴듯한 변명으로 자기 합리화를 하는 것을 흔히 볼 수 있다. 학교에서 모처럼 늦게 오는 바람에 지각을 한 학생이 선생님으로부터 지각한 이유를 추궁당하고 있었다.

"왜 늦었어?"

"예, 선생님 제가 빨리 오려고 했는데, 학교 앞에 오니, [학교 앞에서는 서행]이라는 간판이 붙어 있지 않겠어요? 그 표지판대로 천천히, 아주 천천히 오다가 보니 그만 이렇게 늦었지 뭐예요."

스승의 날 선물

스승의 날을 맞아 학생들이 저마다 선물을 가지고 선생님께 찾아와 감사 인사를 했다. 창수란 놈은 담임을 맡은 여선생님께 큼직한 상자 하나를 드리며 감사하다고 인사를 하였다. 선생님은 창수네가 빵집을 하니까 그 상자 안에 케이크가 들어 있으려니 하고 착각을 하였다.

"창수야. 이것 케이크로구나."

"네?"

창수가 의아해 하는데도, 선생님은 무심코 인사를 건넸다.

"고맙다, 창수야."

창수가 돌아가고 선물상자를 옮기려고 보니, 무슨 물이 뚝뚝 떨어지고 있었다. 선생님은 빵에서 달콤한 물이 떨어지는 것으로 알고, 손으로 찍어서 맛을 보았다.

"이게 무슨 물이지? 음료수 맛 치고는 이상한데?"

쩝쩝 맛을 본 후 이상하다는 생각을 하고 있을 때 창수가 들어왔다.

"이거 뭐니?"

선생님이 묻자 창수가 대답한다.

"선생님, 그건 우리 집 예쁜 강아지예요. 선생님이 키우시면 좋을 것 같아서 드리는 거예요."

묘한 방안

어머니가 세 살짜리 어린 아이에게 예방 주사를 맞히려고 병원에 데려왔다. 간호사가 주사를 놓으려 하자, 아이는 울면서 발버둥을 쳐댄다. 그러자 간호사가 주사기를 내려놓더니 묻는다.

"너, 제일 좋아하는 동물이 뭐지?"

"작은 고양이."

간호사는 물감을 갖고 와서 아이의 허벅지에 예쁜 고양이를 그려 준다음 말했다.

"얘야, 지금 고양이가 아프단다. 그러니까 고양이에게 주사를 놓아야지?"

그러면서 주사를 놓았더니 떼를 쓰거나 아프다고 찡그리는 일 없이 잘 맞았다.

암탉이 울면 집안이 망한다던데

어느 집에 늙은 할아버지가 세상을 떠나서 모두 슬픔을 참지 못해 곡을 하였다. 그런데 새로 들어온 손부孫婦만 전혀 곡을 하지 않는 것이었다. 그래서 시어머니가 물었다.

"아가야, 왜 곡을 하지 않느냐?"

"암탉이 울면 집안이 망한다고 하는데, 제가 어찌 울겠어요?"

제3장

요철凹凸의 해학

볼록이와 오목이

어느 고을에 세 처녀가 있었다. 세 자매는 일찍 부모를 여의고 가난하게 살아가는 형편이라 장가를 들려는 총각들이 없어서 시집을 가지 못하고 있었다. 세 자매 모두 혼기를 놓치고 스물을 넘겼으니, 어느 봄날 이를 슬퍼하며 이웃집 여종과 함께 후원에서 수다를 떨며 이야기를 주고받았다.

"세상 사람들이 남녀 사이엔 아름다운 기쁨이 있다는데… 그 기쁨이라는 게 뭐요, 언니?"

막내가 먼저 입을 열자 둘째도 은근히 동조를 하며 말한다. 옆집 여종을 보며 동조를 한다.

"나도 그것을 궁금하게 여긴 지가 오래 되었어. 저 애가 사내를 몹시 좋아하는 모양이니 한 번 물어 보는 것이 좋겠다."

그러면서 옆집 여종에게 남녀 사이의 아름다운 기쁨에 대해 물어 보며 눈치를 살폈다. 여종은 자매의 질문에 신바람이 난 듯 웃으며 떠벌였다.

"사내들은 모두 두 다리 사이에 큼직한 육추(致錘)를 가지고 있는데, 그 모양은 송이버섯과 흡사하고, 크기가 꼭 한 줌을 넘기니, 이름을 볼록이(凸)라고 하지. 이놈의 변화가 신묘해서 이루 측량할 길이 없고, 남녀가 이 물건을 가지고 밤일을 한단다. 그래서 나는 하루라도 이 물건이 없으면 잠을 잘 수 없을 만큼 끔찍이 사랑한단다."

옆집 여종이 길게 늘어놓자, 구미가 잔뜩 당긴 세 처녀는 더욱 궁금하여 다시 물었다.

146

"밤일을 하는 게 뭔데?"

"사내가 볼록이[凸]를 내 오목이[凹]에 맞추면, 볼록이와 오목이가 한 덩어리가 되어 아래위를 왔다갔다 하지. 그렇게 하기만 해도 가히 사지의 뼈가 녹아내리는 것 같고, 살아도 산 것이 아니고, 죽어도 죽은 것이 아닌 것처럼 정신이 흐릿하고 마음이 싱숭생숭하여 꿈속을 헤맨단다."

옆집 여종이 눈알이 상기되면서 꿈꾸듯이 말하자, 오히려 말을 가로막는다.

"네 말을 들으니 내 심신이 절려, 혼미해지는 것 같으니 제발 그만해라."

그래서 여종의 자랑은 그쳤는데, 세 아가씨는 궁리 끝에 한 꾀를 내고 의논하여 의견의 일치를 보았다.

"만일 우리가 벙어리 비렁뱅이를 만나면 그 물건을 함께 구경해 보자."

때마침 그 마을 젊은이가 담장 밖에서 엿보다가 세 처녀가 주고받는 이야기를 듣고는 속임수를 써서 희롱해 보기로 작정하였다. 젊은이는 몹시 남루한 옷을 입은 채, 바가지 하나를 들고 처녀의 집을 찾아가 밥을 달라는 시늉을 손짓 발짓으로 하였다. 세 처녀는 마침내 때가 왔다고 생각하여 무척 기뻐하며, 그 비렁뱅이를 골방으로 불러들여 푸짐하게 음식 대접부터 했다. 그런 다음 홑바지를 벗기고 그 볼록이를 꺼내 맏언니가 먼저 만져 보더니, 이렇게 이야기한다.

"이것은 가죽이야."

그러자 둘째가 그걸 만져 보고는 다른 말을 한다.

"아냐, 이건 고깃덩이야."

이렇게 말하며 만지작거리는 사이에 젊은이의 볼록이가 점점 커지고 빳빳해지며 일어서서 꺼덕꺼덕했다. 그때 그것을 만져 본 막내는 이렇게 말했다.

"아냐, 이건 분명히 뼈야."

그러면서 세 처녀가 달려들어 만지고 주무르며 야단을 하였다. 젊은이가 눈을 지그시 감고 있는데, 처녀들이 만지고 주무르니 볼록이는 더욱 힘차게 꺼덕꺼덕하며 점점 붉어졌다. 처녀들이 손뼉을 치면서 하는 말,

"어머, 이놈이 미쳤나 봐!"

그러자 젊은이가 처녀의 손을 덥석 잡으며 말했다.

"이놈이 처음부터 미친 게 아니오. 아가씨들이 이렇게 미치게 만든 것이니, 이 볼록이와 아가씨들의 오목이를 합일시켜 봄이 어떻겠소?"

벙어리 비렁뱅이인 줄 알았던 젊은이의 말에 처녀들은 어찌할 줄 모르고 있는데, 젊은이가 본색을 드러내며 엉큼하게 협박을 했다.

"내가 만일 한마디라도 소문을 내면, 아가씨들은 이 마을에서 살지도 못하고 쫓겨날 것인즉, 내 말을 따르는 것이 좋을 것이오."

그 결과 젊은이는 하룻밤에 세 처녀와 앞서거니, 뒤서거니 하면서 요철을 맞추느라 정신이 없었고, 그 맛이야 당해 보지 않고 어찌 알 길이 있으랴.

가슴을 등으로 알아

한 어리석은 서생이 늦게 장가를 갔다. 첫날밤 신부가 들어오자 불을 끄고 금침 속에서 신부의 몸을 손으로 더듬었다. 어리석은 서생은 신부의 가슴을 등으로 알고, 유방을 혹으로 생각하였다. 그래서 궁둥이를 쓰다듬어 내려가도 샘을 발견하지 못하였다. 성미가 급한 신랑은 성이 나서 첫날밤에 신방에서 나와 제 집으로 돌아가 버리고 말았다. 그러자 신부 집에서는 대소동이 일어났다. 신부의 부모는 그 이유를 신부에게 물어 보았다. 그러자 신부는 본래 학식이 높고 시詩에 능숙하여서, 웃음을 머금은 채 시 한 수를 써서 아버지에게 드렸다.

花房燭滅篆香消(화방촉멸전향소)
堪笑痴郎底事逃(감소치랑저사도)
眞境直從山面得(진경의종산면득)
枉尋山背太頌勞(왕심산배태송로)

화방에 촛불 꺼지고 아련한 향기 가라앉을 새
어리석은 낭군 도망가니 그 일 우습구나.
그 참된 경지는 배 앞에서 얻으려니와
그릇되어 묏등에서 헛된 수고뿐이었소.

신부의 아버지가 그 시를 당장 신랑의 집으로 보냈더니, 신랑의 아버지는 신랑에게 사정을 이야기해 주고 다시 신부의 집으로 보냈다.

신부를 다시 안은 신랑은 마침내 신부의 그 곳을 찾고, 그 일을 치르고
나서는 과연 그 맛이 극치라, 그래서 하루가 가는 것도 잊어버리고, 집
으로 돌아가는 것도 잊어버렸다. 기다려도 아들이 돌아오지 않자, 신
랑의 아버지가 다시 사돈에게 시詩 한 수를 지어 보냈다.

郎初失穴(낭초실혈)
號干中夜(호간중야)
郎復得穴(낭복득혈)
溺而不返(익이불반)

신랑이 구멍을 잃고
밤 속을 헤매더니,
다시금 구멍을 찾고는
빠져 돌아올 줄 모르네.

요철凹凸이 합쳐지면 빠질 줄 모른다니까.

말이 그렇다는 말이지

옛날에는 결혼식을 올리면 신행이라는 것이 있었다. 신부 집에서 먼저 혼례식을 올린 다음 사흘 있다가 신랑 집에서 잔치를 하고, 사나흘 지난 이후에 신랑신부는 처음 혼례를 올렸던 신랑의 처가에 들러 인사를 하는 풍습이 전통 혼례에서는 마땅히 밟아야 하는 의식이었다.

시골에 장가를 간 신랑이 신행으로 처갓집에 가 보니, 어렵게 사는 처가에는 방이 하나밖에 없었다. 간 날 저녁에 잠을 잘 때도 장모와 한 방에서 잠을 잘 수밖에 별 도리가 없었다. 한 방에서 자자니 자연히 신경이 쓰이고 조심이 앞섰다. 처음에는 신혼부부가 같이 눕고, 장모는 바로 옆에 누워 잠을 잤다. 자정이 지나고 나서 신랑이 소변이 마려워 화장실을 다녀왔다. 신랑은 자기 부인 옆에 누워야 하는데, 그만 장모 옆에 누워서 슬슬 정을 나누려고 시도하였다. 전희前戱도 없이 그저 올라타고 얼른 거기에다 끼워 일을 시작하였는데, 한참 열이 올랐을 때 장모님의 말이 귀에 들렸다.

"여보게 김 서방, 이래도 되는가?"

그러자 신랑은 깜짝 놀랐다. 자기의 마누라인 줄 알고 한창 흥분이 되어 있는데 중단을 하자니 그렇고, 계속 일을 하자니 도의상 이런 법도 없고 하여 물었다.

"장모님 하차할까요?"

그러자 이제는 장모님이 흥분을 해서인지, 홍콩을 가기 일보 직전이라서인지, 이렇게 말하는 것이었다.

"말이 그렇다는 말이지."

피노키오야, 피노키오야!

피노키오는 거짓말을 할 때마다 코가 조금씩 커지는 목각 인형이다. 어느 날 피노키오가 길을 가다가 우연히 돌에 걸려서 그만 넘어지고 말았다. 그런데 하필 바람기가 많은 여자가 그 옆을 지나다가, 넘어진 피노키오의 코에 여자의 그 곳을 꾹 찔렸다. 갑자기 기분이 이상해진 여자가 그 곳에 들어온 피노키오의 코를 잡고 더욱 밀어 넣으면서 간청을 하였다.

"피노키오야, 피노키오야! 제발 큰소리로 거짓말을 계속해 보지 않을래?"

바람아 불어라!

한 농촌의 아낙네가 음사淫事를 몹시 좋아하였다. 자기 남편과는 하루도 그 일을 하지 않으면 기진맥진하는 것이었다. 결혼을 하고부터 그런 일이 계속되자 그녀는 습관이 되어 음파淫婆 노릇을 하기에 이르렀다. 어느 날 남편이 아내를 꽁꽁 묶고 일을 시작하여 한창 열기가 달아올라 엑스터시의 경지인 홍콩에 닿을 무렵, 별안간 이웃집에 불이 났다. 워낙 갑작스런 일이라 묶어 놓은 줄도 풀지 못하고 쩔쩔매다가, 급한 김에 아내를 번쩍 들어 회나무 가지 사이에 올려 놓았다. 이웃 사람들이 집으로 와서 도와야지 하면서 법석을 떨었다. 남편은 손에 열을 식히려고 쥐고 있던 부채를 어디에다 놓아두려고 하여 두리번거리는데, 나뭇가지 위에 어떤 구멍이 있어 엉겁결에 부채 자루를 그 곳에 꽂았다. 그 구멍은 부인의 음문이었다. 눈 깜짝할 사이에 시간도 그리 지나지 않았기 때문에, 그녀의 음문은 아직도 조였다 풀었다 하면서 운동을 하고 있었다. 그런 데다 마침 바람이 불어 마디마다 오죽으로 된 부채가 돌기도 하고, 좌우로 흔들리기도 하니 더욱 흥분이 고조되어 갔다. 그러자 그녀는 비몽사몽 중얼거렸다.

"불어라, 불어라! 바람아, 더욱 세게 불어라."

바람이 불어 옆집에 불이 번지든 말든 부채만 잘 돌아가면 된다는 말….

대머리가 된 구관조 1

남녀를 막론하고 기호에 따라 선호하는 애완동물의 종류는 다양하다. 애완동물을 기르는 이유는 사람마다 다르겠지만 의인화擬人化된 상대를 기를 때는 대부분 혼자 있는 사람일 듯하다. 독신주의가 점차 늘어나는 현실에서 보면 필요악必要惡이라고 부정할 일만은 아닌 것 같다. 한 노처녀가 구관조를 애완동물로 기른 지 얼마 되지 않아서 일어난 일이다. 독신이니까 예의를 갖추어 행동할 필요도 없고, 남이 볼 일도 없고 하여 집안에서는 대부분 제멋대로 발가벗은 채 지냈다. 옷을 입거나 벗거나 자유고 구속하는 주변 사람도 없으니 해방감을 만끽하는 셈이다. 노처녀는 더위가 기승을 부리는 여름철이면 아파트로 들어오자마자 입고 있던 옷을 홀랑 벗어 버리는 게 습관이었다. 에어컨을 마련하지 못한 것을 불평하고 자학하면서 더위를 벗어 보려고 욕탕으로 가고 있는데, 구관조란 놈이 나직이 놀리는 말을 되풀이하였다.

"보지 보았다. 보지 보았다."

기분이 좋을 때면 그냥 넘길 수도 있었는데, 그날은 불쾌지수가 높았기 때문에 새장으로 달려가서 구관조를 끄집어낸 다음 족집게로 구관조의 앞머리를 모조리 뽑아 분풀이를 하였다. 그러자 구관조는 며칠 동안 말이 없이 조용히 지나갔다. 하루는 저녁 늦게 대머리 노총각이 처녀와 같이 들어와서 방안에서 밤일을 열심히 하였다. 아침이 되어 대머리 총각이 화장실에 가려고 나오는데, 구관조란 놈이 이렇게 말하는 게 아닌가.

"나는 알았다. 나는 알았다."

"알기는 뭘 알아?"

대머리 총각이 구관조에게 묻자 이렇게 대답하더란다.

"너도 보지 보았다고 했구나. 나처럼 대머리가 된 걸 보니…."

대머리가 된 구관조 2

또 다른 이야기도 있다.

"보지 보았다. 보지 보았다."

구관조가 매일 노처녀의 벗은 몸을 보고 이렇게 놀리니까 괘씸하게 생각한 노처녀가 면도기로 구관조의 머리털을 몽땅 밀어 버렸다. 그런

154

데 얼마 후 스님이 시주를 받으려고 그 집에 들어왔다. 그러자 구관조는 스님을 보고 반가와 하면서 가까이 오라고 하였다. 스님이 가까이 가자 구관조는 귀를 바짝 대라고 하면서 이렇게 말하는 것이었다.

"당신도 집에서 발가벗은 여자에게 '보지 보았다, 보지 보았다'고 말했지? 나도 아침에 노처녀에게 '보지 보았다, 보지 보았다'고 하였더니 이렇게 대머리로 만들어 버렸어."

대머리가 된 구관조 3

영화배우 소피아 로렌이 구관조를 기르고 있었다. 그런데 소피아 로렌이 목욕을 할 때마다 이 구관조가 소피아 로렌의 거기를 뚫어지게 쳐다보는 것이었다. 화가 난 소피아 로렌이 구관조의 머리털을 면도기로 빡빡 밀어 버렸다. 그리고 얼마 후 유명한 영화배우 율 브리너가 소피아 로렌의 초청을 받고 집에 놀러갔다. 집으로 들어오는 율 브리너를 보고 구관조가 깜짝 놀라면서 이렇게 말했다.

"자식, 너도 로렌의 거길 보다가 들켰구나."

두부 장수 이야기

　남편이 재산도 남겨주지 않고 아들 둘, 딸 둘을 남기고 먼저 가 버리는 바람에 혼자 가정을 꾸려가야 했다. 매일 아침 두부를 만들어서 어둑어둑한 새벽에 집을 나선 다음 일정한 코스를 따라가면서 두부를 파는 두부장수 이야기다.

　"두부 사세요, 두부. 따끈따끈한 두부요."

　두부장수의 단골집 중에 특별히 관심이 가는 한 집이 있었다. 아침마다 이 집에만 가면 홍콩 가는 소리를 들을 수 있었기 때문이다. 그래서 저녁에 집에 돌아와서는 피곤하지만 아이들이 잠들면 일과처럼 홍콩 가는 자위행위를 시작하였다. 두부장수 아주머니는 남편이 가고 난 다음 마음껏 즐기고 싶어도 상대가 없어서 아이들 몰래 혼자 자위하며 남편이 가르쳐 준 홍콩을 갔다왔다 하였다. 그렇게 하고 나면 스트레스도 풀리고, 기분도 상쾌하였다. 힘든 일을 하여도 콧노래가 절로 나왔다.

　그런데 하루는 어둑어둑한 새벽에 관심이 가던 집에 도착하니, 맑은 아침이라 방 안의 소리가 더욱 또렷하게 들려왔다. 그것은 바로 남편이 살아 있을 때 자신을 홍콩으로 보내주던 부부 관계의 소리였다. 그러자 두부장수 아주머니는 소리 나는 쪽으로 귀를 기울여 주의 깊게 들으면서 자신이 하는 것처럼 흥분하기 시작하였다. 이럴 때는 손이 밑으로 가야 하건만, 따뜻한 두부를 가득 담아 머리에 인 함지박으로 손이 올라갔다. 따뜻한 두부가 손에 잡히자 더욱 마음이 황홀하였다. 방에서 들리는 소리에 장단을 맞추어 한 번씩 두부를 잡았다 놓았다

하였다.

"아아, 아아~아이고 죽겠네. 좀더, 좀더~음~으음."

방 안에서 나는 소리의 속도가 빨라지면 두부 함지박으로 올라간 손놀림도 같이 장단을 맞추어 갔다. 이렇게 흥콩을 다녀온 것은 좋았는데, 다음 집에 가서 두부를 팔려고 함지박을 내려 보고는 기절초풍을 하였다. 분명히 집에서 나올 때는 두부모가 반듯반듯했는데, 손으로 얼마나 주물렀던지 두부가 죽도 아니고 물 같았기 때문이다. 두부장수는 씁쓸한 미소를 머금고 중얼거렸다.

'오늘은 장사를 망쳤군. 그것이 무엇이기에 이 지경이 되었지?'

말과 두부

한 아낙이 찬거리로 두부를 사 가지고 말을 기르는 마구간을 지나오다가, 우연히 큰 말이 올라타고 교미하는 것을 보게 되었다. 아낙은 말이 움직이는 대로 박자를 맞춰서 손에 쥐고 있던 두부를 주물럭주물럭하였다. 그리고 말이 한참 동안 교미하는 것을 보고는 자기도 흥분하여 어쩔 줄을 모르고 몸을 비비 꼬다가 정신을 차리고 보니 손에 들었던 두부가 엉망이 되어 있었다. 그래서 다시 두부를 사러 두부장수에게 뛰어갔다. 그런데 아까 보았던 말의 교미 장면이 떠올라 계속 눈에 아른거리는 바람에 두부장수 아주머니 앞에서 그만 헛소리를 하고 말았다.

"아주머니, 말 좀 주세요."

"예?"

두부장수가 무슨 영문인지 몰라 반문을 하자 아낙은 안 해도 될 소리까지 하고 만다.

"어머머, 나 좀 봐. 두부 달라는 게 말 좆 달라고 했네."

풀대죽 사건

보기는 그렇지 않게 생겼는데, 여자는 그야말로 호색녀였다. 하루라도 남자와 동침하지 않거나, 일팔육을 끼우지 않으면 몸이 근질거려 견디지 못했다. 이 일도 너무 많이 하다 보니 조그만 것은 성에 차지 않아서 큰 것만 골라 즐기는 습성으로 변해 갔다. 그래서 어떤 남자의 것이 큰지를 친구들에게 물어 보았다. 그러자 친구들이 이구동성으로 남자는 코가 크면 그것이 엄청나게 크다고 귀띔해 주었다. 하루는 사람들이 많이 다니는 거리로 나가서 연령 불문, 체격 불문, 생김새 불문, 외모 불문하고 남자 중에 코 큰 사람을 찾으려고 눈을 부릅떴다. 그러자 맞은편에서 허름한 옷을 걸치고 걸어오는 사나이가 코의 크기로는 영천 대말좆 같았다. 다짜고짜 다가가서 집으로 놀러 가자고 하여 겨우 집으로 데려왔다. 그런 다음 목욕을 시키고, 맛있는 음식을 손수 장만하여 포식하도록 하였다. 그런데 이 녀석은 길거리의 걸인이었는데, 굶주린 배를 맛있는 음식과 술로 잔뜩 채우고 나니 그만 식곤증에 빠져 잠들고 말았다. 조금 있으니 아예 코까지 드르렁 드르렁 골면서 자는데 소리만큼 물건도 크겠지 하고 깨어나기를 기다려도, 기다려도 잠에서 깨어날 줄을 몰랐다. 호색녀는 결국 참지 못하고 혼자서 해보려고 잠자는 남자의 바지를 벗기고 연장을 보니 그런대로 먹음직스러웠다. 그런데 아무리 재주를 부려 세우려고 하였으나 영 일어서지를 않았다. 그러는 동안 혼자서 흥분하기 시작하였고, 자기의 샘에서 물이 흥건히 고이고 흘러나오면서 열기가 올라갔다. 바로 그때 잠자는 남자의 코를 보자 번쩍 생각이 떠올랐다.

'옳지, 밑에 연장으로 안 되면 코로 해보자.'

그래서 코에다 대고 비비기 시작하였다. 얼마나 흥분하여 물을 많이 흘렸던지 사나이의 코로 들어가서 코를 막는 바람에 잠자다가 질식하여 죽어 버렸다. 그것도 모른 채 한을 다 풀고 나니 남자는 끄떡도 하지 않고 그대로 누워 있었다. 일을 다 치렀으니 깨워서 내보내려고 흔들어 보니 꼼짝도 하지 않았다.

'아이구, 이걸 어쩌나? 죽어 버렸네.'

겁이 덜컥 나서 경찰에 신고를 하였더니, 경찰이 와서 자초지종을 묻고 조사를 하였다. 경찰의 수사보고서에는 '풀대죽 사건'으로 복상사腹上死한 것으로 기록되었다나, 어쨌다나.

여자의 궁둥이론

여자의 궁둥이를 방언으로 '궁뎅이' 또는 '엉뎅이'라고 하는데, 영어로는 'Hips'다. 여자의 아름다움이 굴곡에서 비롯된다고 한다면 굽이치는 곡선으로 아름다움을 그리는 곳이 두 군데 있다. 한 곳은 유방이고, 다른 곳은 엉덩이다. 엉덩이가 큰 여자는 아이를 잘 낳는다고도 하고, 복이 많다고도 한다. 그리고 남자들은 쿠션이 좋다고 하여 선호하는 경향도 있다. 이 엉덩이가 두 봉우리로 되어 있기에 영어로도 눈이나 귀와 같이 복수를 쓰고 있는 것이다. 이곳에 대한 근간의 해학적인 표현을 소개할까 한다.

20대 여자는 '방뎅이' 라 한단다. 왜냐하면 꽃이 필 것 같은 때이기 때문이다.

30대 여자는 '응뎅이' 라고 한단다. 왜냐하면 한참 재미를 알기에 달라고 하면 잘 응해 주기 때문이란다.

40~50대 여자는 '궁뎅이' 라고 한단다. 왜냐하면 달라고 하는 사람이 없어 궁하기 때문이란다.

자기 몸을 팔아 생계를 이어가는 창녀들의 것은 '히프' 라고 한단다. 왜냐하면 너무나도 히프게(헤프게) 아무에게나 주기 때문이란다.

남자 성기 발달사

남자의 외부 생식기를 '자지' 라고도 하는데, 대화나 일상생활에서의 다양한 표현을 통해 명칭의 발달사를 엿볼 수 있다.

영아 시절에는 흔히 '고추' 라고 말하는 것을 들을 수 있다. 대를 이을 아들이 태어나면 고추 달고 나왔다고 야단이며, "이놈 고추 참 예쁘고 잘생겼다"고 하거나 "이 고추 내가 따 먹자"고 하는 말은 어린 남자아이들에게 흔히 쓰는 말이다.

유년 시절이 되면 '고추' 란 말이 슬쩍 사라지고 대신 '자지' 라는 말이 등장한다. 유년들끼리 대화하거나 언쟁할 때 자주 쓰이는 말이다.

청소년기에 이르면 흔히 '좆'이라고 일컫는다. '일一팔八육六'이라는 말을 써서 상대를 놀리기도 하고, 크다거나 작다거나 하는 소문을 내기도 한다.

장년기에는 '연장'이란 말을 쓴다. "연장이 시원찮아서 딸 농사만 지었다", "연장이 시원찮아서 부인이 도망을 갔다"는 식으로 말하기도 한다.

노년기에 접어들면 이것을 그냥 '물건'이라고 하거나 "삶은 가지 같다"고 말하기도 한다.

"나이가 차니까 힘이 빠져 쓸 데도 없고, 써 보아야 말을 잘 듣지도 않아서 물건이 다 되었다."

노인들이 이렇게 한탄하는 것을 자주 들을 수도 있다.

고추, 자지, 좆, 연장, 물건 등 어떤 이름으로 불리든 본질이 변하는 것은 아닐 테니 나이에 걸맞게 소중하게 아껴야 할 것이다.

심벌의 역할론

사람의 신체 각 부분은 실로 많은 일을 한다. 저마다 맡은 일을 열심히 하기 때문에 우리가 육체를 보존하며 활동할 수가 있는 것이다. 온몸에 피를 순환시키기 위해 쉴 짬 없이 움직이는 심장은 말할 것도 없고 오장육부五臟六腑가 어느 것 하나 소중하지 않은 것이 없다.

남성의 심벌은 어떤가? 젊은 시절에는 송곳처럼 찌르다가 나이가 점점 차면 시들해지고 나중에는 영 기상起床을 하지 않아서 문제가 되는 일이 많다. 그래서 이놈의 기를 살리고 활동력을 높이기 위해 뱀탕, 까마귀, 사슴피, 자라 피, 녹용, 해구신, 개구리 등 정력에 좋다고 하면 물불 가리지 않고 먹어 치운다. 그뿐만이 아니다. 정력제 정도로는 마음에 차지 않아서 약물을 이용하여 해삼같이 만들거나, 죽지 말라고 바르거나, 뭔가를 끼우거나, 귀두 주변에다 다마를 집어 넣는 수술까지 주저하지 않고 오로지 꼿꼿하게 세우기 위해 온 정성을 다한다. 별난 음식, 약물, 심지어 외과 수술까지 갖은 수단과 방법을 다 동원하고 애지중지해봐야 결국은 제 할 일을 못하는 폐물廢物이 되고 마는 것은 자연의 법칙이다. 이러한 전 과정의 역할을 해학적으로 묘사해 보자.

20대는 '오뚝이'라고 한다. 아라비안나이트에 나오는 이야기로는 하룻밤에 열다섯 번을 하였다고 한다. 그만큼 정력도 좋고, 해도 해도 표가 없이 빨딱빨딱 일어서기 때문에 가능한 일이다. 그래서 지칠 줄 모르고, 다시 일어서는 '오뚝이'라는 말이 정말 어울리는 거지 뭐.

30대는 '매구'라고 한다. 그 일을 하는 데 있어서 천년 묵은 여우와 같이 여러 가지 묘기를 부려도 지칠 줄을 모르기 때문에 그렇단다.

40대는 '용팔이'라고 한다. 겨우 용을 써야 팔팔해져서 일을 치를 수 있기 때문이란다. 용을 쓰지 않으면 일어서지 않는다는 말이니 위기의 계절인 셈이다.

50대는 '땡칠이'라고 한다. 말을 잘 듣지 않아서 땡겨 보아야 겨우 마음을 내고 일을 해도 칠칠하지가 않아서 아쉬움만 남기 때문이란다.

60대 이상은 '영삼'이라고도 하고, '용삼'이라고도 한다. 영구적으로 겨우 3센티밖에 안 되고, 죽을힘을 내어서 용을 써봐야 3센티 정도밖에 길이가 더 늘어나지 않아서 그렇단다.

충청도 신랑 신부의 첫날밤 대화

얌전한 충청도 총각과 처녀가 오랫동안 연애를 한 끝에 결혼하여 제주도로 신혼여행을 갔다. 호텔에서 신부가 먼저 피곤한 몸을 풀려고 목욕탕에 들어가 목욕을 하는 데 시간이 많이 걸리자, 신랑이 기다리다가 호기심이 발동하여 발가벗고 욕탕 안으로 들어갔다. 벌거벗은 신랑의 물건을 보고 신부는 기절초풍을 할 정도로 놀랐다. 물건이 얼마나 크고 실한지 과연 내 낭군이구나 생각을 했던 것이다. 욕탕 밖으로 나와 침대에서 신랑을 기다리고 있으니, 신랑이 목욕을 마치고 침대로 다가왔다. 신부는 얼굴을 붉히면서도 탐스러운 낭군의 물건을 만져 보니 점점 더 커지는 것이 아닌가? 목욕탕 안에서 볼 때도 여간 아니더니 만질수록 점점 커지는 심벌을 보고 궁금하여 신부가 신랑에게 물었다.

"그렇게 큰 것이 다 들어가남유?"

그러자 신랑의 대답,

"그럼 남기남유?"

무궁화 꽃

1960년대만 해도 우리 생활형편은 열악하기 짝이 없었다. 주택이나 공공기관의 구조나 시설이 볼품없는 것은 말할 것도 없고, 심지어 여관보다는 여인숙이 흔하던 시절이었다. 여인숙 시설이란 요즈음은 찾아보려도 찾아보기 어려울 정도로 엉망이었다. 문은 창호지로 바른 것이 고작이고, 방은 좁아서 두 사람이 겨우 누울 정도였으며, 출입문은 대부분 미닫이였다. 그때나 지금이나 청춘 남녀란 단둘이 밤을 지새울 만한 곳을 찾게 마련이다. 한적한 여인숙이야말로 그런 곳이었는데, 당시에는 한밤중에 남녀의 불륜관계를 단속하기 위해 경찰들이 자주 임검臨檢을 나왔다. 범법자로 붙들리기만 하면 즉결 재판에 넘겨지기 일쑤였고, 1주일 정도 구류를 살기도 했다.

어느 날 젊은 남녀가 단속이 있는 줄을 깜박 잊고 여인숙 방에서 일을 시작하였다. 여자가 등을 방바닥에 대고 눕고, 남자가 그 위에 올라가서 움직이는 정상위로 작업이 이루어졌다. 점차 흥분하여 두 사람이 클라이맥스에 도달할 무렵, 갑자기 문이 열리면서 순경의 모자에 달려 있는 무궁화 마크가 보이지 않는가? 여자는 순경이 왔다는 사실을 남자에게 알려야 한다고 생각했다. 그래서 말을 하려고 하는 찰나, 남자의 물건이 힘차게 밀고 들어오자 입에서는 "무궁화"라는 소리만 나왔다. 더욱이 남자가 위에서 한 번씩 물건을 밀어 넣을 때마다 "무궁화", "무궁화" 하고 소리를 지르니, 남자는 여자가 흥분해서 그러는 줄 알고 덩달아 속도를 빨리 했다. 그러면서 여자가 "무궁화"라고 할 때마다, 남자는 "우리나라 꽃"으로 장단을 맞추었다. 움직이는 속도가 빨라지면 빨라질수록 "무궁화" 하는 여자 소리도 빨라지고, "우리나라 꽃" 하는 남자 소리도 장단을 맞추고 리듬을 타며 빨라졌다. 이런 상황에서 어떻게 순경이 임검을 나왔다고 말할 수 있을까?

맞아도 싸다

어느 한적한 농촌에서 일어난 일이다. 과거 우리의 삶은 도시나 농촌이나 단칸방에서 여러 자식들과 함께 생활하고 자야 하기 때문에 부부간의 밤일을 치르기가 여간 어렵지 않았다. 여름철에는 더욱 옷을 적게 입기 때문에 그 간수와 처신도 여간 어렵지 않았다. 여름철에는 모두가 삼베 홑이불 하나를 덮고 함께 자기 때문에 더욱 옆 사람의 행동이 드러나기 일쑤였다.

어느 집의 부부도 여섯 살, 세 살 된 아들을 두고 함께 잠을 자야 하는 형편이었다. 무더운 여름철에 시원하게 목욕을 한 남편이 초저녁인데도 아내를 집적거리고 졸라대며 아이들 보고는 빨리 자라고 호통을 쳤다. 큰놈은 홑이불 속으로 들어가서 자는 척하는데, 막내 놈은 그냥 앉아 있었다. 아무리 달래도 칭얼거리자 아버지가 머리를 한 방 쥐어 박았다. 그러자 자는 줄 알았던 형이 이불 속에서 중얼거리는 말,

"누워서도 잘 보이는데, 왜 앉아서 보려고 해? 맞아도 싸다."

형은 맞아야 해

어떤 부부가 쌍방이 밤일을 너무 좋아하여 하루도 공치고 그냥 넘어가는 날이 없었다. 그래서 매일 저녁 아이들이 잠을 자는지 확인하기 바쁘게 일을 시작하였다. 그리고 일을 할 때도 쌍방이 얼마나 소리를

크게 지르고 야단을 하던지, 아이들이 자다가도 깨어나기 일쑤였다. 이날도 아내는 기분이 절정에 달하고 날아갈 듯하자 죽는다고 연거푸 소리를 질러댔다.

"아이고 죽갔네, 나 죽갔네."

그 소리에 두 아이들이 잠을 깨고 눈을 떴다. 아이들이 깬 줄도 모르고 부부는 한참 땀을 뻘뻘 흘리면서 괴성을 지르고 몸부림을 쳐댔다. 엄마가 "아이고 죽갔네" 하자 큰놈이 일어나 앉아 그 광경을 보고는 킥킥킥 웃었다. 한참 일을 하던 엄마가 킥킥거리는 큰아이를 보고 팔을 뻗어서 머리를 쥐어박았다. 그러자 작은 놈이 중얼거렸다.

"형은 맞아야 해. 글쎄 엄마가 아파서 죽겠다는데 형은 웃고 있잖아."

죽겠는 건 나란 말이야

레슬링을 무척이나 좋아하는 부부가 저녁에 아이에게 들키지 않고 그 짓을 하려고 아이를 침대 가장자리에 눕혔다. 이윽고 부인이 홍콩을 드나들 때쯤 되자 침대가 흔들리고 연신 괴성을 질러대기 시작했다.

"아이고, 죽갔네."

그러자 침대 가장자리에서 아이가 칭얼댄다.

"엄마, 그래도 엄마는 괜찮아. 흔들려서 죽겠는 건 나란 말이야."

호루라기 신호

부부 관계는 부부의 애정과 신뢰의 표시라고 할 수 있다. 그리고 시도 때도 없이 충동에 의하여 관계를 갖는 게 다른 동물과는 다른 점이다. 발정기에만 성욕이 발동하여 관계를 갖는 다른 동물들은 짝 짓기 대상을 찾을 때 야단법석이다. 그중에서도 고양이가 대표적인 동물이다.

신혼 때는 아이가 없으니 동動하면 아무 때나 어울려 얼마든지 서로의 만족을 채울 수 있지만, 아이들이 조금 크면 방해가 될 때가 많다. 무척 꾀 많은 어떤 부부가 절대로 아이에게 들키지 않고 재미있게 부부 관계를 하는 방법을 고안하게 되었다.

아이가 네 살이 되어 제법 친구들을 좋아하고 장난감을 좋아하였다. 그래서 부부는 일을 치를 요량으로 아이를 불러서 돈을 주며 말했다.

"너 이웃 동네로 찾아가 호루라기를 사서 불어라."

아이들이란 부모가 주는 돈으로 호루라기를 사라고 하면 그냥 사 가지고 오지 않고, 입에 물고 불면서 집으로 오거나 또래 아이들과 놀면서도 호루라기를 불어대기 일쑤다. 부부는 바로 이런 점을 이용하여 아이에게 들키지 않고도 만족스럽게 관계를 가질 수 있도록 조종했다는 이야기다. 아주 현명한 방법이라 하겠다. 부부 관계를 하다가 아이들에게 자주 들키는 경우라면 꼭 권할 만한 방법이 아닐까.

구식과 신식

　자식들이 모두 한 방에서 잠을 자고 있는데, 아내가 남편에게 봐 달라고 졸라댔다. 그러자 남편이 색다른 제안을 하며 의견을 물었다.

　"전에 하던 대로 누워서 하는 구식舊式 말고, 신식新式으로 서서 한번 해보는 것이 어떻겠소?"

　누워서 하자면 옆에 자는 아이들이 볼 테고 자리도 좁으니까 서서 하는 게 좋겠다고 생각했던 것이다. 아이들이 잠들고서 부부는 합의대로 일어서서 일을 시작하였다. 그런데 얼마나 심하게 하였던지 아내의 머리가 천정에 매달아 두었던 메주에 걸리는 줄도 모를 정도였다. 절정의 상태에 이르러 아내가 머리를 위로 세게 치켜 올리자 그만 천정에 매달렸던 메주가 자는 아이의 머리통에 떨어지고 말았다. 잠자던 아이가 비명을 지르고 일어나면서 하는 말,

　"차라리 구식으로 할 것이지 왜 신식으로 해서 가만히 자는 사람에게 날벼락이야?"

같은 일

　젊은 부부가 대낮에 생각이 간절하여 일을 벌이려고 보니 아들놈이 눈을 깜박이고 있었다. 방해가 될까 보아 아이를 달래면서 옆집 바우네로 보냈다. 막 시작하려고 하는데, 아이가 다시 와서 빠끔히 문을 열

고 쳐다보는 것이 아닌가? 아이 엄마가 깜짝 놀라서 꾸짖듯이 물었다.

"왜 벌써 왔어?"

그러자 아들이 하는 말,

"옆집 바우네 아주머니도 엄마와 같은 일 하면서 가라고 하잖아요."

놀다 가이소

경상도 신혼부부가 신혼여행을 가서 첫날밤을 맞았다. 신랑이 신부
의 배 위로 올라가자 신부가 쑥스러운 듯 묻는다.

"뭐 할라꼬예?"

신랑은 공연히 싱거워져서 신부를 타고 반대쪽으로 넘어가면서 대
답한다.

"저쪽으로 넘어갈라꼬…."

조금 있다가 신랑이 참지 못하고 일을 시작하기 위해 또다시 신부의
배 위로 올라가자 신부가 물었다.

"뭐 할라꼬예?"

신랑은 이번에도 그냥 반대쪽으로 넘어가 버리면서 대답한다.

"다시 그 쪽으로 넘어갈라꼬…."

그러더니 신랑은 한참 동안 소식 없이 가만히 있었다. 기다리던 신
부는 은근히 안고 싶은 생각에 신랑이 자기 배 위로 올라오자 얼른 이
렇게 말했다.

"이번에는 놀다 가이소."

세탁기 돌리자

노모를 모시고 사는 신혼부부가 노모와 한 방에 살고 있었다. 그래서 밤일을 할 때는 매우 조심하지 않으면 안 되었다. 그래서 성관계를 갖고 싶을 때는 "세탁기 돌리자"는 암호를 정해 신호를 하자고 약속하였다. 어느 날 밤 신랑이 "세탁기 돌리자"고 신호를 보냈다. 그런데 신부가 아침에 신랑이 자기에게 섭섭하게 했던 일 때문에 남편을 골탕 먹이려고 이렇게 대답한다.

"아까 빨래했어요."

그러자 신랑은 욕망을 참지 못하고 손으로 자위행위를 하여 만족하고 말았다. 새벽이 되자 이번에는 아내가 남편을 안고 싶어서 신호를 보냈다.

"여보, 세탁기 돌려요."

그러자 신랑은 이렇게 대답한다.

"조금 전에 손빨래 끝냈어."

"야옹"으로 하자

어느 어촌에 얼굴도 예쁘고 재치도 있고 젊음이 넘치는 어부의 아내가 있었다. 그렇다 보니 주변에서 어부의 아내를 탐내는 총각들이 많았다. 단정하고 정숙하던 어부의 아내였지만, 그냥 둘 리 없다 보니 이웃집 총각과 그렇고 그런 사이가 되어 제법 자주 재미를 보고 하였다. 꼬리가 길면 밟힌다는 말이 겁나서 두 사람은 남편이 고기 잡으려 나가는 날이면 "야옹" 하는 고양이 소리를 내서 신호를 하기로 하였다. 그런데 남편이 고기잡이를 나가지도 않았건만 "야옹" 하는 소리가 났다. 총각이 부인 생각에 시달리다가 어부의 집으로 찾아와 고양이 울음소리를 냈던 것이다. 그러자 어부의 아내가 큰소리로 외쳤다.

"고양이야, 오늘은 안 돼. 주인 양반 고기잡이 안 나갔단다. 내일 고기 잡아오면 줄 테니 그때 오렴."

어부 아내의 갑작스런 말에 총각이 그만 "네" 하며 대답을 하고 말았다. 당황하여 어쩔 줄 모르는 아내에게 어부가 하는 말,

"그 놈은 두 발 달린 고양이로군."

상두꾼들 이야기

부친상을 당한 삼형제가 고향 선영에 장지를 정해 운구를 하고 있었다. 그런데 큰 내(川)나 다리를 건널 때마다 상두꾼들이 떡 버티고 서서 가지 않고 상주들을 차례로 불러서 말했다.

"아버지 저승길 가시는데, 노잣돈 좀 주시오."

삼형제는 그때마다 준비한 돈을 내놓았다. 그러자 얼마 못 가서 돈이 다 떨어져 버렸다. 가야 할 길은 멀고 남은 내와 다리는 부지기수였다. 큰 다리에 가서 상두꾼들이 또 버티고 서서 가지를 않자, 맏아들은 성이 머리끝까지 치밀어서 이렇게 고함을 쳤다.

"행상은 개 좆 같이 메고 가면서 노자를 또 달라고 해!"

그러자 둘째 아들이 거들었다.

"개 좆 같이 메는 행상 때문에 형님 입버릇만 더럽게 되었소."

그때 막내 상주가 오금을 박듯 말했다.

"형님들, 시끄럽소. 마을 사람들에게 부끄럽지도 않습니까?"

그쯤 되자 상두꾼들은 쥐 죽은 듯이 행상을 옮겼다고 한다.

총각 머슴의 실패

머슴으로 살다가 돈 많은 과부에게 장가를 들어 잘 살고 있는 사람에게 총각 머슴 한 사람이 자문을 받으러 찾아왔다.

"나도 형님과 비슷한 처지인데, 어찌하면 내가 머슴 살고 있는 과부에게 장가를 들 수 있겠습니까?"

"자네가 돈 많은 과부 집에서 과부와 단둘이 기거하고 남자라고는 자네밖에 없단 말이지? 그렇다면 좋은 수가 있긴 있는데…."

"무슨 뾰족한 수라도 있겠습니까, 형님?"

"내 말대로 하면 과부를 마누라 삼고 안방도 차지할 수가 있지."

"제발 좀 가르쳐 주세요."

"우선 자네가 낮에는 뼈 빠지도록 열심히 일하고, 저녁에는 과부가 잠을 설치도록 해야 하네."

"과부가 잠을 설치도록 하려면 어떻게 해야 합니까?"

"그거야 자네가 알아서 할 일이지. 어쨌거나 밤에 잠을 설친 과부가 낮을 잠을 자야만 기회가 생겨."

"과부마님이 낮잠을 자야 한단 말이죠?"

"과부가 낮잠을 자면 쌀뜨물을 끓여서 준비해 두었다가, 과부의 속옷을 벗기고 그것을 한 숟갈 정도 음부에 몰래 부어 놓게. 그러면 자네가 방사한 것으로 알고 자연히 완강하게 수절하던 과부도 기가 꺾이는 법일세."

준비를 해 놓고 낮잠 자기를 기다리던 총각 머슴에게 기회가 찾아왔다. 밭일을 마치고 점심을 먹으러 들어와 보니 과부가 안방에서 곤히 잠에 빠져 있고 밥 달라고 해도 깨어나지 않았다. 이때다 생각하고 부엌에서 쌀뜨물을 데워 방 안으로 들어가 과부를 살펴보니 여름철이라 옷도 많이 입지 않고 반듯이 누워 자고 있어 일을 꾸미기가 용이하였다. 얼른 자고 있는 과부의 속옷을 벗기고 음부에 데운 쌀뜨물 한 숟갈을 부어 놓고는 쏜살같이 도망을 가버렸다. 그런데 쌀뜨물을 너무 뜨겁게 데운 모양이었다.

잠자던 과부가 뜨거워서 깜짝 놀라 깨어 보니 자기의 음부 부근에 절단이 나 있었다. 숲은 모두 쓰러져 익어 있고, 양쪽의 봉우리는 한 동네가 되어 있었다. 집안에는 머슴과 자기밖에는 없으니 틀림없이 머슴의 짓이라 여기고 머슴이 나타나기를 기다렸다가 당장 해고해 버렸다. 총각 머슴은 과부에게 장가를 가기는커녕 쫓겨나는 신세가 되고 말았다. 쌀뜨물의 온도가 적당히 따뜻했더라면 어떻게 되었을까?

아무도 없군?

열 살쯤 되는 학동이 동네 경로당에 할아버지의 심부름을 왔다. 어떤 할아버지가 있는지, 개똥이 할아버지가 왔는지 알아보고 오라는 심부름이었다. 학동이 경로당 문을 열고 안을 들여다보니, 할아버지 몇 분이 앉아 계셨다. 그러나 개똥이 할아버지가 보이지 않자, 학동은 방문을 닫으면서 이렇게 말했다.

"아무도 없군."

표지판 이야기

아름답고 늘씬한 아가씨가 비키니를 입고 높이 설치된 풀장의 다이빙대에서 뛰어내리다가 그만 수영복의 고무줄이 터져서 알몸이 되고 말았다. 그러자 뭇 남자들의 시선이 몰리고, 아가씨는 어찌할 줄을 몰라 황급히 손으로 앞을 가리고 뛰어가다가 얼른 길옆에 있는 안내 표지판을 뽑아 그것으로 그 곳을 가리고 뛰었다. 남자들의 눈이 더욱 휘둥그레졌다. 표지판에는 '남자 전용 풀장' 이라고 쓰여 있었기 때문이다.

"엄마야!"

아가씨가 표지판 내용에 깜짝 놀라 그것을 버리고 얼른 다른 표지판을 주워 다시 그 곳을 가리고 뛰니, 이번에는 남자들이 침을 줄줄 흘리고 있었다. 아가씨가 표지판 내용을 확인해 보았더니 '수심 2m' 라고 쓰여 있었다. 얼굴이 홍당무가 된 아가씨는 또 다른 표지판을 집어 들고 그 곳을 가렸다. 그랬는데 이번에는 어린이까지 관심을 보이는 것이 아닌가? 이번 표지판은 "대인 3,500원, 어린이 1,500원"이란 내용이었다. 그래서 다시 다른 표지판을 주워 그 곳을 가렸더니 그제야 사람들이 모두 흩어졌다. 내용을 확인해 보니 이렇게 쓰여 있었다.

"들어가지 마세요!"

요것만은 탈 없어야

어떤 사나이가 의사에게 진찰을 받으러 왔다. 의사는 면밀히 진찰하고 나서 말했다.

"아무래도 당신은 안 좋은 것 같소. 자칫하면 중풍에 걸릴 것 같습니다."

사나이는 놀라서 되물었다.

"중풍이라고 하면, 한 쪽이 움직일 수 없는 상태로 마비되는 것 아닙니까?"

"꼭 그렇지는 않습니다만, 반신이 말을 듣지 않을지도 모르겠소."

의사의 말에 사나이가 물었다.

"선생님, 반쪽이라면 남자는 어느 쪽입니까?"

"남자는 왼쪽으로 되어 있소."

"그런가요?"

사나이는 그 말을 듣자 되돌아서서 바지 혁대를 풀고 무엇인가 만지면서 더듬거리기 시작하였다. 그걸 보고 의사가 물었다.

"뭘 하려는 거요?"

남자의 대답,

"요, 요, 요것만은 그대로 기능을 해야 되기 때문에 오른쪽으로 돌려놓는 중이오."

요것이 무엇인가? 남자들의 보물 1호가 아닌가? 사나이로 태어나서 나이를 먹더라도 그것이 말을 듣지 않으면, 세상이 까맣게 보이고 말 것이기 때문이다.

사랑의 노랫소리

초여름 어느 날 우편배달부 할아버지가 허둥지둥하며 파출소로 달려가 신고를 했다.

"저 건너 언덕 너머 집에서 사람이 반죽음을 당하는 듯하니, 빨리 가 보세요."

"무슨 일인데요?"

순경이 묻자 할아버지는 이렇게 말하였다.

"제가 그 집에 우편배달을 갔는데, 창도 문도 닫혀 있어서 담을 넘어 뜰 안으로 들어갔지요. 그런데 이상한 소리가 들려 문틈에 귀를 대고 들어 보니, 곧 숨이 넘어갈 것 같은 반죽음의 신음 소리가 들렸어요."

이야기를 들은 순경은 할아버지와 함께 급히 그 집으로 달려갔다. 집안으로 들어가서 문에다 귀를 대고 소리를 들어 보았으나, 그 소리는 태풍이 지나간 뒤 서로가 만족을 나누는 사랑의 노랫소리였다.

"아무 소리도 들리지 않는데요?"

순경이 시치미를 떼고 이야기하니까, 할아버지는 이렇게 덧붙인다.

"틀림없이 곧 죽을 것처럼, 그게 아니라 '나 죽갔네' 하는 소리가 들렸는데…."

"핫 하하하… 이 바보 같은 영감 보겠나?"

순경은 배꼽을 잡고 웃어 대면서 이렇게 말한 후 영감의 귀에다 대고 무어라고 이야기해 주었다. 그러자 영감님은 어리둥절하면서 이렇게 맞받았다.

"그렇지만 우리 집 마누라는 지금까지 저런 소리를 한 번도 내지 않던데요? 내가 아무리 빠르게 피스톤 운동을 해도…."

할아버지가 집에 가면 마누라에게 어떤 말을 해 줄까? 『모파상』에 나오는 이야기를 약간 변형시킨 것이다.

말하기보다 듣기 탓 1

버스가 멈추자 젊고 아름다운 여자가 올라탔다. 그녀는 한 중년 남자가 앉아 있는 쪽을 바라보더니, 다가가서 놀란 듯이 말을 걸었다.

"저… 당신은 우리 아이들 중의 누구 아버지 아닙니까?"

이 말에 신사는 깜짝 놀라 눈이 휘둥그레져서 젊은 여자를 쳐다보았다. 이와 동시에 버스 안의 손님들의 시선이 재미있다는 듯이 두 사람을 주시하였다.

'여러 남자를 상대하여 몇 아이를 낳기는 했지만 그 아이들의 아버지가 누구인지 모른다. 이쯤 되면 아무도 못 말릴 바람둥이가 아닌가.'

이 시선들로 미뤄보건대 모든 승객들이 이런 생각을 했음이 틀림없다. 그런데 두 사람의 이야기에 귀를 기울여 들어 보니, 그게 아니다. 여자는 초등학교 선생이고, 남자는 그녀가 담임을 맡은 반에 속한 학생의 아버지였다. 말이란 하기보다는 듣기 탓인 것 같다.

말하기보다 듣기 탓 2

버스가 멈추자 안내양이 외쳤다.

"여기는 어디어디 정류장입니다. 내리실 분 안 계십니까?"

그러자 중년의 아주머니가 엉거주춤 하면서 입을 뗀다.

"내리기는 내리는데, 잠깐 기다려 주시오. 곧 속옷을 내리고 나서 내리겠습니다."

이 말에 손님들은 모두 괴상하다는 듯이 그 아주머니를 쳐다보았다. 속옷이라면 곧 '팬티' 가 아닌가. … 그러나 그 아주머니는 황급히 선반에 올려 놓았던 보따리를 내렸고, 그 보따리 속에는 속옷이 들어 있었다.

꺼내서 끼워 주려고요

오늘은 건망증이 약간 심한 노총각이 장가를 가는 날이다. 결혼복을 주문하였는데, 예식장에 도착하여도 완성이 되지 않아 완성된 윗도리만 먼저 가져왔다. 그리고 예식을 시작할 시간이 거의 다 되어서야 겨우 바지를 가지고 왔다. 급한 김에 신랑은 입고 있던 바지 위에 새 바지를 껴입었다. 예식 도중에 신부에게 끼워 줄 반지가 안에 입은 바지 주머니에 넣어 놓은 것을 깜빡 잊고, 신랑 입장 순서가 되자, 쫓기듯 식장에 들어갔다. 뒤이어 신부가 입장하고 주례 선생님이 축사를 하고, 신랑 신부가 예물을 교환할 시간이 되었다.

신랑은 주머니에 넣어 둔 반지를 꺼내려고 하였으나, 주머니를 모두 뒤져도 반지가 없었다. 당황하며 만져 보니 속바지 주머니에 있지 않은가? 그래서 하객들이 모두 보고 있는데도 불구하고, 바지의 혁대를 풀기 시작하였다. 신랑의 이런 행동을 보고 신부가 깜짝 놀라 얼굴까지 붉히면서 나지막이 이렇게 물었다.

"어머, 뭐 하시려고요?"

신랑의 어머니도 앞으로 나와서 놀란 표정으로 아들의 귀에다 대고 소곤소곤 이야기했다.

"이런 곳에서 바지를 벗는 사람이 어디 있나? 식이 끝나고 호텔에 가서 할 일이지."

그러자 신랑은 큰소리로 이렇게 말하였다.

"이걸 신부에게 끼워 주어야 되잖아요? 그래야 주례 선생님의 축복을 받지요."

그러면서 신랑은 속바지 주머니에 들어 있던 반지를 꺼내 신부에게 끼워 주는 것이 아닌가?

쉿! 듣는다

아흔이 훨씬 넘은 노파가 1세기가 가까워 오는 자기 영감을 보고 물었다.

"여보, 염라대왕이 우리를 잊어버린 건 아닐까요?"

영감은 깜짝 놀라면서 입에다 손가락을 대고 이렇게 말했다.

"쉿! 대왕님이 듣는다."

검둥이를 깨웠군

미국에서 한 백인이 허름한 여관에 들어갔다. 늦게 들어가는 바람에 방이 다 차고 흑인이 자는 방밖에 없어서 함께 잘 수밖에 없었다. 백인은 주인에게 내일 아침 일찍 떠나야 하니 새벽에 깨워 달라고 부탁하였다. 그리고 흑인 옆에 누워 잠을 잤다. 흑인이 자다가 깨어 옆에 백인이 잠자고 있는 것을 보았다.

"웬 백인이야? 이 방은 검둥이만 들여보내더니."

흑인은 혼잣말을 하면서 검은 구두약을 백인의 얼굴에다 발라 놓았

180

다. 이튿날, 아침 일찍 여관의 하인이 백인을 깨워 주었다. 백인은 분주하게 옷을 입은 다음 넥타이를 매려고 거울을 보다가 거울에 비친 자기 얼굴이 까만 것을 보고 깜짝 놀랐다. 그러더니 하는 말,

"아니, 나를 깨워 달라고 했더니 검둥이를 깨웠군."

옷을 벗어야 1

예쁜 처녀가 어머니와 같이 진찰을 받으러 병원에 갔다. 한참을 기다린 끝에 순서가 되어 불편한 어머니를 모시고 진찰실로 들어가 의사 앞에 나란히 앉았다. 그러자 의사가 대뜸 예쁜 처녀를 보고 옷을 벗으라고 하였다. 처녀가 깜짝 놀라며 말했다.

"어머, 선생님. 환자는 옆에 계시는 어머니인데요?"

옷을 벗어야 2

환자가 병원에 들어오자 간호사가 와서 옷을 벗어야 한다고 한다.

"나는 발가락이 아파서 왔는데 옷을 왜 벗어요? 의사 선생님이 내 발가락만 보아 주면 된단 말이오."

환자의 항의에 간호사도 지지 않는다.

"그래도 위생상 불가피합니다."

그러자 옆방에서 이런 소리가 들려온다.

"여보시오, 그건 약과요. 나는 아파서 온 것도 아니고, 전화고장 수리를 하러 왔는데도 벗으라고 해서, 지금 발가벗고 일을 하는 중이라오."

옷을 벗어야 3

미모가 뛰어난 젊은 처녀가 병원을 찾아왔다.

"옷을 모두 벗어야만 진찰을 받으실 수 있습니다."

"어머, 창피하게 어떻게 옷을 모두 벗어요?"

"그럼 불을 끌 테니 벗으세요."

의사가 불을 끄자, 잠시 후 어둠 속에서 옷을 다 벗은 처녀가 의사한테 물었다.

"저 이 옷은 어디에다 두지요?"

그러자 의사가 말했다.

"그까짓 옷은 저기, 내 옷 위에 올려 놓지 뭐."

광고 이야기

　평소 다정하게 지내던 친구가 놀러왔다. 유난히 남자를 고르다, 고르다 나이가 차서 시집을 못 간 노처녀였기에 놀러온 친구가 걱정되어 권유를 하였다.

　"금년 가을은 더욱 고독할 것 같으니, '고독한 여인과 교제할 남자 구함'이라고 광고를 내보지 그래?"

　충고를 하고 한 달이 지나서 친구가 다시 와서 광고를 내고 나서 효과가 어떤지 물었다.

　"광고를 냈니? 결과는 어때? 지원자가 많이 들어왔니?"

　"수백 통의 편지가 왔고, 야단이 났단다."

　"왜?"

　"글쎄, 그 지원자들 중에 우리 아빠의 편지도 들어 있었거든."

처녀들의 첫 경험

　첫 경험을 한 서울 처녀의 경우. 남자는 침대 한구석에서 울고 있고, 여자는 누워서 담배를 피워문 채 남자를 달래며 말한다.

　"그만 해, 처음에는 다 그래."

　경상도 처녀의 경우,

　"이걸 우예하면 좋노, 지는예 당신 꺼라예."

전라도 처녀의 경우,

"집이 어디여, 앞장 서더라고잉. 나는 이제 완전히 꼬겨 버렸당게."

충청도 처녀의 경우,

"괜~찮아유, 뭐 어느 놈이 먹어도 먹는 거여."

섹스와 스포츠의 차이는?

- 사격은 입을 꼭 다물고 하지만, 섹스는 입을 헤~벌리고 한다.
- 축구는 골키퍼 혼자 10명을 상대하지만 가쁜하다. 섹스는 단 1명과 하지만 늘 숨 가쁘고 녹초가 된다.
- 육상은 시간을 단축하면 기뻐하지만, 섹스는 시간을 단축하면 몰매를 맞는다.
- 승마는 배워야 탈 수 있지만, 섹스는 배우지 않아도 쉽게 할 수 있다.
- 권투는 하체를 공격하면 반칙이지만, 섹스는 하체를 공격해야 마음에 찬다.

꼬마 신랑 이야기

옛날에는 조혼早婚이 성행하였다. 신랑의 나이가 열 살을 넘지 못하는 경우도 있었다. 그러나 신부는 대개 신랑보다는 나이가 많고, 성숙한 편이었다. 그래서 신부의 부모는 시집가기 전에 성교육을 철저히 시킨다. 고된 시집살이의 유일한 낙이 무엇인지 알기 때문에 두려움 반 호기심 반으로 밤을 기다리는 날이 많다. 철부지 신랑은 아무것도 모른 채 잠만 쿨쿨 잔다. 그러면 신부는 실망하여 한숨을 절로 내쏟게 마련이다.

"애개개, 번데기처럼 오므라든 요깟 놈의 것이 양물이란 말인가? 어느 세월에 큰담?"

이런 한탄과 함께 신부는 하염없이 신랑의 고추를 만지작거리면서 막막한 세월을 헤아린다. 신랑의 고추가 여물 날이 언제일까를 그리다가 자기의 옥문을 살짝 대보기도 한다.

혼인 잔치를 마치고 친정으로 갔다가 시댁으로 돌아오게 되었다. 관례에 따라 사돈이 따라오고 친척들이랑 이웃을 청하여 잔치가 벌어진다. 이때 신부를 본 신랑이 갑자기 놀라면서 소리친다.

"저 여자가 왜 우리 집에 왔어? 나를 보면 저 팔로 눕히고, 다리로 나를 끼고, 제 오줌 누는 구멍에 내 고추를 대고 밤새껏 문지르고, 내 배 위에 올라가서 이상한 소리를 질러대며 나를 못살게 하더니 왜 또 왔어? 오늘 또 그렇게 하려고? 싫어, 무서워서 나는 싫어."

철부지 신랑이 방에서 뛰쳐나가면 신부의 얼굴은 홍당무가 되고, 좌중의 사람들은 신부의 체면을 생각하여 못 들은 체하면서도 속으로는 웃음을 참느라 애를 쓴다. 그러던 것이 신랑은 커 가면서 점차 남자 행세를 하게 되고, 몇 살 나이 차이도 안 나는 아이의 아버지가 되는 기쁨을 맛보게 되는 법이다.

성은 결코 부끄러운 것이 아니다. 쉬쉬하고 숨기는 것은 능사가 아니다. 아무리 어린 아이들일지라도 올바른 성교육을 시켜야 한다. 그러기에 해학과 어우러진 성교육 지침서가 필요한 것이다. 원초적 본능에 대한 지식과 상식을 괜히 눈살을 찌푸리며 피하는 위선偽善에서 탈피해야 한다. 성은 소중한 삶의 일부로서 즐거운 것이라는 인식을 심어 줄 필요가 있고, 인간생활의 발전과 성장의 원동력이 된다는 점을 잊어서도 안 된다.

소위 프리섹스free sex의 장면은 오늘날 영상매체나 간행물에서 흔히 볼 수 있지만, 성에 대한 지식이나 상식의 폭은 그리 넓지 않아서 무분별한 성문화의 홍수가 청소년들이 타락에 빠지는 원인이 될 수도 있다. 성에 대한 올바른 가치관이 정립되지 않은 청소년이 성을 단지 쾌락의 수단으로만 인식할 경우 성 범죄의 급증, 사생아의 발생, 미혼모의 증가 등 사회 문제가 되지 않을 수 없다.

인간이라면 누구나 성을 향유할 권리가 있고, 아울러 지켜야 할 모럴도 있다. 건전한 사회라면 성에 관한 도덕과 질서가 유지되어야 한다는 말이다. 이것은 기성세대가 반드시 지켜야 할 의무인 셈이다. 내가 이성異性을 좋아한다고 해서 남의 영역을 침범하거나 타인의 행복을 깨뜨릴 권한은 없다. 화목한 가정과 건전한 사회를 위해 올바른 성문화를 정립해야 하는 이유이기도 하다.

판서 부인이 기가 막혀

정판서 부인인 마님이 몸종을 불러 놓고 전에 없이 엄격한 어조로 호통을 치고 있다.

"네 신세가 불쌍하여 집에 두었거늘, 네 년은 그 은혜도 모르고 못된 행실로 애까지 배었으니, 난 더 이상 너를 집에 둘 수 없다. 어서 썩 꺼져라."

몸종은 하염없이 눈물을 흘리며 슬퍼하였다. 그러자 마님은 측은한 생각이 들었다. 사실 이 몸종은 이제 갓 스물이지만, 몸종으로서는 더할 나위가 없어서 시중드는 것이 마님의 마음에 쏙 들었다. 그래서 몸종이 이 지경이 된 것도 너무나 순진하기 때문이려니 하여 다시 물었다.

"그럼 그냥 집에 데리고 있을 테니까, 너를 이렇게 만든 녀석의 이름을 대라."

"마님, 그것만은…"

마님의 다그침에도 몸종은 끝내 입을 열지 않는다.

"말을 못하겠단 말이냐? 뱃속의 아이 애비 이름을 대든가, 짐을 꾸리든가 둘 중에 하나를 택하거라."

"하지만 마님, 그것만은 도저히 말씀드릴 수가 없습니다. 더구나 누구인지도 모르는 걸요?"

"뱃속의 아이 애비도 모르다니, 당치도 않은 소리 말아라. 삼돌이가 그랬더냐?"

"하지만 마님, 정말로 소녀는 모르는 일입니다. 아이를 낳아 보아야 알겠습니다."

"아니 요 앙큼스런 년이 누굴 속이려고, 내가 멍텅구리인 줄 아느나?"

"아니에요, 마님. 절대로 그런 게 아닙니다."

"그게 아니라면?"

몸종은 눈물로 뺨을 적시며 떠듬떠듬 대답했다.

"만약 아기가 앞으로 나오면 도련님 아기구요, 뒤로 나오면 대감님 아기랍니다."

사또의 소실 선택법

미인이 많기로 유명한 평안도 강계 고을에 딸 셋을 둔 가난한 선비가 있었다. 그 딸들이 모두 얼마나 아름답던지 그 고을에 부임해 온 사또가 은근히 그중의 하나를 소실로 삼으려고 하였다. 사또가 만석을 추수할 논밭을 사주겠다고 하는 바람에 선비의 마음도 움직였다. 그러나 누구를 보내야 할지 고민이었다. 아버지가 고민의 나날을 보내자 세 딸이 눈치를 채고 모두 자진하여 나섰다. 그래서 할 수 없이 사또가 직접 셋 중에서 하나를 골라 소실을 삼기로 하였다.

먼저 맏딸을 불러 물어 보았다.

"너는 입이 몇 개냐?"

"두 개입니다."

"그 둘 중에 어느 편이 나이를 많이 먹었느냐?"

"아래 쪽 입입니다. 수염이 났으니까요."

다음은 둘째를 불러 똑같이 물더니 역시 입은 두 개라며 덧붙였다.

"나이를 많이 먹은 입은 위쪽 입입니다. 이가 났으니까요."

마지막으로 막내에게 물었더니 역시 입은 두 개인데, 대답은 달랐다.

"저는 아래쪽 입이 어립니다. 사철 젖을 빨고 싶어하니까요."

사또는 무릎을 치면서 셋째 딸을 소실로 삼았다.

장사의 수단

영자와 순자가 공동으로 투자하여 남자 고등학교 앞에서 빵집을 개업하였다. 두 사람은 번갈아가며 하루씩 가게를 보았다. 순자가 몸매는 더 예쁘고 섹시하였는데도, 순자가 가게를 보는 짝수 날에는 도무지 빵이 팔리지 않았다. 그런데 뚱뚱하고 못난 영자가 가게를 보는 홀수 날은 문만 열면 남학생들이 구름처럼 몰려와서 매상이 엄청났다.

순자는 은근히 약이 올랐다. 아무리 생각해 봐도 자신이 영자보다 못한 구석이 없건만, 가게만 열면 파리를 날리고 공치는 날이 되니 도무지 알 수가 없었다. 그래서 머리도 예쁘게 꾸며 보고, 야한 옷도 입어 봤지만, 별로 효험이 없었다.

어느 날, 순자가 가게를 보면서 파리를 날리고 있는데 세탁소의 개구쟁이 꼬마가 찾아왔다. 꼬마는 가게 안을 들여다보며 두리번거리더니 마지못한 듯 순자에게 물었다.

"누나!"

"왜 그래?"

"오늘은 스커트 밑에 아무것도 안 입은 여자 누나 안 나오는 날이야?"

고희 덕담 1

아버지의 칠순을 맞아 자식들이 모여 아버지에게 덕담을 하였다. 먼저 장남의 덕담.

"아버지, 부디 학처럼 장수하십시오."

큰아들의 덕담에 아버지는 흐뭇하게 생각하였다. 학은 천 년을 산다는 새가 아닌가? 다음은 차남의 덕담.

"아버지, 부디 거북처럼 오래오래 사십시오."

둘째 아들의 덕담에도 아버지는 기쁨을 감출 수가 없었다. 거북은 만 년을 산다지 않는가?

다른 자식들도 저마다 좋은 말을 골라 아버지를 기쁘게 하였다. 이제 막내만 남았다. 잔치에 모인 사람들은 막내가 어떤 덕담을 할까 하고 귀가 솔깃하였다. 이윽고 막내가 우렁차게 입을 열었다.

"아버지, 부디 좆같이 사십시오!"

아니 이게 무슨 망측한 말인가? 아버지에게 좆같이 살라니! 세상에 그 따위 말이 어디 있단 말인가? 형과 누나들, 그리고 잔치에 모인 친지들은 너무도 기가 막혀 할 말을 잃고 표정이 험악해졌다. 물론 당사자인 아버지도 분노로 몸을 부들부들 떨었다. 그러자 막내가 씩씩하게 말했다.

"아버지, 그 물건은 죽었다가도 살아나고 시들하다가도 불사조처럼 일어나는 것 아닙니까? 제 말씀은 그 물건처럼 뜨겁고 힘차게 사시라는 뜻입니다. 그것이 힘을 잃고 천 년을 살면 무엇 하며, 만 년을 살면 무엇 합니까? 부디 힘찬 좆같이 젊음을 잃지 말고 오래오래 사십시오."

190

막내의 말에 아버지는 한없이 기분이 좋아서 입이 귀 밑까지 올라가고 있었다. 옆에 나란히 앉았던 어머니도 덩달아 기분이 좋아졌고.

고희 덕담 2

한 노인의 고희를 맞아 잔치에 모인 모든 가족들이 각각 헌수獻壽를 한다. 맏며느리가 잔을 올리자 시아버지가 말했다.

"잔을 들었으면 복되고 경사스러운 말로 헌배하는 것이 옳으니라."

그 말에 맏며느리는 잔을 받들고 꿇어앉아 아뢰었다.

"바라옵건대 아버님께서는 천황씨天皇氏가 되옵소서."

"그건 무슨 연고인고?"

"천황씨는 일만 팔천 세를 누리었으니, 그와 같이 축수祝壽하는 것이옵니다."

"좋도다. 네 마음이 정말 착하구나."

다음으로 둘째 며느리가 잔을 들고 꿇어앉아 아뢰었다.

"바라옵건대 아버님께서는 지황씨地皇氏가 되시옵소서."

시아버지가 그 연고를 물었다.

"지황씨 또한 일만 팔천 세를 살았으니, 그와 같이 비는 것이옵니다."

"좋도다. 너 또한 나를 섬김이 지극하구나!"

둘째 며느리에게도 이렇게 칭찬을 했는데, 셋째 며느리가 잔을 들고 꿇어앉아 조용히 아뢰었다.

"바라옵건대, 아버님은 양물陽物이 되옵소서."

"아~아니, 양물이 되라니, 그건 무슨 연고인고?"

"양물이 비록 한때 죽기는 하지만, 금방 또다시 환생하오니 이는 곧 장생불사長生不死의 영물이 아니겠사옵니까? 그렇게 되길 바랍니다."

"좋도다. 네 말 또한 좋도다! 좋은 축수로다!"

노인은 무릎을 치며 감탄하였다.

과부를 아내로 얻은 머슴의 비책

어느 대갓집 맏며느리가 시집을 온 지 얼마 안 되어 시부모를 모두 잃고, 사랑하던 남편마저 먼저 보낸 다음 혼자 과부로 살고 있었다. 재산도 많고, 미모도 남달라 젊은 과부를 탐내는 사내들이 많았다. 그러나 과부는 가문을 위해 평생 수절하면서 살겠노라고 주변의 여자들에게 입버릇처럼 말하곤 하였다. 여자 혼자 농사짓고 집안일 하는 데 한계를 느껴 머슴을 두기로 하고, 총각 머슴을 구한다는 방을 붙였다. 그러자 많은 총각들이 과부네 머슴살이를 하겠다고 몰려와서 과부는 그중에서 건장하고, 잘 생기고, 씩씩한 총각 하나를 골랐다. 더구나 이 총각이 마음을 끄는 것은 초[燭]만 사주면 다른 세경(머슴살이로 받는 물건이나 돈)을 받지 않겠다고 하였기 때문이다.

머슴살이가 시작되어 총각 머슴이 일하는 것을 보니 여간 열심이 아니었다. 꾀도 부리지 않고 시키는 일은 말할 것도 없고 아무런 기색도 없이 자잘한 일들도 잘해 주었다. 총각 머슴이 꼭 자기 일처럼 완벽하게 해 주어서 과부는 마음이 놓였다. 그런데 총각 머슴에게는 다른 사람과 조금 다른 버릇이 있었다. 자는 버릇이었다. 총각 머슴은 밤에 잠을 잘 때 방에다 촛불을 환히 밝혀 놓고는 반드시 발가벗고 누워서 자는 것이었다.

너무나도 일을 잘해 주는 총각 머슴에게 간식을 주려고 행랑채의 머슴방으로 간 과부는 방 안을 들여다보고는 기절할 듯이 놀랐다. 방 안에는 촛불의 조명을 받은 총각의 양물이 방 가운데 우뚝 서서 꺼덕꺼덕하는 것이 아닌가? 안방으로 돌아온 과부는 속을 가라앉히면서 여러 가지 생각을 하였다.

천한 머슴 놈인 주제에 몹쓸 짓을 하니 내일 아침에는 당장 쫓아 보내야겠다고 생각하였으나 그 많은 일을 감당할 수도 없고, 다른 머슴을 들인다 해도 저렇게 일을 잘할지 마음이 놓이지 않아서 밤잠만 설쳤다. 그러다가 간신히 잠이 들었더니 돌아간 남편이 꿈에 나타나 오랜만에 운우雲雨의 정을 나누면서 즐거움을 만끽할 수 있었다. 그런데 잠에서 깨어 보니 일장춘몽이 아닌가?

가슴이 허전한 데다 머슴의 그 싱싱하고 튼튼하던 양물이 시도 때도 없이 눈앞에 아물거려서 견딜 수가 없었다. 날이 갈수록 더욱 간절한 생각에 하루는 미칠 것 같아 머슴의 방으로 달려갔다. 총각 머슴은 과부가 방문을 열고 들어오는 것을 알면서도 모르는 척 잠을 잤으나, 과부는 방 안으로 들어가 총각의 양물을 보고는 침을 삼키며 열을 내기 시작하였다. 그러다가 하나 둘 옷을 벗어던진 다음 무작정 머슴의 배 위에 올라타고는 양물을 어루만지며 흥분하기 시작할 때 머슴이 번쩍 눈을 뜨면서 말했다.

"마님 왜 이러십니까?"

그러면서 양물을 손으로 감추는 것이었다. 그러자 과부는 더욱 숨을 쌕쌕거리며 애걸하면서 호소하였다.

"여보게, 사람 좀 살려 주게. 내 무조건 총각 말대로 할 테니 날 좀 살려 주게."

이렇게 매달리자 총각도 성이 난 양물로 슬슬 일을 치르면서 과부에게 부탁했다.

"마님, 내일 아침에 찹쌀떡을 좀 넉넉히 해 주세요."

총각 머슴이 과부와 떨어지지 않고 첫 닭이 울 때까지 정을 나눈 것은 불문가지다. 이튿날 아침 일찍 그는 찹쌀떡을 봉지봉지 만들어 싱글벙글하면서 동네 우물가로 나가 물 길러 오는 아낙들에게 하나씩 나누어 주면서 말했다.

"제가 어제 저녁에 과수댁에게 장가를 간 떡입니다."

이 일로 마을에 수군수군 소문이 돌자 과부의 수절은 물 건너간 이야기가 되었고 총각은 마침내 과부와 혼인을 할 수 있었다.

혀짜래기 말

어느 마을에 혀가 짧은 시동생이 여름에 보리타작을 하고 있는데, 마침 동산 봉우리에 검은 먹구름이 묻어 몰려오자 타작이 급해졌다.

"아지매요 십주소, 아지매요 십주소, 보지에 피 묻었네."

혀가 짧은 시동생의 말이었다. 길 가던 사람들이 하도 이상하여 담 너머로 기웃거려 보았더니, 혀가 짧은 시동생과 형수가 타작 도리깨에 맞추어 하는 말이었다. 제대로 된 뜻인즉 이랬다.

"아지매요 짚추소, 아지매요 짚추소, 봉우제에 비 묻었네."

졸장부의 변명

호랑이 같은 아내가 엄청나게 남편을 잡도리하여 꼼짝을 못하게 하는 가정이 있었다. 남편은 날마다 회사 일이 끝나면 일찍 집에 들어오기로 아내와 약속하였다. 그런데 토요일 날 친구들과 술을 마시다 보니 자연 늦어졌고, 집에 들어와 보니 12시가 다 되었다. 아내는 남편을 기다리다 지쳐서 곯아떨어져 자고 있었는데, 몰래 들어온 남편이 거실에 들어오자 큰 괘종시계가 종을 치기 시작하였다. 그래서 겁이 난 남편은 시계가 두 번을 친 다음 더 치기 전에 손으로 잡고 있었다.

이튿날 아침 아내가 남편에게 물었다.

"당신 어제 들어오실 때 시계가 두 시를 치는 것을 들었어요?"

"내가 들어오니까 마침 두 번째 치던 걸. 열 번 더 칠 건데, 시계가 두 번 쳤을 때 내가 못 치게 붙들었어."

아내는 자기가 그때 잠에 빠져 있었던 것을 후회하고 남편에게 아무 말도 하지 못했다.

엄마와 목욕탕에 안 가

어느 집이고 자녀가 어릴 때는 목욕탕에 데려가는 일이 다반사다. 어떤 어머니가 자주 아들을 데리고 목욕탕에 갔는데, 하루는 아들을 부르니 조숙한 아이가 엄마와는 목욕탕에 안 가겠다고 거절하였다. 그래서 아버지가 아들에게 물어 보았다.

"그럼 아빠하고는 갈 거냐?"

"아빠하고는 가요. 그렇지만 엄마하고는 안 가요."

"왜 엄마하고는 목욕탕에 안 가려고 하니?"

아버지가 다시 묻자 아들은 이렇게 대답했다.

"목욕탕은 매우 미끄럽잖아요? 미끄러질 때 엄마는 잡을 게 없거든
요."

작동이 안 되는 남편

"다른 사람들은 새벽종이 울린다고 하던데, 우리 그이는 영 틀렸어
요."

이런 구박을 받을 정도로 밤일을 시원찮게 해 주어서 늘 아내에게
기가 죽은 남편이 있었다. 하루는 남편이 위층에서 자고 있는데, 도시
가스 회사의 직원이 찾아와서 물었다.

"아주머니 안녕하세요! 도시가스 회사에서 나왔는데, 혹시 댁에 작
동이 안 되는 곳이 없는지요?"

그러자 아내가 대답했다.

"네, 작동 안 되는 것이 있죠. 우리 그이가 작동이 잘 안 되는데, 지
금 2층에 있으니까 올라가서 좀 봐 주세요."

"뭐라고요?"

아하, 그랬군요

바다낚시를 무척 즐기는 사람이 있었는데, 방방곡곡 다녀오지 않는 곳이 없었다. 가는 곳마다 잡은 고기로 회를 쳐서 술을 한 잔씩 하였다. 그런데 바닷물 맛을 보았더니, 특히 제주도 주변의 바닷물이 더 짠 것 같아서 의문이 생겼다. 그래서 제주도에 갔을 때 그 곳 노인에게 물어 보았더니, 이렇게 대답했다.

"예끼, 이 사람아! 제주도에는 해녀들이 부지기수야. 그 년들이 잠수 질을 할 때 오줌이 마려우면 밖에 나와서 오줌을 누지 않고, 그냥 바다 에서 싸버리기 때문이지. 뭐 다른 이유가 있을라고?"

남자에 대한 그리움

불의의 교통사고로 갑자기 죽은 남편의 장례를 치르고, 넓은 아파트 에서 아이도 없이 혼자 눈물의 나날을 보내던 젊은 미망인이 있었다. 연애시절의 그리움과 사랑하던 남편의 갑작스런 죽음으로 인한 슬픔 에 사로잡혀 나날을 보내니 외로움은 더욱 깊어 갔다. 술로 괴로움을 달래 보내기도 하고, 하염없이 울기도 하면서 지내던 젊은 미망인은 이런 삶이라면 차라리 죽는 편이 낫다는 생각이 들었다. 주위에서는 잊어버리라고 하지만 아름답던 추억을 잊을 수는 없었다. 그래서 그녀 는 죽기로 마음을 먹고, 평소 남편이 몰래 간직하고 있던 권총을 꺼내 옷을 홀랑 벗은 다음 자신의 탱탱한 젖가슴에 겨누었다.

그러면서 생각해 보니 자신의 아름다운 젖가슴이 엉망이 될 것 같았다. 생각 끝에 그녀는 총구를 아래로 내려 배로 가져갔다. 방아쇠를 당기려다 갑자기 또 이런 생각이 났다. 자신의 아름답고 매끈한 배가 손상될 것 같아서 가슴이 메었다. 그래서 총구를 조금 아래로 내린 다음 총구를 쭉 밀었다. 총구가 숲을 지나 동굴로 쑥 들어갔다. 어림으로 집어 넣었는데도 총구가 조금 깊이 들어간 모양이었다. 그러자 무쇠 덩어리인 총구의 차디찬 촉감에 이상한 기분을 느꼈다. 순간 그녀는 남자에 대한 그리움이 북받쳐 왔다.

"죽는 것만이 능사는 아니겠구나. 이렇게 내 마음을 달래 줄 좋은 방법이 있으니까!"

젊은 미망인은 비로소 새 삶의 길을 찾아 기뻐하였다.

부자간의 자랑

이 부자간은 서로가 얼마나 바람둥이인지 터놓고 이야기할 정도였다. 하루는 아버지가 일찍 들어와서 아들에게 말했다.

"내가 마을에 나가서 들어 보니, 네가 여러 여자를 건드렸다는 소문이 자자하더구나. 어차피 이렇게 된 바에야 우리가 내기를 해보면 어떻겠니? 누가 여자를 많이 먹었는지 말이다."

"아버지가 원하신다면 그렇게 하죠."

"그럼 이렇게 하지. 우리 둘이서 길을 가다가 함께 잔 여자가 있으면 손가락으로 '딱' 소리를 내서 신호를 보내도록 하자. 그래야 그 여자도 무슨 소리인지 모를 테고, 창피하지도 않을 테니 말이다."

그렇게 하기로 하고 아버지와 아들이 길을 나섰다. 마침 영이 어머니가 길을 가고 있었다.

"아이고~ 영이 어머니, 안녕하세요?"

아버지가 영이 어머니에게 인사를 하고는 손가락으로 '딱' 소리를 냈다. 그러자 아들도 영이 어머니에게 인사를 하고 딸의 안부까지 물으며 손가락으로 '딱' '딱' 소리를 냈다.

"아, 영이 어머니, 안녕하세요? ('딱') 그리고 영이도요? ('딱')"

아버지가 한 수 졌다는 것을 인정하고 두 번째 골목길로 들어서는데, 순이 어머니가 다가오고 있었다. 그러자 이번에는 아버지가 자신 있게 인사를 했다.

"순이 어머니, 안녕하세요? ('딱') 그리고 순이도요? ('딱')"

그런데 이번에도 아들이 한 술 더 떠서 아버지가 지고 말았다.

"순이 어머니, 안녕하세요? ('딱') 순이도요? ('딱') 순이 이모도요? ('딱')"

궁지에 몰린 아버지는 자기의 체면을 세우려고 할 수 없이 수녀원의 원장 수녀님을 찾아갔다. 아들놈이 뭐니뭐니 해도 이 여자들은 못 건드렸겠지 하고 자신 있게 인사를 했다.

"원장 수녀님 안녕하세요? ('딱')"

그러자 아들은 따발총 소리를 내며 인사를 했다.

"원장 수녀님, 안녕하세요? ('딱') 그리고 저 뒤에 박 수녀님, ('딱') 김 수녀님, ('딱') 그리고 합창단 여러분, ('딱') ('딱') ('딱') 모두 안녕하시지요?"

그러면서 계속 손가락 소리를 내는 것이었다. 이놈이 누굴 닮아서 이런가 하며, 아버지는 탄식이 아니라 부러움을 감추지 못했다고 한다.

특효약

어떤 도사道士가 여자를 쉽게 먹을 수 있는 약을 발명했다고 소문을 내면서 약을 팔았다. 여자의 몸에 뿌리기만 하면, 여자는 스스로 흥분하여 곁에 있는 남자를 그냥 두지 않는 약이라고 하였다.

어느 날 한 번도 여자를 맛보지 못한 젊은이가 여자의 맛을 보기 위해 이 약을 사러 도사에게 왔다. 마침 도사는 외출 중이었고 도사의 부인이 약을 내주었다. 젊은이는 약을 받자마자 그것을 도사 부인에게 뿌렸다. 그러자 도사 부인이 젊은이의 손을 잡고는 안방으로 끌고 들어갔다. 도사의 부인은 안방에서 젊은이의 동정을 빼앗으며 여자를 맛보여 주었다. 도사가 돌아오자 부인이 그 사실을 그대로 남편에게 이야기하였다.

"당신이 집을 비운 사이 젊은이가 약을 사러 왔는데, 그가 약을 내 몸에 뿌리는 바람에 안방에서…."

도사는 크게 노하여 버럭 고함을 질렀다.

"어떤 놈이야? 그 놈을 당장에!"

그러자 도사의 아내가 하는 말,

"하지만 내가 싫다고 했으면, 당신이 만든 약은 가짜가 되고 말잖아요?"

신발 한 짝

남편이 집을 비운 사이 아내가 욕정을 참지 못하고 힘 좋은 외간남자를 끌어들여 한창 재미를 보는 중에 남편이 갑자기 돌아왔다. 그러자 외간남자는 남편이 오는 소리를 듣고 창문으로 도망쳐 버렸다. 급하게 도망치는 바람에 신발 한 짝을 창문 밑에 떨어뜨려 놓았다. 남편은 그 신발 한 짝을 주워 가지고 들어와서 그것을 베개 삼아 베고 중얼거렸다.

"아침이 되면 이 신발을 증거로 사또에게 고발해야지."

겁이 난 아내는 남편이 깊이 잠든 사이, 외간남자의 신발을 빼내고, 남편의 신발을 베어 주었다. 다음날 아침, 남편이 일어나서 베고 있는 신발을 보니 바로 자기 신발이 아닌가? 그는 하는 수 없이 사죄를 하였다.

"당신을 의심해서 정말 염치가 없소. 어젯밤에 창문으로 들어왔던 놈은 나였나 보오."

고물도 구별하지 못하는 주제에

고물상을 하는 시아버지가 며느리에게 늘 치근거렸다. 시어머니가 며느리에게 이 말을 듣고, 그날 밤 며느리의 침상에서 알몸으로 자고 있었다. 한밤중이 되자 시아버지가 슬금슬금 들어와서는 옷을 벗고 그

짓을 시작한다. 그날따라 시어머니가 신나게 놀아 주자 시아버지는 더욱 열을 올리며 감탄을 하였다.

"네 시어머니보다 훨씬 낫구나.

그러자 시어머니가 기가 막혀 하는 말,

"딱하구려. 고물도 구별하지 못하는 주제에 어떻게 고물상을 해요?"

장소만 바뀌었을 뿐인데

일찍 남편을 잃은 과부 며느리가 나이 그득한 시부모를 모시고 살았다. 시아버지는 아직까지 늘 젊은 여자를 그리워하고 하였다. 그래서 염치불구하고 며느리에게도 치근거리기 일쑤였다. 입장이 난처해진 며느리는 하는 수 없이 이 사실을 시어머니에게 호소하기에 이르렀다. 그러자 시어머니가 말했다.

"걱정 말아라. 오늘 밤에 내가 해결할 테니까."

시어머니는 그날 밤 며느리의 침상에 누워 불을 끄고 기다렸다. 한밤중이 되자 과연 시아버지가 엉금엉금 기어와서 며느리인 줄 알고 올라타더니 마음껏 즐겼다. 일을 마치고 영감이 일어나자, 할멈이 하는 말,

"제기랄, 침상만 바뀌었을 뿐인데 뭐가 그리 좋다고…."

숫처녀 테스트 1

결혼식을 앞두고 신랑이 자기 방에서 열심히 준비하고 있는데, 단짝 친구가 찾아왔다. 친구가 방에 들어가니 신랑은 큼직한 자기 물건을 내놓고 파란색 특수 페인트를 거기에 칠하고 있지 않는가? 친구가 물었다.

"자네 지금 뭐하고 있나? 왜 거기다 페인트칠을 해?"

신랑이 대답했다.

"요즘은 하도 가짜 처녀가 많다니까 신부가 처녀인지 알아보려고. 첫날밤인 오늘 저녁에 내가 이것을 꺼내 신부에게 보여 줄 때 신부가 보고 '당신 것은 왜 색깔이 파래요?' 하면 숫처녀가 아니라는 말일세."

숫처녀 테스트 2

어떤 총각이 숫처녀를 아내로 맞아들이기 위해 친구에게 물었더니 친구가 가르쳐 준다.

"그것을 꺼내 보이라고. 그것을 보고 무엇인지 모르면 진짜 숫처녀란 말이다."

총각은 친구 말대로 여러 여자에게 그것을 꺼내 보이며 시험해 보았다. 그러나 모르는 여자가 없었다. 마지막으로 어떤 젊은 여자에게 꺼내 보이자 원하던 대답이 나왔다.

"무엇인지 모르겠습니다."

총각은 '옳거니 이제 되었다' 하고는 이렇게 설명해 주었다.

"이것을 음경이라고 한단다."

그러자 그 여자가 하는 말,

"그래요? 나는 지금까지 그렇게 작은 음경은 본 일이 없어서요."

기죽은 남편의 묘안

언제나 아내에게 기가 죽어 사는 남편이 있었다. 용돈도 사정사정해서 받았고, 밤일을 할 때도 아내가 하자는 대로 해야만 하였다. 그러다 보니 항상 아내가 위에서 그 짓을 하였고, 남편은 늘 밑에 깔리는 신세가 되었다. 하루는 아내가 용돈을 제대로 주지 않아 한 가지 계책을 짜내었다.

저녁이 되자 남편은 자기의 심벌을 끈으로 묶어 항문 쪽으로 돌린 다음 천으로 잡아매었다. 아내가 올라타고는 그것을 자기 구멍에 끼우려고 만져 보다가 깜짝 놀라 남편에게 물었다.

"아니 웬일이야? 없네, 없어. 여보, 어디 갔어?"

그러자 남편은 시치미를 떼며 대답한다.

"지난번에 갑자기 돈이 필요했을 때 당신에게 달라고 했지만, 당신이 돈을 안 줘서 그것을 은銀 한 냥 받고 전당포에 잡혔소."

"그럼 빨리 가서 찾아오세요."

남편의 말을 들은 아내가 은자銀子 두 냥을 내놓으며 말했다.

"한 냥이면 되는데, 뭘 이렇게 많이 내놓남?"

남편이 중얼거리자 아내가 하는 말,

"혹시 전당포에 저당 잡힌 물건 가운데 큰 것이 있으면 함께 찾아와요."

네 성姓은 여모가다

바람기 많은 선비가 비를 피해 주막에서 하루를 묵게 되었다. 주막의 안주인이 다가와 선비에게 추파를 던지자 선비는 그녀를 불러 심심풀이를 하기로 마음먹었다. 그러나 둘 사이는 옛글에 이른 바와 같이 '망망대해에 한 알의 좁쌀 격'이었다.

"너의 그것이 실로 남발랑南拔廊이야."

선비가 문자로 희롱을 하였으나, 그녀가 그 말뜻을 알아듣지 못하는지라, 선비는 다시 시 한 구절을 읊었다.

"청산만리일고주靑山萬里一孤舟, 푸른 산 만 리에 외로운 배 한 채라."

그제야 안주인이 한마디 쫑알거린다.

"소녀가 무식하여 그 뜻은 잘 모르오나, 남발랑은 서울 근처의 지명이니 그 좁고 넓은 것을 나로서는 모르겠고, 청산만리일고주는 변변치 못한 선비의 시구로 생각합니다."

선비는 잠자코 듣고 있더니 잠시 후 이렇게 말했다.

"너는 말마디나 할 줄 아는 모양인데, 너의 성을 가히 알겠구나."

그러자 안주인,

"옛 사람이 이르기를 '대나무만 보았으면 되었지, 주인 이름을 물어 무엇 하랴?' 하였으니, 생원께서는 소녀가 주막 계집임을 알았으면 그 만이지, 제 성을 알아 무엇 하겠습니까? 다음에 사내아이를 낳거나 계 집아이를 낳으면, 다만 제 외할아버지의 명자名字만 비밀봉서 중에 써 주면 그만이 아닙니까?"

그러자 선비,

"너의 위쪽 입은 작고, 아래쪽 입은 크니 필경 너의 성이 여呂가임을 내가 알았노라."

색욕色慾이 식욕食慾보다 강한 이유

어느 부잣집 서방님이 지아비가 없는 틈을 타서 슬금슬금 여종의 방 을 출입하다가 길게 끄는 바람에 그만 지아비에게 들키고 말았다. 신 분의 차이 때문에 여종의 지아비는 말 한마디 못했지만 속이 끓고 분 통이 터졌다. 그래서 하루는 용기를 내어 서방님을 골려 주려고 말을 걸었다.

"서방님, 사람의 욕심 중에서 색욕과 식욕 가운데 어느 것이 중하다 고 생각하시는지요?"

"허허, 그걸 말이라고 하는 건가? 그야 식욕이 중요하지."

"아닙니다. 서방님은 색욕이 중요한 모양입니다요."

"그게 무슨 말인가?"

"서방님은 식욕이 중요하다고 하시지만, 남이 먹던 음식찌꺼기를 잡수시겠습니까? 더욱이 소인이 먹던 찌꺼기를 말입니다요."

"아~니, 그걸 말이라고 하는 건가?"

"색욕을 더 중요하게 여기시지 않고서야 어떻게 소인이 먹던 찌꺼기를 자꾸만 드시려고 하겠어요?"

그러자 서방님은 고개를 들지 못했고, 여종의 방을 찾아가는 일도 없어졌다고 한다.

야사夜事로 얻은 성姓

어느 고을에 재색을 겸비한 촌기村妓가 있었는데, 한 번 그녀와 일을 치르고 나면 어찌나 맛있는지, 두 번 세 번 계속 찾지 않을 수가 없었다. 그런데 한 건달이 촌기가 기방에 앉아 손님 맞는 것을 보니 참으로 묘한 구석이 있었다. 어떤 손님 둘이 함께 들어오자 "마馬부장, 우禹별감 어서 오세요" 했고, 또 다른 두 사람에게는 "여呂초관, 최崔서방님 어서 오세요" 하는 것이었다. 그런데 알고 보니 이들의 성은 마馬우禹여呂최崔가 아니라 김金이나 이李 같은 흔한 성이었다. 건달이 촌기에게 물었다.

"자네는 손님들을 왜 그런 성씨로 부르는가?"

"아닙니다. 그분들은 소녀와 가까운 지가 벌써 오래인데, 어찌 성씨를 부르겠습니까. 다만 그분들에게 마馬우禹여呂최崔 같은 성을 붙인 것은 야사夜事 후 그 기술에 따라 지은 별성別姓이랍니다."

"그건 또 무슨 말인가?"

"몸과 더불어 양물도 엄청나게 크니 마馬씨, 몸은 작지만 양물은 크고 또 반대로 위보다 아래가 크니 여呂씨. 한 번 들어오면 나갈 줄 모르고 좌삼삼 우삼삼 되새김질도 하며 오래가니 우牛씨, 상하 아래위로 부지런히 움직이니 최씨라고 하는 거죠."

촌기의 설명에 박장대소를 한 후 건달은 슬그머니 청해 보았다.

"그럼 내 별성別姓은 뭐가 되겠는가?"

촌기는 주저 없이 이렇게 대꾸하였다.

"매일 헛되이 오락가락하니 허許생원으로 하면 어떨지요?"

신랑의 졸도

매사에 의심이 많던 한 선비가 장가를 가게 되었다. 그런데 첫날밤을 치를 때 신부가 숫처녀가 아니면 어떻게 할까 하고 걱정이 태산 같았다. 이를 민망히 여긴 친구가 말했다.

"이 사람아, 그게 뭐 그리 걱정인가? 첫날밤에 말이야, 이리저리하면서 자네 물건을 보여 주게. 그걸 보고도 뭔지 모르면 숫처녀 중의 숫처녀 아니겠나?"

선비는 '옳거니' 하고 신바람이 나서 첫날밤에 친구가 시키는 대로 자기의 양물을 보여 주고 새색시의 손을 잡아끌어 만지게 하면서 물었다.

"여보, 이게 뭐요?"

"이게 그거지 무엇이옵니까?"

"이런 화냥년! 넌 숫처녀가 아니구나! 당장 이 방에서 나가거라!"

이렇게 색시를 쫓아낸 선비는 계속 신부를 맞아 보았으나 갈수록 태산이었다. 생각 끝에 나이가 아주 어린 아가씨를 맞아 장가를 가기로 하였다. 첫날밤에 또 친구가 시키는 대로 색시에게 물었다.

"이게 뭐요?"

"모르겠어요."

"이건 남자에게 누구나 달려 있는 거요."

"어머 그래요? 그런데 요건 너무 작아서 난 미처 그것인 줄 몰랐어요."

선비는 그 말을 듣자, '세상에는 숫처녀가 없구나!' 하고 중얼거리면서 졸도를 하고 말았단다. 원, 세상에! 요즘도 그렇게 케케묵은 생각을 하는 사람이야 없겠지. 동정童貞이 중요한 것이 아니라, 순수한 마음이 소중한 게 아닐까?

돌굼아비

경상도 지방으로 장가를 온 새신랑이 있었다. 혼례를 마친 이튿날 장모가 사위를 불러 인사를 마친 뒤에 미소를 지으며 물었다.

"어젯밤에 대단치 않은 물건을 들여보냈는데, 얼마나 했는가?"

'대단치 않은 물건' 이란 밤참 이야기였고, '얼마를 했느냐?' 는 얼마나 맛있게 먹었느냐는 뜻이었다. 그런데 사위는 '대단치 않은 물건' 이란 자기 딸을 가리킨 겸양의 말로 오해하고, '얼마를 했느냐?' 는 하룻밤에 몇 번이나 했는지 묻는 줄로 오해했다. 그러니 어떻게 할지 생각이 떠오르지 않아 대답이 궁해졌고, 그래서 한참을 망설이다가 작은 소리로 말했다.

"세 판이나 베풀었소이다."

장모는 무안하기 짝이 없었으나 간신히 참아내고 필시 사위가 바보려니 하여 탄식을 하였다.

"허어, 사위의 인사범절이 돌굼아비만도 못하구려."

'돌굼아비'란 대체로 종놈의 이름인데, 사위의 바보스러움이 종놈보다도 더 하다는 탄식이었다. 헌데 사위는 이 말 또한 자기의 물건이 보잘것없다고 하는 것으로 들었다. 그러면서 분개한 얼굴로 화를 내며 물었다.

"돌굼아비가 얼마만큼 건장한 놈인 줄은 모르나, 저는 열흘 동안에 몇 백리 길을 달려오고도 이다지 짧은 밤에 세 판이나 베풀어 주었는데, 어찌 만족하지 않으십니까?"

육희六屃의 맛

얼굴은 아름다운데 품행品行은 방정하지 못한 아가씨가 몇 번 남성을 맛보았으나 늘 그 진미珍味에 대해 궁금하던 차에 열다섯 살이 되자 부모가 혼례를 서둘렀다. 혼례를 앞두고 아가씨가 무슨 일로 이웃집 젊은이를 찾아갔는데, 젊은이가 그만 그녀를 보고 반하였다.

"아가씨. 시집갈 날이 얼마 남지 않았다지? 하지만 연습을 충분하게

해 두지 않으면 시집가서 첫날밤부터 신랑에게 어려움을 당할 것이
오."

"그래, 그럼 네가 그걸 가르쳐 줄 수 있어?"

"그쯤이야 내가 베풀어 드리죠."

젊은이는 곧 처녀를 토굴 속으로 끌고 들어가서, 운우雲雨의 희롱을
시작하며 말했다.

"여자들은 대개 육희六喜를 알아야, 자주 홍콩을 가게 되는 법이요."

"그 육희라는 것이 뭔데?"

그러자 젊은이는 의젓하게 육희를 읊었다.

"첫째는 착窄이니 좁아야 하고, 둘째는 온溫이니 따뜻해야 하고, 셋
째는 치齒니 깨물어야 하고, 넷째는 요본搖本이니 흔들어야 하고, 다섯
째는 감창甘唱이니 울부짖어야 하고, 여섯째는 지필遲畢이니 천천히 마
쳐야 한다는 것이지요. 이것이 이른바 남자들이 여자에게 매혹되는 육
희라는 거요."

젊은이는 여기서 한숨을 돌린 다음, 실제의 행위에서 그녀가 모자라
는 것을 자세히 가르쳐 주었다.

"지금 보니 아가씨의 결점은 요본과 감창인 것 같아."

"나는 아직 어려서 아무것도 모르니 아는 대로 모두 가르쳐 줘."

아가씨가 매달리자 젊은이는 다시금 일을 벌였고, 아가씨는 마침내
육희의 경지에 이르게 되었다. 이렇게 하여 육희를 알게 된 아가씨는
혼례를 치르기 전에 매일 젊은이와 방사房事를 훈련하여 가히 숙달熟達
의 경지라 할 만하였다.

아가씨가 혼사를 치르고 첫날밤을 맞이하였다. 그런데 신부가 어찌
나 능숙하게 요분질을 하고 멋대로 감창을 하던지 신랑은 의심이 들어

혼례 전에 정을 통한 사내가 누구냐고 다그쳤다. 신부가 당황하여 울기만 할 뿐 대답도 하지 못하자 신랑은 문을 박차고 나가 버렸다. 그 소동을 전해 들은 신부의 어머니가 딸을 크게 꾸중하면서 연유를 묻자 신부가 대답했다.

"뒷집 젊은이가 육희를 배워야 한다고 해서 그와 열심히 연습한 것뿐이에요."

이렇게 고백하자 신부의 어머니가 하는 말,

"딱도 하다. 신랑이 뒷집 젊은이가 아니거늘, 어찌 연습한 기술을 숨기지 않았는고?"

"아이고 엄마도 답답해요. 한창 흥이 올라 홍콩을 왔다갔다 하는 지경이 되면 안은 사람이 신랑인지, 젊은인지 어떻게 알아요?"

그런 좋은 혈穴이 있다면

풍수지리학에 정신이 빠진 사람이 있었다. 그래서 대화도 늘 풍수지리에 관한 것이 많았다. 어느 날 밤 아내와 둘이 누워서 랑데부를 하기 전에 전희가 시작되었다. 남편은 아내의 열을 올리기 위해서 슬슬 아내의 몸을 만지작거렸다. 콧등을 어루만지면서 한마디,

"이곳은 용이 마침내 출발하는 곳이요."

다시 두 팔을 쓰다듬으면서 하는 말,

"이는 청룡과 백호가 어울리는 곳이요."

혀를 이용하여 허리 밑을 빨면서 왈,

"이건 금성이 혈血을 옹호하는 곳이요."

아내가 꿈틀거리자 아내의 배 위에 올라탈 때 아내가 남편의 양물을 손으로 잡으며 물었다.

"이건 어느 줄기로 내려온 것이오?"

"이제 오를 대로 열이 올랐으니, 나는 나성을 잡아 수구水口를 막겠고…."

하면서 일을 시작하였다. 이때 옆방에서 이 소리를 모두 들은 아버지가 산세를 논하는 것으로 알고 외쳤다.

"세상에 그런 좋은 자리가 있다면, 나를 거기에 장사 지내다오."

이렇게 외치니, 부부는 허리가 꺾일 정도로 서로 끌어당긴다.

비지촌非指村의 내력

어떤 사람이 그 마을의 부잣집 곁에 있는 커다란 뽕나무가 몹시 무성한 것을 보고 가만히 그 나무 위로 올라가서 뽕을 따기로 하였다. 뽕나무에 올라가 보니 나무 아래 삼밭에는 사람이 오간 흔적이 많았다. 동네 아이들이 장난을 치면서 낸 흔적이라 생각하고 뽕을 따고 있었다. 그런데 한 건장한 사나이가 뽕나무 밑에 오더니, 두어 번 긴 휘파람을 불었다. 그러자 스물 안팎의 한 아리따운 처녀가 술 한 병과 안주 한 접시를 들고 그 부잣집에서 나오더니 살살 고양이 걸음으로 삼밭으로 들어오는 게 아닌가? 뽕 따러 나온 사람은 뽕나무 위에서 숨을 죽이며 지켜보고 있었다.

사내와 계집은 한바탕 일을 치르고 나서, 운우가 다하여 마주앉았을 때 계집이 교태를 부리며 말했다.

"우리가 서로 사랑하는 사이니 간담 터놓고 서로 솔직해지는 것도 좋지 않겠어요? 소녀가 당신의 그것을 빨아 준다면, 당신도 역시 내 것을 그렇게 해 주겠는지요?"

사내가 응낙을 하고 자기의 연장을 꺼낸다. 계집은 사랑스러워 견딜 수 없다는 듯 그것을 몇 번 손으로 만지다가, 입으로 애무를 해 준다. 그러고 나서 계집도 자기 것을 그렇게 해 주기를 재촉하자 사내가 말한다.

"너의 것은 그렇게 하기가 어려우니, 내 손가락으로 해 주고 입에 넣어 맛보면 어떻겠는가?"

"그것도 좋아요."

사내는 손가락을 거기다 넣어서 좌삼삼, 우삼삼의 기교를 부린다.

"당신 사랑의 깊이는 저만 못하군요. 이제 당신의 그것으로 해 주세요."

계집은 참을 수 없다는 듯이 행동을 하면서 토라지는 게 아닌가. 그러자 나무 위에서 보고 있던 사나이가 답답한 나머지, 자기의 손가락을 굽혀서 가리키면서 큰소리로 말했다.

"이 손가락이지, 이 손가락은 아니지 않소?"

그러나 사내는 옷을 걸치지도 않은 채 도망을 가버렸다. 그는 그제야 뽕나무에서 내려와 계집과 다시 운우의 정을 통했다고 한다. 이로부터 이 마을을 '비지촌非指村'이라고 하게 되었단다.

가난한 집 규수의 본심

집이 가난하여 딸이 나이가 차도록 성혼을 시키지 못한 가정에 두 집에서 동시에 청혼이 들어왔다. 동쪽 집은 부자지만 신랑 될 사람은 추남으로 보기가 소름 끼치고, 서쪽 집은 가난했지만 신랑감은 미남에다 건강하다고 아버지가 딸에게 이야기하면서 물었다.

"너는 어느 집으로 시집을 가고 싶으냐?"

딸은 태연하게 대답을 하였다.

"두 집 다요."

"뭐라고, 두 집 다라니?"

아버지의 반문에 딸의 대답,

"낮에는 동쪽 집에서 살고, 밤에는 서쪽 집에서 자지요, 뭐."

프로 신부 1

얌전한 총각이 결혼을 하여, 첫날밤을 신부와 같이 잤다. 신랑이 첫날밤 침상에서 신부의 아랫도리를 더듬어 보았는데, 어쩐 일인지 다리가 없었다. 이곳저곳 더듬어 보니 신부는 벌써 다리를 번쩍 들고 있는 게 아닌가? 어이가 없어서 입을 벌리고 있는 신랑을 보고 신부는 한숨을 내쉬면서 중얼거렸다.

"뭘 꾸물거리고 있는 거예요? 이번에도 또 멍청이에게 시집온 것 같군."

프로 신부 2

첫날밤 아름다운 신부를 안고, 신부의 다리를 벌리고, 신랑이 그것을 꺼내서 집어 넣으려고 하자, 신부가 "싫어" 하고 외치는 것이 아닌가? 그래서 신랑이 "그럼 뺄까?" 하고 묻자, 또 "싫어" 하고 말한다. 다급한 신랑이 물었다.

"그럼 어떻게 하란 말이야?"

그러자 신부가 태연하게 하는 말,

"넣었다 뺐다 해 줘요. 빨리 빨리요."

프로 신부 3

동성연애를 해오던 사나이가 용케도 장가를 가서 아내를 맞이했는데, 첫날밤에 그는 아내의 엉덩이 쪽을 비비면서 그 짓을 하려고 하였다. 당황한 아내의 말,

"그 곳이 아니에요. 틀린다구요."

그러자 남편의 반문,

"내가 어려서부터 해오던 것이 바로 이것이라구, 뭐가 틀린다는 거야?"

그러자 아내가 하는 말,

"내가 어려서부터 해오던 기억으로는, 그렇지가 않았다구요."

비밀경찰

아프리카 어느 국가에서 있었던 일이다.

국가의 경제 사정상 경찰이 있기는 하지만 막대한 비용을 들여서, 전체 경찰관들에게 제복을 맞추어 줄 형편이 되지 못하였다. 그래서 궁리하던 끝에 콧수염을 길러서 군인이나 타인과 구별이 되게 하고, 일반 국민들은 일체 수염을 기르지 못하도록 법으로 만들었다. 이런 법이 시행되고서 불법행위를 일제 단속하는 기간이 설정되어 감시와 적발이 엄해졌다. 그러자 하루는 경찰청으로 제보 전화가 걸려 왔다. 지금 어느 거리, 어떤 곳에서 마약 거래를 하고 있다는 것이다. 일러 준 장소에 가서 범인들이 모르게 작전을 하여 마약을 거래하던 키 큰 주동자 한 사람을 잡았다. 경찰들이야 콧수염을 길렀기 때문에 바로 표시가 되지만, 붙잡힌 범인은 콧수염도 없으면서 태연하게 이렇게 말하였다.

"나도 경찰관이요."

진짜 경찰관이 웃으면서 물었다.

"얼굴에 수염의 표시도 없으면서 무슨 말을 하는 거요?"

그러자 이 키 큰 남자는 경찰을 길옆으로 데리고 와서 경찰관이 보는 앞에서 바지의 지퍼를 내리고는 밑의 숲을 보라고 하였다.

"봐요, 밑에 수염이 있지 않소."

그 말에 경찰관이 "헛소리 하지 마시오" 하면서 물었다.

"왜 얼굴의 코 밑에 있어야 할 수염이 밑에 있는 거요?"

그러자 청년은 목소리를 낮추며 말했다.

"이건 비밀인데, 사실 난 비밀경찰이기 때문이오."

고해성사

성당에서 신부에게 고해성사를 하기 위해, 아름답고 몸매가 쭉 빠져 머리가 아찔할 정도인 세 아가씨가 기다리고 있었다. 먼저 수줍음 잘 타는 아가씨가 들어가서 신부에게 고해성사를 하였다.

"저는 남성의 심벌을 눈으로 살짝 보고는 그것이 생각나서 잠을 이루지 못해 고민입니다."

아가씨의 말에 신부가 말했다.

"별것 아니요. 저기 가서 성수로 눈을 씻으시오."

고해실에서 나와 성수가 있는 곳으로 간 아가씨는 자세히 살펴가며 성수에 눈을 깨끗이 씻고 있었다. 그 다음으로 바람기가 조금 있는 아가씨가 신부에게 가서 고해성사를 하였다.

"신부님 저는 애인과 깊은 패팅을 하곤 합니다. 그런데 애인이 그때마다 손으로 프레이를 해달라고 해서 손으로 열심히 해 주기는 하지만 그것을 제 몸 안에 넣고 싶어서 고민입니다."

그러자 신부님이 말했다.

"잘 참았소. 결혼 때까지 반드시 순결을 지켜야 합니다. 빨리 가서 성수에 손을 깨끗이 씻으시오."

그 아가씨가 성수대에 달려가서 보니 한 아가씨가 눈을 씻고 있었다. 그 옆에 가서 손을 씻기 시작하였다. 마지막에 남아 있던 바람기가 많은 아가씨가 신부에게 가서 고해성사를 하였다.

"신부님, 저는 애인에게 항상 오럴섹스로 서비스를 하는데, 마음에 괴로움이 많습니다."

그러자 신부님이 가만히 듣고 있다가 이렇게 말했다.

"신앙의 양심을 지키며, 정식으로 관계를 하지 않았으니 별 문제가 없소. 얼른 가서 성수로 입에 칫솔질을 하시오."

성수대에 와 보니 두 아가씨가 눈과 손을 씻고 있었는데, 이 아가씨는 둘을 밀어 내고서 칫솔질을 열심히 하면서 말하였다.

"정말 다행이야."

여자에 관한 대화

"여자를 세대별로 어떻게 이야기하면 재미가 있을까?"

두 남자가 이 문제에 대해 대화를 시작하였다. 그러자 학식이 많은 남자가 이야기했다.

"10대는 '호두'라고 할 수 있고, 20대는 '수박'이라고 할 수 있으며, 30대 이상은 '토마토'라고 할 수 있고, 50대 이상은 '호박'이라고 하면 적당하겠지."

이야기를 듣고 있던 남자가 "왜 그런가?" 하고 되물었다.

"10대는 호두 같이 깨기도 어렵고, 어렵게 까 보려고 해도 잘 벌어지지도 않고, 까 보아도 별로 먹을 것이 없고, 먹어 보아도 맛도 별것이 아니기 때문이지."

"그럼 20대는 왜 수박 같은가?"

"20대는 잘 익은 수박같이 칼을 대기만 하면 쭉 벌어지고, 물이 많기로는 다른 과일에 비교가 안 되지. 그리고 그 맛이 더운 여름날 몸을 날

아갈 것처럼 시원하게 하기 때문이지."

"그러면 30대 이상은 왜 토마토 같은가?"

"30대 이상의 여자는 이미 자동차로 치면 폐차를 해야 할 단계나 마찬가지지. 토마토는 채소인데도 과일이라고 우기는 경우가 있으니, 이 세대는 자기 방어를 위해 이렇게 우기지. '토마토는 채소가 아니라 과일이다' 하면서 말이다. 그리고 50대 이상은 호박같이 속이 텅 비어 있고 물기라고는 하나도 없어서, 먹기가 여간 어려운 것이 아니지. 먹으려면 푹 고든가, 아니면 여러 가지 방법으로 요리를 해야 먹을 수 있지만 맛은 먹을 것이 못 되지 않는가? 그러니 녹이 쓴 기계나 다를 것이 없지."

남자에 관한 대화

"남자를 어디에다 비유하면 재미있을까?"

어느 날 두 여자가 대화를 시작하였다.

"아마도 불에 비유하면 재미있을 것 같다."

"어떻게?"

"20대는 '성냥불'이라고 할 수 있고, 30대는 '장작불'이라 하면 되겠고, 40대는 '담뱃불'이라 하고, 50대 이상은 '반딧불'이라 하면 좋지 않겠나?"

"왜 그렇다고 생각해?"

"20대는 성냥불같이 빨리 붙고, 빨리 꺼지니까. 그리고 30대는 장작불 같이 빨리 붙지만, 오래오래 가잖아. 40대는 담뱃불같이 빨아야 탄단 말이야. 50대 이상은 반딧불 같이 불도 아닌 것이 불인 척하잖니?"

어, 개가 되어 버렸네!

한 남자가 부인과 첩 하나를 두고 살고 있었다. 그런데 부인이 샘이 많았다. 두 여자를 거느리는 이 남자는 정력 또한 끝내 주게 좋았기 때문에 두 여자가 매일 밤 서로 차지할 만하였다. 아내와 같이 잠을 자다가 첩 생각이 난 남편이 부인에게는 "나 변소에 갔다 오겠소, 금방 돌아올게" 하고 나오려니, 부인은 남편이 첩의 방으로 갈 것이라고 당장 알아차렸다. 그래서 허락을 하지 않았다. 달아오른 남편이 진지하게 맹세하며 부인에게 다짐하였다.

"믿으라고, 오늘 밤에 첩의 방에 들어가면 천벌을 받게 될 거야!"

그러나 부인은 남편을 믿지 못했다.

"가려면 발목에 이 끈을 매고 나서 가세요."

부인이 남편의 다리에 끈을 맨 다음, 그 끈을 꽉 잡고서 남편을 내보냈다. '얼씨구!' 하며 밖으로 나온 남편은 집 앞에 있던 개를 불러 제 다리에 맸던 끈을 풀어 개다리에다 매놓고 얼른 첩의 방으로 달려갔다. 남자와 첩은 구름을 타는 즐거움으로 시간이 가는 줄을 몰랐다. 부인이 아무리 기다려도 남편이 오지 않자, 쥐고 있던 끈을 잡아당겨 보았다. 그러자 묵직한 것이 끌려왔다. 자세히 보니 개가 아닌가? 부인이 기겁하며 하는 말,

"못된 놈의 영감 같으니라고. 그토록 맹세하며 나를 속이더니 정말로, 천벌을 받아 개가 되어 버렸네."

나를 죽여 줄 일이지

한 남자를 차지하기 위해서 본부인과 첩이 자주 다투었다. 하루는 남편이 집에 있는 것을 알고는 본부인과 첩이 사소한 일로 싸움을 하였다. 그러자 남편이 일부러 첩을 혼내 주려고, 칼을 빼들고 고함을 지르면서 도망치는 첩을 따라갔다.

"이 따위로 싸움이나 하면, 단칼에 너를 죽여 버릴 테다!"

그러자 본부인은 남편이 정말 첩을 죽이는 줄 알고 그 뒤를 따라 첩의 방에 가보니, 두 사람은 벌써 서로 껴안고 뒹굴며, 방창方暢한 교성嬌聲이 들려온다.

"아이고 죽갔네, 나 죽어!"

본부인이 벌컥 화를 내면서 이렇게 말했다.

"그런 식으로 죽이는 일이라면 나를 죽여 줄 일이지, 흥!"

주인 부자와 하인의 아내

어떤 집 하인의 아내가 이 집 주인 부자와 정을 통하고 있었다. 어느 날 대낮인데도 이 집 젊은 주인이 하인의 부인이 있는 방에 들어왔다. 둘이는 침상 위에서 한창 재미를 보며, 괴성을 지르고 있었다. 이 소리를 들은 늙은 주인 영감이 문을 두드린다. 젊은 주인을 얼른 침상 밑에 숨겨 놓고, 늙은 주인과 일을 치르려고 하는데, 기침소리를 하며, 외출하였던 남편이 돌아온 것 같았다. 늙은 주인이 당황하자 하인의 아내가 말한다.

"걱정 마십시오, 이 몽둥이를 드시고 화를 내시며 방에서 나가십시오, 그 다음은 제가 책임을 지겠습니다."

늙은 주인은 시키는 대로 몽둥이를 들고 밖으로 나가자 금방 하인이 방으로 들어왔다. 하인이 물었다.

"여보, 어떻게 된 거야?"

하인의 아내가 대답한다.

"서방님께서 뭔가 잘못을 저지르신 것 같아요. 그래서 주인 나으리께서 저렇게 몽둥이를 들고 들어오셨더라고요."

그러자 하인이 다시 묻는다.

"그럼 서방님은 어디 계신가?"

남편의 말에 하인의 아내가 침상 밑을 가리키면서 대답한다.

"주인 나으리는 속였습니다만, 실은 이 속에 숨겨 드렸습니다. 헐레벌떡 도망쳐 오셨기에 급한 대로, 숨으시도록 했죠, 뭐."

딸이 당한 사연

딸이 사귀던 남자에게 당했다는 것을 알고 어머니가 딸을 나무랐다.

"이 멍청한 년아, 어쩌자고 그런 짓을…?"

어머니의 말에 딸이 항변을 한다.

"내가 멍청했던 게 아니라고요. 그 남자가 꽉 잡고 범犯하는 걸… 어떻게 할 수가 없었다니까요."

"그럼 소리라도 지르면서 도망을 쳤어야 할 게 아니냐?"

이번에는 아버지가 혼을 내자, 이 아가씨 하는 말,

"하지만 소리도 낼 수 없었어요, 제 혀는 그 남자가 입 속으로 넣으라고 해서 그 남자 입 속에 들어가 있었거든요, 그리고 홀랑 벗은 알몸인데 어디로 도망을 쳐요?"

어안이 벙벙한 부모에게 딸이 마지막으로 한 말,

"당해 보지 않으면, 그때 기분을 모르신다고요."

저건 창자란다

어느 집의 딸이 남자를 모르는 숫처녀로 시집갈 나이가 되었다. 하루는 외출을 했다가 집에 돌아왔는데, 여름철이라 처녀의 아버지가 안방에서 벌거벗고 큰 대자로 누워 잠을 자고 있었다. 낮잠을 자는 아버지의 가운데 무엇이 끄덕끄덕하는 것을 보고 처녀가 어머니에게 물어 보았다.

"어머니, 저게 뭐예요?"

어머니는 난처해서 바로 대답을 하지 못하고 얼버무렸다.

"저건 창자란다."

그런 일이 있은 지 얼마 후에 처녀가 어느 가난한 집에 시집을 갔다. 그런데 부족한 양식 때문에 출가한 지 얼마 안 되어 시집에서 친정으로 돌려보냈다. 친정으로 오자 어머니가 딸에게 묻는다.

"가난한 집이라 어려운 게 많지?"

그러자 딸이 얼른 대답한다.

"가난하기는 하지만, 우리 그이의 창자는 아주 튼튼해요."

아직도 자냐?

사대부 집안에서 귀여워하던 아들을 장가보내 신부를 집으로 데리고 왔다. 신랑 신부는 그렇게 사이가 좋아서 대감 내외는 마음이 흐뭇하였다. 그런데 하루는 매일 아침마다 인사를 문안을 드리러 오던 내외가 오지 않자, 어머니가 걱정이 되어 "자고 있는지 보고 오라"고 하녀를 보냈다. 갔다 온 하녀가 마님에게 여쭈었다.

"서방님도 아씨도 일어나기는 하셨는데, 반만 일어나셨더라고요."

"그게 무슨 소리냐?"

마님이 캐묻자 하녀가 대답한다.

"서방님은 상반신만, 아씨는 하반신만 일으키시고 함께 열심히 움직이고 계셨습니다."

그렇게 헤프면 안 되지!

어느 마을에 두 아내를 거느리고 사는 사람이 있었다. 어떤 바람둥이가, 남편이 외출한 것을 알고, 그중 나이 많은 여인을 꾀었던 바, 욕만 하고 응해 주지를 않았다. 그런데 젊은 여인을 꾀었더니 이 여인은 순순히 응해 주었다. 그 후 얼마 되지 않아 그 집 남편이 세상을 떠났다. 어떤 난봉꾼이 두 여자를 꾀었던 사람에게 물어 보았다.

"그 두 여인 중 한 사람을 맞아 장가를 든다면, 어느 쪽을 택하면 좋은가?"

"글쎄 나라면 나이가 많은 여자를 택하겠네."

"아무래도 젊은 여자가 낫지 않겠나?"

난봉꾼이 이렇게 되물으니 그 사내가 대답했다.

"허 참, 남의 마누라라면 순순히 응해 주는 여자가 좋지만, 내 마누라라면 그렇게 헤퍼서야 쓰겠소?"

과부 시어머니의 충고

억세게 복이 없는 시어머니와 며느리가 살았다. 모두 남편을 일찍 잃고 과부로 같이 살아가는 처지였다. 시어머니가 며느리를 보고 이렇게 충고를 하였다.

"과부란 이를 악 물고 살아가야 하는 거다."

그런 지 얼마 후 시어머니가 시집을 가게 되어 새콤달콤한 이야기를 며느리에게 했더니, 며느리가 시어머니를 비아냥거리며 나무랐다.

"충고를 할 때는 언제고, 자기는 재미를 보면서 나보고는 이를 악 물고 살라고요?"

그러자 시어머니가 하는 말,

"자, 봐라. 나는 이제 이를 악물고 살려고 해도 이가 하나도 없잖니?"

아버지의 시샘

아들이나 딸이나 어릴 적에는 어머니와 같이 자면서 안기도 하고 젖도 만지는 것이 다반사였다. 아들이 장성하여 장가든 다음 아내를 맞아 부모님을 모시고 살았다. 하루는 바깥일을 보고 집에 오니 아내와 아버지가 자고 있지 않는가? 이 광경을 보고 기가 막힌 아들이 아버지를 보고 화를 내며 물었다.

"아버지, 해도 해도 너무 하잖아요?"

그러자 그의 아버지가 하는 말,

"이놈아, 너무 하기는 무엇이 너무해! 너는 내 마누라하고 얼마나 오랫동안 같이 잤더냐? 내가 네 아내와 좀 잤기로서니…."

진짜 공처가

공처가라고 낙인찍힌 사람들이 모여 아내의 기氣를 꺾고, 남편의 권위를 세우며 살아가기 위한 방법을 강구하고 있었다. 그런데 처음부터 겁을 잔뜩 먹고 있던 사나이가 이런 말을 했다.

"만약 이 가운데 누군가가 자기 마누라에게 이런 이야기를 나누는 모임에 대해 말을 한다면… 그리고 부인들이 몰려와서 난장판을 만든다면, 어쩌려고 이러시오?"

이 말을 들은 공처가들이 하나 둘 슬슬 자리를 떠나 도망을 치기 시작하였다. 모두 도망을 가는데 모였던 사람 중에서 한 사나이만 의자에 동그마니 앉아서 미동도 하지 않았다. 대단한 강심장일 거라고 생각하며, 도망갔던 공처가들이 슬금슬금 다가와서 확인해 보았다. 아니나 다를까, 그 사나이는 너무나 놀란 나머지 그 소리를 듣자마자 바로 숨이 넘어간 모양이었다.

발정기의 고양이 울음

나이 지긋한 여승이 비구니들만 있는 어느 깊은 산사山寺에 들르게 되어 날이 저물자 그 곳에서 하루를 묵게 되었다. 한밤중이 되었을 때 뒤뜰에서 암고양이가 울어대자 노승이 물었다.

"저 고양이가 왜 저렇게 울고 있습니까?"

그 절의 비구니가 나름대로 대답을 하면서 되물었다.

"님 생각하며 울어대는 것이지요. 스님은 님 생각이 안 납니까?"

그러자 노스님의 한마디,

"언제나 생각이 나지요. 다만 저 고양이처럼 울지 않을 뿐이랍니다."

바보 사위의 명단

맏사위를 보았는데 바보라는 소문이 파다하게 퍼져 있었다. 장인이 사위의 머리를 시험해 보려고 마당에 서 있는 버드나무를 가리키면서 물었다.

"저 나무는 무엇에 소용될 것 같으냐?"

사위가 대답했다.

"저 나무는 크게 자라면 수레바퀴도 만들 수 있습니다."

그러자 장인은 "세상 사람들이 괜히 바보라고 하는군. 실은 그렇지도 않구나" 하며 기뻐하였다. 장인이 기뻐하는 것을 보고 사위는 부엌에 들어가더니 사발을 보고 "이것도 커지면 절구도 되죠" 하였다. 그러다가 장모가 방 안으로 들어오면서 방귀를 뀌자, 사위는 얼른 되받아친다.

"저 방귀도 커지면 천둥이 됩니다."

배 타는 데 도사

결혼식을 하루 앞둔 삼촌과 조카가 대화를 나눈다.

"삼촌 신혼여행 가서 뭐 할 거야?"

"으응, 배腹를 탈 거야."

"어떤 배를 탈 건데?"

"노 없는 배."

"그런 배도 있나, 참 재미있겠다. 삼촌 나도 같이 타면 안 돼?"

"안 돼, 그 배는 일인용이야."

"그럼 아줌마는 뭐해?"

"밑에서 구경만 할 거야."

"왜?"

"무서워서. 하지만 조금만 지나면 아줌마도 같이 즐길 수 있을 거야."

"그럼 많이 탈 거야?"

"밤새도록 타야지."

"멀미 하지 않을까?"

"삼촌은 배 타는 데 도사란다."

"그래도….'"

다음날 아침 조카가 삼촌에게 뭔가 가져와서 건네준다.

"이게 뭐니?"

"응 삼촌 멀미약이야!"

배가 암초에 걸려서

대낮에 부부가 엎치락뒤치락 레슬링을 하다가 남편이 위에 올라가서 열심히 일을 하는데, 갑자기 아들이 방에 들어왔다.

"아빠 지금 뭐해?"

아들이 물었다.

"음, 배[腹]를 타고 있단다."

"그런데 왜 배가 안 가?"

아들이 또 물었다.

"응… 무엇에 걸려서 못 가."

아버지가 대답하자 아들이 하는 말,

"아, 못이 박혔구나!"

"여보!"와 "애야!"

어느 마을의 선비가 하루는 강 건너 친척집에 볼일이 있어서 나루터로 나갔다. 나루터에 나가 보니 어떤 부인이 배를 모는 일을 하고 있었다. 그 부인은 뱃사공 남편이 죽고 난 후 생계를 이어 가려고 남편이 몰던 배로 사람들을 실어 나르는 일을 했다. 부인은 뱃사공 일이 힘은 들지만 열심히 하고 있었다.

여인이 모는 배[船]는 몇 사람이 타야 떠나건만, 선비는 혼자이면서 가자고 졸라댔다. 그러자 이 여인이 노를 저어 나루터를 떠났는데, 강 중간쯤에 다다르자, 선비가 노 젓는 여인을 보고 갑자기 "여보!" 하고 불렀다. 여인이 이 말을 듣고 나무라는 말을 했다.

"나와는 아무런 상관도 없는 양반이 왜 나를 '여보' 라고 부른단 말이요?"

그러자 선비의 대답,

"내가 왜 '여보' 라고 부르느냐 그 말이오? 내가 지금 당신의 배[腹]를 타고 있지 않소."

"내 배[船]를 탄 것은 사실이오만…"

"그 보쇼. 배[腹]를 올라타는 사람은 남편 아니오? 그러니 내가 당신의 남편이 되는 셈이고, 남편이 아내를 '여보' 라고 부르는데 무슨 잘못이 있소?"

그 말을 들은 여인은 더 이상 말을 하지 못했다.

강가에 배가 도착하여 선비가 배에서 내리면서, 어린아이처럼 폴짝 뛰어내렸다. 가만히 있던 뱃사공 여인이 갑자기 선비를 보고 큰소리를 치며 하는 말,

"얘야!"

이번에는 선비가 의아해서 여인에게 물어 보았다.

"다 큰 어른을 보고 왜 '얘야!' 라고 하는 거요?"

그러자 여인이 웃으면서 하는 말,

"지금 당신이 내 배[船]에서 내렸잖소. 내 배[腹]에서 나왔으니까 당연히 내 아들 아니오. 당신이 내 아들이니까 '얘야!' 라고 부르는 건 당연하지 않소."

눈먼 남편과 말 못하는 아내

어느 고을에 장애자끼리 결혼한 부부가 있었는데, 남편은 앞을 못 보는 맹인이고, 아내는 말을 못하는 벙어리였다. 하루는 방에서 부부가 서로 이야기를 하고 있었다. 이들은 수화手話도 안 되고, 말로도 소통이 안 되기 때문에 서로 신체를 만지면서 의사소통을 해야 하는 어려운 처지였다. 그런데 신랑이 바깥의 소리를 들어 보니 시끄럽고 소란하여, 아내에게 밖에 무슨 일이 있었는지 나가서 알아 오라고 하였다.

밖에 나갔다가 들어온 아내에게 남편이 "무슨 일이냐?"고 물었다. 그러자 아내의 손이 남편의 배꼽을 만지는 것이 아닌가. 그러자 신랑은 이렇게 판단했다.

'아하 마을 한복판에 어떤 일이 일어났구나.'

그래서 "마을 한복판에서 무슨 일이 일어났는가?" 하고 물었다. 그러자 아내는 열이 많이 난 아내의 그 곳에 남편의 손을 끌어다가 대는 것이다. 뜨거운 것을 느낀 남편이 비로소 이해를 하였다.

"아하 어느 집에 불이 났구나."

남편이 또 아내에게 "그 집에 불이 나서 얼마만큼이나 탔는지 본 대로 이야기하라"고 하자, 아내는 자기의 손으로 발기가 되어 꼿꼿이 선 남편의 페니스를 만지는 것이었다. 그러자 남편이 무릎을 쳤다.

"아하 저런, 기둥밖에 안 남고 몽땅 타버렸단 말이지."

믿을 놈 하나도 없다니까

하루는 아버지와 아들이 목욕탕에 가서 함께 목욕을 하였다. 아버지가 온탕에 들어가서 몸을 불리고 있었다. 그런데 물이 약간 뜨거웠다. 아들이 온탕 밖에서 장난을 치자, 아버지가 온탕에 들어오라고 불렀다. 아들이 아버지 말을 듣고 온탕 안으로 들어왔는데, 연한 피부에 급한 성미라 온탕의 물이 뜨겁게 느껴질 수밖에. 아들이 "아이쿠, 뜨거워!" 하고 밖으로 뛰어나오면서 하는 말,

"세상에 믿을 놈 하나도 없다니까."

화대 이야기

결혼하고 1년이 다 되어가니까 아내의 배가 불러서 늘 즐기던 일을 하지 못하게 되자 남편이 불평을 했다. 그러자 아내는 저녁마다 위에서 서비스를 하다가 몸이 무거워 이것도 할 수 없게 되자 서서 서비스를 해 주기까지 했다. 매일 이렇게 서비스를 하다가 몸이 무거워 싫다고 칭얼거리는 남편에게 아내가 돈 10만 원을 주면서 말했다.

"제발 오늘 저녁에는 밖에 나가서 물을 빼고 오세요. 오늘만은 그 책임을 묻지 않을게요."

남편은 "얼씨구 이게 웬 떡이냐?" 하고 얼른 옷을 입고 뛰어나왔다. 휘파람을 불면서 엘리베이터를 타고 보니 같은 아파트 2층에 사는 바

람기 많은 아주머니와 맞닥뜨렸다.

"조금 전에 퇴근하고 집으로 가던 양반이 왜 다시 나와서 어딜 가요?"

아주머니의 질문에 남편이 자초지종을 이야기했더니 은근히 소매를 끌며 추파를 던졌다.

"그러면 우리 집에 가서 차나 한 잔 하고 가세요."

아주머니는 남편을 잡아끌다시피 하여 269호로 들어갔다. 끓여온 차를 마시랴, 술도 한 잔 마시랴 하다가 그만 가져온 돈을 그 집에 다 주려니 아까워서 5만 원만 주고 재미를 보았다. 일을 다 보고 다시 집으로 올라갔더니 아내가 별로 시간도 걸리지 않고 돌아오는 남편이 이상한지 캐물었다.

"벌써 일 다 보고 왔어요?"

"엘리베이터에서 2층 아주머니를 만나 5만 원만 주면서 하고 왔지."

그러자 아내가 벌떡 일어나더니 씩씩거리고 나가면서 하는 말,

"나는 지금까지 한푼도 받지 않고 대접해 주었는데, 2층으로 내려가 단단히 따져야겠어."

공짜 오입

어느 으슥한 골목길을 가다가 총각이 창녀와 마주쳤다.

"놀다 가세요, 3만 원이면 돼요."

팔소매를 잡아끄는 창녀에게 끌려가면서 총각이 하는 말,

"어떡하지, 난 때리는 버릇이 있는데?"

총각이 중얼거리자 창녀가 흥정을 한다.

"그럼 5만 원."

"하지만 나는 좀 지독하고, 과격한데?"

"무서운 자기! 좋아 그럼 10만 원."

총각은 흥정을 끝내고 따라가서 열심히 재미를 보았다. 그리고 나서도 엄포를 놓던 것과는 달리 특별히 다른 버릇이 나오지 않자 창녀는 은근히 걱정이 앞서서 묻는다.

"자기 왜 안 때리는 거야?"

그러자 총각이 팔을 걷어붙이면서 말했다.

"걱정하지 마라, 이제부터 때릴 테니까. 내 돈을 전부 내주고 이자까지 붙여 내놓을 때까지 말이야!"

상동 영감의 술기운

산골에서는 피죽 한 그릇도 먹기가 어려웠던 일제시대 춘궁기春窮期의 보릿고개 때 일이다.

상동 영감이 맏물 털고 난 보릿짚을 도리깨로 힘없이 '툭탁 툭탁' 치면서 타작을 하고 있는 모습을 보고 마누라가 혀를 찼다. 나라 없는 설움보다도 일본 놈들에게 공출을 다 바친 찌꺼기조차 마음 놓고 배불리 먹지 못하여 그렇게도 좋아하던 술 한 사발도 밀주密酒를 담글 수 없는 세상을 원망하는 것이다.

"여보, 이웃 마을에 다녀오겠소."

마누라는 심란한 표정으로 집을 나섰다. 한참 후 집에 돌아와 보니 갈 때는 그렇게 힘없이 쓰러질 듯 도리깨질을 하던 상동 영감이 뜻밖에도 생기가 넘쳐 다리를 번쩍번쩍 치켜들면서 신나게 도리깨질을 하고 있었다. 하도 이상한 생각이 들어 부인이 물어 보았다.

"웬일이슈, 기운이 다 넘치고?"

"그래도 우리 할망구가 제일이야! 배가 출출하여 부엌에 들어갔다가 당신이 빚어 두었던 술 한 사발을 들이켰더니 이렇게 힘이 솟는구려!"

그러자 마누라가 하는 말,

"아이쿠 이 영감아, 그것은 술이 아니라 빨래에 풀을 먹이려고 끓여 놓은 강냉이 뜨물을 풀어 놓은 거요."

"이상하다 하였지, 어쩐지 맛이 새콤하더라니까."

그러면서 그렇게 힘이 넘치던 사람이 공기가 빠진 풍선처럼 되는 것이 아닌가?

아내의 방아 찧는 소리

마을과 외로이 떨어진 독농가의 부부가 살았다. 하루는 아침을 먹은 다음 남편이 밭일을 하러 쟁기를 지고 나가는데, 갑자기 농부의 귀에 디딜방앗간에서 아내의 방아 찧는 소리가 의미 없이 일정한 간격으로 "궁덕~궁덕" 하고 들렸다. 며칠 동안 부부관계 없이 지내온 사실을 탓하는 것 같은 소리로 들렸다.

"안 했거던, 안 했지 궁덕!"

이런 식인지라 이 소리를 들으니 농부의 양물이 슬며시 기상을 한다. 그래서 농부는 지고 있던 쟁기를 팽개치고 방앗간으로 달려가서 디딜방아 줄에 매달려 있던 아내를 독수리가 닭을 낚아채듯이 낚아채서 아내를 바닥에 눕히고는 천천히, 그리고 기가 막히게 신바람 나는 방사를 하였다. 흥이 난 농부가 쟁기를 다시 매고 밭으로 가는데, 이번에는 아내의 방아 찧는 소리가 다르게 들렸다.

"했거던~ 했거던~"

건강유지를 위한 명구

노기편상기怒基偏傷氣
성을 내면 기를 상하게 한다.

사다태손신思多太損神
생각을 많이 하면 정신을 소모시키는 것이다.

신피심역역神疲心易役
정신이 피곤하면 마음이 쉽게 수고로워진다.

기약병상인氣弱病相因
기운이 약하게 되면 병이 따라 생긴다.

물사비환극勿使悲歡極
극도로 슬퍼하거나 기뻐하지 말라.

당령음식균堂令飮食均

238

모름지기 음식은 고르게 먹으라.

재삼방야취再三防夜醉

밤에 술을 거듭 취하지 말라.

제일계신진第一戒晨嗔

새벽에 성내는 것을 경계하는 것이 으뜸이다.

임마! 줄서

　남편 몰래 자주 재미를 보는 아내의 증거를 잡기 위해서, 출장을 간다고 말한 다음 집을 나와서 밤이 되도록 기다렸다. 한밤중이 되어 담을 넘어간 남편은 침실을 엿보다가 한창 재미를 보며 까박까박 넘어가는 아내를 볼 수가 있었다.

　"내 저걸 그냥 콱!"

　그래서 열이 더욱 오른 남편이 현관문을 열자, 뒤에서 남편의 목 뒷덜미를 잡고 어떤 사람이 하는 말,

　"임마, 줄서! 왜 새치기 하나?"

초보 운전자의 수칙

　결혼을 앞둔 초보 운전자가 지켜야 할 수칙이 있다. 이 수칙을 지키면 숙달된 운전자가 되어, 아내를 홍콩으로 자주 보내는 남편이 되어 행복한 잉꼬부부가 되며, 즐거운 가정의 분위기를 유지할 수가 있을 것이다.

- 타기 전에 항상 깨끗이 청소를 하라.
- 약간의 음주 운전은 무방하나, 폭음을 하면 죽고 말고 일어서지를 않는다.
- 시동을 걸기 위해 10분 이상 핸들을 조작하라.
- 처음부터 전속력으로 질주하면 3분 내에 기진맥진한다. 과속은 금물이다.
- 저속으로 운행하면서 서서히 속도를 높여라.
- 전속력으로 질주할 때는 차체에 이상이 있는 것처럼 이상한 소리가 난다. 그러나 차체에는 이상이 없음을 기억하라.
- 목적지에 도달하면 제3의 행위를 하라.
- 차고에 넣을 때는 깨끗이 청소를 하고 보관을 하라.

양녕대군讓寧大君 이야기

조선 태조의 장남으로 이름은 제이고, 어머니는 원경황후다. 세종대왕의 맏형으로 태종 14년(1404)에 세자로 책봉이 되었다. 그러나 1418년 세자에서 폐위되고, 양녕대군으로 봉해졌다. 학설에 의하면 품행品行이 방정하지 못하여 영의정 유정연 등의 청원에 의하여 세자위에서 폐위되었다고 하나, 필자가 알기로는 좀 다른 측면도 있다. 양녕대군은 술과 여자, 시詩를 좋아하고, 방랑하는 버릇이 있었다. 그 바람에 관직이나 권력을 싫어하고 미친 짓을 하면서 왕이 되지 않기 위해 꾀병을 부려, 왕관을 동생에게 양보하였다고 생각한다. 동생인 충령대군이 머리도 총명하고 어질어서 세자의 자리를 물려주었다. 충령대군은 세자 책봉을 받고, 양녕대군이 물려준 왕위를 계승하였다.

왕위를 동생에게 물려주고 나니까 얼마나 자유스런 몸인가? 〈로마의 휴일〉이라는 영화의 주인공처럼, 정말 마음대로 할 수 있는 자유를 찾았을 것이다. 그래서 그는 방랑하는 버릇대로 삶을 살았다고 생각한다. 동생 세종대왕과는 남달리 우애가 깊었고, 충령대군이 왕위를 계승하고 임금의 자리에 있을 때 형인 양녕대군이 임금을 찾아가서 배알을 하였다.

"상감마마, 소신이 청이 하나 있어서, 마마를 배알하게 되었습니다."

"형님 무슨 소원이십니까? 형님의 소원이라면 꼭 들어 드려야지요."

임금인 세종대왕은 이렇게 말하였다. 양녕대군은 송구스러운지 한동안 입을 열지 않다가 이야기를 하였다.

"소신은 평양에 한 번 다녀왔으면 합니다. 윤허하여 주십시오."

양녕대군이 소청을 하자 세종대왕은 바로 형님이 왜 평양에 가고 싶어하는지 감지하였다. 술과 여자, 시를 즐기는 형님이 평양을 찾는 것은 필시 술과 여자, 시를 읊으면서 즐기겠다는 뜻이 아니겠는가. 당시의 평양은 기생의 고을이요, 많은 선비들이 시와 창으로 우글거리는 곳이 아닌가? 그래서 세종은 고민을 하다가 모처럼 소원을 청하는 형님에게 불허할 수는 없고 하여 이렇게 말하였다.

"형님이 평양에 가셔서 여자를 가까이 하지 않겠다고 맹세하시면 허락하겠습니다."

그러자 이번에는 양녕대군의 얼굴이 붉어진다. 어떻게 속마음을 꿰뚫어보시는가 하고. 나중에야 어떻게 되든지 임금의 앞이니까 그렇게 하겠다고 약속하기로 마음먹는다.

"마마 어느 안전이라고 소신이 부不타 하겠습니까? 평양에 가서는 절대 여자를 옆에 두지 않겠습니다. 만약에 이를 어길 때는 어떠한 벌도 받겠습니다."

약속을 하고 보니 간을 하지 않은 음식같이 떨떠름하였지만, 세종대왕의 윤허가 떨어졌다.

"형님이 그러시다면 평양에 다녀오십시오."

세종대왕은 양녕대군이 평양에 다녀올 수 있도록 모든 준비를 하고, 잘 안내하도록 신하에게 지시하였다. 그리고 양녕대군이 평양으로 떠나고 나서 가만히 생각해 보니, 평소 형님이 그렇게 좋아하는 것을 금한 것이 미안하여, 평양 감사에게 급한 전갈을 보냈다. 양녕대군이 도착하면 불편이 없도록 할 것과 미모가 빼어난 젊은 관기를 한 사람 붙여드리고, 그 기생으로 하여금 반드시 물증을 남기도록 하라고 엄명嚴命하였다.

얼마 후 양녕대군이 도착하니, 감사는 바빠졌다. 관기들을 모두 불러 놓고는 대군에게 수청들 사람이 있는지 물어 보았다. 그러나 아무도 선뜻 나서는 기생은 없었다. 일류의 난봉꾼에다 술을 너무나 즐기는 사람이요, 거기다 시와 글이 뛰어난 사람인 데다 더욱이 임금님의 형님이 아닌가?

그때 관기가 된 지 얼마 안 된 기생이 나서며 자기가 수청을 들겠는데, 요구 조건이 있다고 하였다. 양녕대군의 숙소 옆에다 거처를 만들어 주되, 담을 조금 헐어 놓아 달라고 하였다. 임금과 약속하고 평양에 도착한 양녕대군은 기가 죽어 있었다. 평양 감사가 베푸는 잔치에 가서 술을 과음하였고, 여자들은 곁에 둘 수가 없으니 답답하였다. 그렇다고 감사에게 부탁하면 나중에 미주알고주알 보고가 될 것 같고 기분이 상할 대로 상해서 숙소로 돌아왔다.

방 안에 누워 보니 덩그런 방에 여자라도 있어야지, 혼자 있으려니 속이 더욱 답답하고 터질 것 같아 밖에 나와 정원을 걷고 있는데, 옆집에서 가냘픈 거문고 소리가 들린다. 꼭 자기의 마음을 알고 위로해 주는 것 같은 곡으로 거문고가 소리를 내는 것이 아닌가? 그래서 양녕대군이 헐어진 담을 몰래 넘어가서 문 가까이 가보니, 흰 소복을 입은 절세미인이 혼자 방 안에서 거문고를 타고 있다. 술은 거나하게 취했고, 객고는 쌓여가는 차에 미인을 보자 환장을 할 수밖에. 그래서 손가락으로 침을 발라 문에 구멍을 내고 안을 들여다보다가 그만 실수를 하여 들키고 말았다.

"걸음아 날 살려라!" 하면서 넘어갔던 담으로 되넘어가다가 군졸에게 붙잡혔다.

"웬 놈이 남의 사대부 집을 넘어오고, 과부가 된 지 얼마 안 되는 여자를 탐하느냐?"

호통을 치는 군졸들 앞에서 양녕대군은 "고양이 한 마리가 넘어가기에 고양이를 잡으려고 넘어왔다"고 궁색한 변명을 하면서 통사정을 하기에 이르렀다. 그러나 이것은 감사가 시킨 연극이 아니던가? 그것도 모르고 양녕대군은 임금님에게 약속한 것도 있고 하여, 모르도록 해달라고 애걸복걸하여 겨우 다짐을 받고 방에 와서 잠을 청했으나 잠이 올 리가 있겠는가?

이튿날이 되도록 어제 저녁에 있었던 일을 잊지 못해 눈에 삼삼하고 어른거린다. 이날의 공식 일정을 마치고 또 술이 거나하게 취하여 숙소에 온 대군은 어제 밤에 본 여자 생각에 몸이 달아올랐다. 거문고 소리가 나자 잡힐 때 잡히더라고 여자와 이야기를 하고 싶어서 대담하게 방 앞에 찾아가서는 기침을 크게 하고 문을 두드렸다. 소복한 여자가 문을 열더니 깜짝 놀라면서 묻는다.

"선비님! 어제 일을 잊으셨나요? 다른 사람이 보면 어쩌려고요?"

이렇게 대화가 시작되었다.

"그 거문고 소리에 취해서 왔소이다. 소생에게 한 곡을 타 주시지 않겠소?"

양녕대군이 요청하자 방 안으로 들어오라고 하였다. 방 안으로 들어가자 미모에다 거문고 솜씨에 반한 양녕대군을 잠시 두고 가득한 주안상을 차려왔다. 여기서 주거니 받거니 술잔이 오갔고, 이야기도 깊어져서 서로가 침을 삼키는 상태에까지 오자, 여인이 말했다.

"이렇게 대접한 것을 감사가 안다면 큰일이 날 것입니다."

은근히 겁을 주고는 한마디 미끼를 던졌다.

"선비님이 저에게 시를 한 수 써주시면 기꺼이 하룻밤을 모시겠습니다."

　그러면서 여인이 벼루와 먹과 붓을 가져왔는데, 종이는 갖고 오지
않았다.

　"종이는 왜 없는가?"

　대군이 물으니 여인은 속치마를 훌렁 벗어서 방바닥에 폈다.

　"선비님 여기다가 시 한 수를 지어 주십시오."

　하니 술도 은근히 취하고, 아름다운 여인에 취하고 보니, 그 마음이
시로 지어졌다. 속치마에 그대로 멋진 솜씨를 발휘하여 시 한 수를 써
주었다. 그리고 그 밤을 아름다운 여인과 한 덩어리가 되어 불태웠으
니, 과연 양녕대군이 아닌가? 관기가 대군을 대접하고 증거물로 받은
속치마는 감사를 거쳐 한양에 있는 세종대왕에게 바로 전달이 되었다.
이런 사정도 모르는 양녕대군은 평양의 일정을 모두 마치게 되었다.
양녕대군이 한양으로 온다는 소식에 세종대왕은 그날을 맞추어 연회
를 베풀었다.

　그날 양녕대군은 연회장 가까이 오다가 창唱을 하는 소리에 그만 기
절할 뻔하였다. 양녕대군이 평양에서 소복의 여인에게 지어 준 그 시
로 창을 하고 있었기 때문이다. 양녕대군은 "잘 다녀오셨느냐?"는 세
종대왕의 말을 들을 새도 없이 임금님 앞에 엎드려서 용서해 달라고
빌었다.

　"소신은 여자를 가까이 하지 말라는 왕명을 어겼으니 중벌을 받아
마땅합니다."

　그러자 세종은 웃음을 머금고 대군을 일으켜 세우면서 말했다.

　"형님 일어나십시오. 형님을 그렇게 대접한 사람은 저이니 오히려
제가 용서를 구하고 싶습니다."

이 얼마나 우애가 깊은 사랑인가? 양녕대군의 후손이 이를 통해서도 이어졌다는 이야기가 아닌가? 나중에 이 관기를 한양으로 불러올려 양녕대군과 같이 살도록 하였다는 이야기가 있기 때문이다.

이놈이 맛을 보더니

논밭 몇 마지기로 농사를 짓고 몇 마리 안 되는 돼지를 키우면서 어렵게 살아가는 순박한 농부가 있었다. 비슷한 농사를 짓는 아랫마을 친구가 부탁을 하였다.

"우리 암돼지에게 내일 교미를 붙여야 하는데, 내일 아침 일찍 너의 큰 수돼지를 좀 몰고 오게나."

부탁받은 바도 있어서 아침을 일찍 수돼지를 리어카에 실으려고 보니, 돼지가 온데간데없었다. 겨우 찾아서 실으려 하니 얼마나 발버둥을 치는지 서너 시간을 시름하다 보니 힘이 쭉 빠졌다. 어렵게 싣고 아래 마을에 와서, 살이 통통 찐 암돼지 우리에 함께 넣어 주고 두 친구는 이야기를 하면서 볼일을 보도록 시간을 보냈다. 교미가 다 끝나고 데려온 돼지를 잡으려 하니 이놈이 이제는 가지 않으려고 또 도망을 쳤다.

"아마도 그 맛이 재미가 있었던 모양이구나."

속으로 이렇게 생각하며 집으로 데리고 와서 우리에 넣고는 단단히 단속을 하였다. 그 이튿날 못자리를 하기 위해 논에 나가서 일을 하려고, 리어카 있는 곳에 가니까, 큰 수돼지란 놈이 그 위에 덩그러니 앉아 있는 것이 아닌가.

"이놈아 오늘은 아랫마을에 안 간다."

이렇게 중얼거리면서 끌어내려고 하여도 좀체 나오려고 하지를 않는다.

"허허 기가 막혀. 아마도 어제 그 암놈의 맛이 그렇게도 좋았던 모양이었구나."

성이 난 농부가 커다란 몽둥이로 후려갈기니 그제야 돼지우리로 도망을 가더란다. 참 기가 막히는군!

싸움을 한 이유

나이가 예순이 훨씬 넘은 노부부老夫婦가 어렵게 요철을 맞추고 그일을 하다가, 갑자기 할머니가 재채기를 세게 하였다. 그러자 할아버지의 그것이 재채기 때문에 그만 쑥 빠지고 말았다. 그런 후로는 할아버지의 연장이 영 기상을 하지 않는 것이었다. 모처럼 생각이 있어서 재미를 보려고 했다가 실망을 한 할아버지가 성을 냈다. 이것이 화근이 되어 마침내 노부부는 크게 싸움을 하고 말았는데, 얼마나 크게 소리를 질렀는지, 이웃집에까지 들리게 되었다. 다음날 아침, 이웃집 아낙이 할머니에게 물었다.

"어젯밤에는 무슨 일로 그렇게 요란스럽게 다투셨나요?"

그러자 할머니가 하는 말,

"하찮은 일로 그랬다우. 우리 영감은 그 일을 할 때 재채기도 못하게 한다니까…"

송곳 → 망치 → 가지

소년과 장년, 그리고 노인이 동행同行을 하였다. 길을 가다가 날이 저물어 촌가村家에서 하룻밤을 유숙하게 되었다. 그런데 이 집의 여주인은 젊고 아름답고 싱싱하여서, 동행을 하던 장년이 여자의 미색에 반한 나머지 밤중에 몰래 주인 여자가 자는 방에 기어 들어가서 그만 여자를 겁탈하였다.

다음날 아침, 주인은 그 장본인이 누구인지 알 수가 없었다. 그래서 세 사람을 모두 관가에 고발하였다. 그런데 사또 또한 아무리 생각해 보아도 누구인지 알 수가 없자 자기 부인과 상의하기에 이르렀다. 그러자 부인이 말했다.

"그게 뭐 그리 어려운 일입니까? 주인 여자에게 이렇게 물어 보시면 곧 알게 됩니다. 그것이 밀고 들어올 때 송곳으로 찌르는 것 같더냐, 아니면 쇠망치로 치는 것 같더냐, 아니면 삶은 가지 같은 것이 들어오더냐? 하고 물어 보구려."

"아니 그것으로 어떻게 범인을 구분할 수가 있단 말이요?"

그러자 부인의 자신 만만한 대답,

"송곳으로 찌르는 것 같으면 소년이고, 쇠망치로 치는 것 같으면 장년이고, 삶은 가지 같은 것이 들어왔다면 그것은 노인이라오."

다음날 사또는 주인 여자를 불러서 그때 기분이 어떠하더냐고 물어 보니 마치 쇠망치로 치는 것 같았다고 실토를 하였다. 사또는 장년을 범인으로 지목하여 처벌하라고 명령하였다. 이 명판결에 놀란 마을 주민들이 부인에게 물어 보았다.

"우리도 그렇지 않소, 젊어서 결혼을 하면 송곳으로 찌르는 것 같고, 중년기에는 기술이 늘어서 쇠망치로 치는 것 같고, 늙어서는 삶은 가지 같이 힘이 없지 않소."

이렇게 대답해 놓고는 크게 웃었다.

엄마 저 개가 뭐하는 거야?

총명한 딸아이가 항상 부모에게 엉뚱한 질문을 하여, 아버지나 어머니를 난처하게 만드는 경우가 많다. 특별히 부부관계에 관한 것이나, 성性에 대한 질문일 때는 더욱 난감하여 얼버무리기 일쑤다. 어느 겨울철 한 마을의 개가 모여 다니다가 교미를 하는 것을 보고는 엄마에게 물었다.

"엄마 저기 봐, 두 마리의 개가 한 마리가 되어 있네, 왜 그래요?"

이렇게 묻는 딸아이의 질문에 엄마의 대답,

"응, 저거 추우니까 그런 거란다."

그러자 딸아이가 하는 말,

"아냐, 엄마와 아빠는 더운 여름날에도 저러고 있던데 뭐."

디게 못난 사람

아주 끼가 많은 어떤 집 아내가 남편이 집을 비우자, "때가 왔다!" 하면서 외간남자를 끌어들여 그 일을 넉넉하게 하려고 벼르면서 슬슬 작동을 하고 있는데, 갑자기 남편이 들어왔다. 갑작스런 일에 외간남자는 질겁하며 도망을 치려고 하였으나, 여자가 붙들면서 침상 위에 그대로 누워 있으란다. 그래서 외간남자는 죽기 아니면 까무러치기지 하면서, 여자가 시키는 대로 침상에 그대로 누워 있었다. 남편이 들어와서 그 사람을 보고는 깜짝 놀라면서 물었다.

"저 침상 위에 자고 있는 사람은 누구요?"

남편이 고함을 치자, 아내는 손가락을 입에다 대고 속삭이듯 말했다,

"쉿, 큰소리 내지 마시오. 저 분은 옆집의 왕씨예요. 부인에게 몹시 얻어맞고 엉망이 되어 도망을 왔기에 좀 쉬라고 했던 겁니다."

그러자 남편은 사나이를 비웃으면서 경상도 사투리로 이렇게 말하였단다.

"지지리도 디게 못났군. 밥쟁이가 무엇이 무섭단 말인가?"

밀어야 들어가는 문입니다

자기 또래의 나이보다도 5년이나 늦게 시집을 가게 된 처녀가 결혼을 하게 되었다. 은근히 설레고 좋으면서도 첫날밤에 일부러 신랑 방

에 들어가지 않으려고 내숭을 떨었다. 그러나 신랑은 벌써 방에 들어가 있는데, 이러고만 있을 게 아니라고 어미가 밤새도록 달래다 안 되니까, 나중에는 바깥사랑에서 아비 되는 사람을 오라고 했다.

"그러는 게 아니다. 빨리 들어가거라."

"싫사옵니다. 싫어요."

"싫다고 해야 할 일이 따로 있지, 이러고 있으면 되느냐?"

"싫어요, 싫사옵니다."

아버지는 밤을 샌다고 될 일이 아니었기 때문에 딸을 번쩍 안아 올렸다. 가뜩이나 무거운 계집아이를 안고 있는 데다 어찌된 놈의 일인지 문이 열리지 않았다. 아무리 잡아당겨도 문이 열리지 않아 진땀이 줄줄 흘러내렸다. 한시가 급해 땀을 줄줄 흘리면서 문을 잡아당겨도 열리지 않자 아버지는 기진맥진하여 금방이라도 쓰러질 듯이 비틀거렸다. 처녀가 더 이상 참지를 못하고 한마디 했다.

"아버지도 참, 그게 미는 문인데, 잡아당긴다고 열리나요 . 그것 봐요. 미니까 열리잖아요, 그렇지만 저는 안 들어갈래요."

다다닷 되, 다다다앗 되

어느 봄날 따뜻한 한낮이었다. 어떤 부부가 한낮인데도 서로 마음이 맞아 안방에서 방사를 시작하여 운우雲雨가 바야흐로 무르익어 가려는 순간, 괴성이 부인의 입에서 절로 새어 나왔다. 정신도 몽롱하여 왔다 갔다 하는 사이에 여종이 방 밖에 다가서더니 물었다.

"아씨 마님, 저녁을 지으렵니다. 쌀을 몇 되나 하오리까?"

이렇게 아뢰는 말에 부인은 한참 클라이맥스를 넘기 직전이라, "다 다앗 되, 다닷 되," 라고 대답을 하고 말았다. 원래 조금 모자라는 아이인지라 주인 내외가 무엇을 하는지도 모르고 하는 소리를 그대로 믿고 밥을 서 말 닷 되를 하였다.

일을 마치고 저녁이 되어 밥을 차리려고 부엌에 가보니 세상에 여종이 한 밥이 엄청나서 어처구니가 없었다. 그래서 여종을 꾸짖으며 책망을 하자, 오히려 의아한 표정을 지었다.

"아씨 마님 분부대로 했습니다. 다섯 되에 닷 되면 한 말이 아니오니까? 거기에 또 닷 되면 두 말 닷 되니 모두 서 말 닷 되가 아니오니까?"

그러자 부인은 이렇게 말하였다고 한다.

"요년아, 네가 짐작해서 들을 것이지 그 순간에 내 어찌 인사人事를 알겠느냐?"

그 새가 울면 추워요

시골의 한 부부가 잠자리를 같이할 때 아이들을 언제나 발치에 자도록 하였다. 하루 저녁에 부부가 즐거운 게임을 하는데, 굴신屈伸이 점점 심해지자 발치에 있던 아이 놈이 밖으로 밀려났다.

"아버지 어젯밤에 진흙을 밟는 소리가 나던데, 그게 무슨 소리입니까?"

아이가 이렇게 묻자 아버지가 대답한다.

"그건 진흙 새가 우는 소리다."

아이놈이 다시 묻는다.

"그 새는 언제 웁니까?"

아버지가 다시 대답해 주었다.

"시도 때도 없이 아무 때고 우느니라."

그러자 아들놈이 한마디,

"아버지 그 새가 울면 추워요."

아버지는 자기의 한 일을 생각하고는 아이놈에게 미안한지라 아이
의 머리를 쓰다듬어 주었다.

다섯 아들의 만류

어떤 사람이 슬하에 다섯 아들을 두고 있었다. 그러고도 자식에 욕
심이 많아서 자꾸 아이를 더 만들자고 하여 매일 밤마다 일을 시작하
였다. 그러나 아들들은 어이가 없어서 나중에 또 동생이 생기면 부모
님은 자기들을 덜 사랑하고 동생만 위할 것 같아서 아버지와 어머니가
일을 치르는 것을 방해하기로 의논하였다.

그래서 다섯 형제는 돌아가면서 지키기로 하였다. 어느 날 밤 오경
이 훨씬 지나고서 지키는 놈이 조는 것을 보고 일을 치르려고 하다가
들키고 말았다. 이튿날 부부는 의논을 하였다. 이 다섯 아이들을 소를
먹이고 오라고 하면서 밖으로 내몰았다. 아이들은 집을 나가는 척하면
서 다시 숨어 들어와서 방 안의 동정을 살폈다. 부부는 아이들이 집 밖

을 나간 줄 알고 천천히 일을 치를 준비를 하는 전희의 단계를 밟으면
서 말들을 주고받았다. 남편이 아내의 두 눈썹을 가리키면서 말했다.

"이것이 무엇인가?"

"그건 팔자문八字門이지요."

남편은 또 눈을 가리키면서 물었다.

"이건 무엇인고?"

"망부천望夫泉이라오."

남편은 코를 가리키면서 또 물었다.

"이건 무엇인고?"

"감신현甘辛峴이지요."

그는 다시 입을 맞추면서 물었다.

"이건 무엇인고?"

"토향굴吐香窟이 아니겠어요."

이번에는 턱을 가리키면서,

"이건 무엇인고?"

"사인암舍人岩이지요."

다음은 젖가슴을 어루만지며,

"이건 무엇인고?"

"쌍령雙嶺이라 하지요."

다시 배를 어루만지며,

"이건 무엇인고?"

"유선곶[遊船串]이라 하지요."

부부의 문답은 점입가경이었다.

남편이 아내의 아랫배의 언덕을 매만지며,

"여긴 어디인고?"

"옥문산玉門山이라 하오."

"또 이건 무엇인고?"

"감초전甘草田이옵니다."

남편이 아내의 거기다 손을 대면서,

"요건 또 무엇인고?"

"온정溫井이옵니다."

이렇게 한참을 문답이 끝나자 이번에는 남편의 양경을 어루만지면서,

"이건 무엇이에요?"

"이것은 주상시朱常侍지."

다시 아내는 고환을 만지작거리며,

"이건 또 무엇이에요?"

"오호, 이것은 홍동씨紅同氏 형제지."

이때 다섯 아이들이 기침을 하면서 방 안으로 들어왔다. 이에 놀란 아버지가 벌떡 일어나 꾸짖었다.

"예끼 이 녀석들! 해가 저물 때까지 소를 먹이고 오라고 하였는데, 왜 이렇게 일찍 돌아왔느냐?"

그러자 다섯 아이들은 소를 배불리 먹이고, 목욕을 시켜 드리고, 험한 길을 지나왔는데도 꾸중을 한다고 불만을 털어놓았다. 아버지는 더욱 노하여 호통을 쳤다.

"너희들이 나간 지가 얼마 되지 않았는데, 어디서 풀을 먹이고, 어떤 물에 목욕을 시키고, 또 어디다 쉬게 두었단 말이냐?"

그러자 다섯 아이들이 목소리를 높였다.

"처음 팔자문八字門으로 나가서, 망부천望夫泉과 감신현甘辛峴을 넘

어 토향굴吐香窟과 사인암舍人岩을 지나 어렵게 쌍령雙嶺을 넘어서 유선곶[遊船串]을 건너 옥문산玉門山에 올라 감초전甘草田에서 풀을 먹이고 온정溫井에서 목욕을 시켰어요."

맏아들의 말에 아버지는 더욱 노하여 커다란 막대기를 갖고 도망치는 아이들을 뒤쫓아가면서 고함을 쳤다.

"지금까지 본 놈이 어떤 놈이냐?"

이에 아이들이 입을 모아 대답을 하는데,

"어찌 본 사람이 없겠어요? 주상시朱常侍와 홍동씨紅同氏 형제가 증명하면 그만이 아니겠어요."

간비십격奸婢十格

한 선비가 자주 여비女婢와 밀통密通을 하는데, 한 번 아내에게 들키고 나서는 계속 들통이 나는 것이었다. 오늘에 와서도 남편들이 모처럼 외박을 하고 집에 들어가서 홍역을 치르는 것이 아내로부터 외도를 추궁당하는 일이다. 이때 "뾰족한 묘수가 없을까?" 하고 생각할 때가 많다.

"다른 여자와 놀아날 때 재미 치고는 정말 별미인데 매양 발각이 되니 어떤 묘안이 없는가?"

이 선비도 이런 사정을 친구들에게 가서 묻기에 이르렀다. 이에 경험이 풍부한 친구가 대답하기를,

"내게 묘법이 있으니 그대로 한 번 실천해 보게" 하고는 친절하게 가

르쳐 주었다. 다른 여자와 밀통하는 열 가지 요령이 있으니 이를 칭하여 "간비십격奸婢十格"이라 하느니라.

첫째, 기호탐육격飢虎貪肉格.

즉, 호랑이가 고기를 탐하듯 하라는 것이니, 이는 그대가 여자를 품어 보고자 하는 그 마음가짐을 이름이다.

둘째, 백로규어격白鷺窺魚格.

백로가 고기를 엿보듯 하라는 것이니, 이는 여자가 어디에 있는지를 잘 보아 놓으라는 말이다.

셋째, 노호청빙격老狐聽氷格.

늙은 여우가 얼음 소리를 듣든 듯하라는 것이니, 이는 아내가 잠이 들었는지 아내의 행동을 조심해서 살피라는 것이다.

넷째, 한선탁각격寒蟬脫殼格.

매미가 껍질을 벗듯 온몸을 이불에서 잘 빼내는 기술을 말하는 것이다.

다섯째, 영묘농서격靈猫弄鼠格.

영특한 고양이가 쥐를 희롱하듯이 여러 가지 기교를 최대한 발휘함을 말한다.

여섯째, 창응박치격蒼鷹搏雉格.

매가 꿩을 낚아채듯이 어떤 때는 번개처럼 재빠르게 일을 치루라는 것이다.

일곱째, 옥토조약격玉兎鳥藥格.

옥토끼가 방아를 찧듯이 옥문을 자유자재로 꼽고 빼는 일에 전심으로 들락거리라는 말이다.

여덟째, 여룡토주격驪龍吐珠格.

용이 여의주를 토하듯 방사를 조절하고 힘차게 하라는 것이다.

아홉째, 오우천월격吳牛喘月格

오나라의 소가 달을 머금듯 피로로 인한 숨결을 빨리 안정시켜야 한다는 것이다.

열째, 노마환가격老馬還家格

늙은 말이 집으로 돌아가듯이 일을 끝내고는 귀가를 조용히 아무도 모르게 살짝 들어가는 것을 말함이다.

여보, 우리 침실로 가요

술을 한창 즐길 때 있었던 일이다.

이 친구는 공처가恐妻家라기보다는 경처가驚妻家에 해당하는 사람이다. 술을 즐기기는 하지만 두 가지의 특이한 버릇이 있었다. 그중 하나는 술이 들어가면 온몸이 가려워서 긁기 시작하는 것이고, 다른 하나는 술을 먹으면 반드시 여자를 끼고 자야 한다는 버릇이었다.

그런데 통행금지가 엄격하게 실시가 되던 때, 12시가 넘으면 집으로 돌아갈 수가 없는 일이 많이 발생하였다. 주거니 받거니 하면서 술을 먹다 보니 그 통행금지 시간을 넘기기가 일쑤고, 또 여자와 한 게임을 하다 보면 자연히 새벽에 집으로 돌아갈 수밖에 없었다.

하루는 둘이서 술을 신나게 마시고는 예쁘장한 아가씨와 여관방에서 재미를 보고 나서, 아침에 집으로 돌아가게 되어 친구를 찾으니 그는 벌써 집으로 떠난 뒤였다. 그 친구는 대문을 열어 달라고 할 수 없어서 담을 넘어 집으로 들어갔고, 아내가 자는 침실로는 들어갈 수가 없어서, 아이들이 자는 방에 들어가서 잠을 자게 되었다. 지난밤에 운우의 회포도 풀었고, 고단하기도 하여 눕자마자 잠에 떨어졌다. 한참을 자고 있는데, 아침 6시가 되어 아내가 일어나 보니 남편이 옆자리에 없었다. 2시까지 기다리다가 잠을 잤는데, 남편이 틀림없이 외박을 하고 온 줄로 알고는 "들어오기만 해봐라" 하고 벼르고 있는 참이었다.

아이들이 유치원에 갈 시간이 되어 아이들을 깨우려고 아이 방에 가니, 남편이 자고 있었다. 기가 찬 아내는 남편을 깨웠다. 그러면서 아내가 하는 말, "당신 언제 들어왔소?" 하니, 남편은 눈을 비비면서 "내가 12시에 들어와서 대문을 두드려도 문을 열어 주지 않아 이 방에서 자고 있는 거야" 하고 대답을 하였다.

아내는 어이가 없었다. 자기는 새벽 2시까지 기다렸는데, 그때까지도 들어오지 않은 사람이 12시에 들어왔다니 기가 찰 일이었다. 아내는 바가지도 긁지 않고, 남편을 깨워서 "여보 우리 침실로 가요" 하면서 끌고 침실로 들어갔다, 그러더니 "어젯밤에 당신 생각하느라 잠도 제대로 못 잤는데, 아침이지만 지금 한 번 해 주세요" 하면서 옷을 홀랑 벗고는 남편의 옷도 벗기는 것이 아닌가.

일을 시작하려고 물건을 만져 보아도 꿈적도 하지 않고 잠에 떨어져서 일어서지를 않는 것이다. 그것도 그럴 것이 어젯밤에 몇 번이나 일을 치르느라 이놈이 녹초가 되어 있었기 때문이다.

"여보 잘못했소."

남편은 손이 발이 되도록 아내에게 싹싹 빌었다고 했다. 그날 당장 집에서 쫓겨나 사흘 동안 들어가지도 못했다는 친구의 이야기이다. 아내도 무작정 바가지보다는 현명한 판결 방법을 택한 지혜를 본받을 만하다.

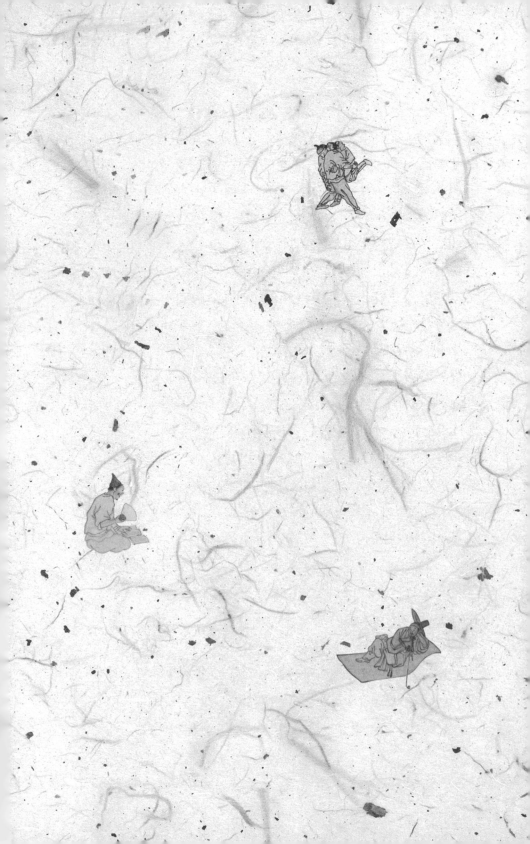

제4장

고전古典 속의 해학

김삿갓 이야기

1.

김삿갓은 자기 조부祖父를 비방하는 글을 지어 과거에서 장원급제를 하였다. 나중에야 자기가 비방한 대상이 조부라는 사실을 알고 죄책감을 느껴 관직을 사양한다. 아울러 하늘을 쳐다볼 수 없는 불효를 저질렀다고 생각하여 큰 삿갓을 쓰고 죽장망혜竹杖芒鞋로 유랑을 하다가 단천端川고을에서 장가를 든 일이 있었다.

청춘 남녀에게 밤은 짧기도 하고 시간 시간마다 천금이 아닐 수 없다. 불이 꺼지고 천재시인 김삿갓과 아리따운 아내가 어울렸으니, 뜨거운 시간에 빠져 있을 김삿갓이 찬물을 뒤집어쓴 사람같이 벌떡 일어나서 불을 켜더니, 실망의 입맛을 쩝쩝 다시더니, 벼루에 먹을 갈고 시詩를 써 내렸겠다.

> 毛深內闊(모심내활)
> 必過他人(필과타인)
> 숲이 깊고 넓어 허전하니
> 기필코 다른 놈이 지나간 자리로다.

이렇게 써 놓고 입맛을 다시면서 한숨을 내쉬고 앉아 있는데, 신랑의 이러한 행동을 의아하게 여긴 신부가 원앙금침에 누웠던 알몸을 일으켜 남편이 써 놓은 글을 보았다. 그리고 갑자기 얼굴을 찌푸리더니 백옥 같은 팔을 뻗어 붓을 잡더니, 그대로 내려 쓰기 시작을 하였다.

後園黃栗 不蜂裂(후원황률 불봉렬)

溪邊楊柳 不雨長(계변양류 불우장)

뒷동산의 익은 밤송이는 벌이 쏘지 않아도 저절로 벌어지고,

시냇가의 수양버들은 비가 오지 않아도 촉촉하고 저절로 자라니라.

이 얼마나 장단에 맞는 응수를 하였는가? 천재시인 마누라답게 멋진 응수의 시구가 아닌가? 아내가 써 놓은 시를 보고 꺼졌던 불씨가 타오르기 시작하였으니, 과연 그 방의 온도는 몇 도쯤이나 되었을꼬.

2. 역시 김삿갓이 방랑 시절에 당한 이야기

어느 마을에 며느리의 유종乳腫을 빨아 주었다는 시아버지가 있었다. 그래서 이 시아버지는 동네 사람들로부터 많은 조롱을 당하고 웃음거리가 되어 있었다. 이에 기분이 상한 김삿갓이 그 노인의 입장을 풀어 주기 위해 시를 한 수 지어 놓고는 그 마을을 훌렁 떠나 버렸다.

父嚥其上(부연기상)

婦嚥其下(부연기하)

上下不同(상하부동)

其味則同(기미칙동)

시아버지가 그 위를 빨고

며느리가 그 아래를 빠니

위와 아래는 같지 아니하나

그 맛은 아마도 같았으리라.

父嚥其二(부연기이)
父嚥其一(부연기일)
一二不同(일이부동)
其味則同(기미칙동)
시아버지가 그 둘을 빨고
며느리가 그 하나를 빠니
하나와 둘은 같지 않으나
그 맛은 아마도 같았으리라.

父嚥其甘(부연기감)
婦嚥其酸(부연기산)
甘酸不同(감산부동)
其味則同(기미칙동)
시아버지가 단 것을 빨고
며느리가 그 신 것을 빠니
달고 신 것은 같지 않으나
그 맛은 아마도 같았으리라.

김삿갓의 이 요절복통할 음담패설은 음담패설이라기보다 그러한 시
아버지의 이율배반적인 면을 힐책하는 것이고, 마을 사람들에게는 많
은 교훈을 준 글이 아닌가 한다.

3.

　김삿갓이 어느 마을 훈장의 행실이 보기에 아니꼬워서 서당 묘사를 빙자하여 화풀이를 한 시詩 한 수가 있다.

　書堂乃早知(서당내조지)

　房中皆尊物(방중개존물)

　生來諸未十(생래제미십)

　先生來不謁(선생래불알)

　서당은 내조지이며,

　방안에 개존물이라,

　생도는 제미십이요,

　선생은 내불알이라

　이런 뜻으로 해석할 수가 있다.

4.

　김삿갓의 기지 넘치는 말장난을 들어 보자.

　年年臘月十五夜(연년납월십오야)

　君家祭祀乃早知(군가제사내조지)

　祭尊登物用刀疾(제존등물용도질)

　獻官輯事皆告謁(헌관집사개고알)

　해마다 돌아오는 섣달 보름날 밤은,

그대집의 제사인줄 이내 알았노라,
제사에 올린 음식은 칼 솜씨가 빨라서,
헌관과 집사는 모두 있는 정성을 다 하였도다.

이런 점잖은 시가 된다. 그러나 뜻과 음으로 섞어 읽어 보면 이렇게
된다.

해마다 섣달이면 십오야 에,
너집의 제사에는 내조지 라,
제사에 올린 음식에는 용도질을 치노니,
헌관과 집사는 모두 개 공알 같도다.

과연 상대에게 화끈한 교훈을 주는 시詩이다.

5.
김삿갓의 또 다른 욕설을 들어 보자.

天長去無執(천장거무집)
花老蝶不來(화노첩불래)
菊樹寒沙發(국수한사발)
枝影半從地(지영반종지)
江亭貧士過(강정빈사과)
大醉伏松下(대취복송하)

266

月移山影改(월이산영개)
通市求利來(통시구리래)
하늘은 길고 길어서 가도 잡을 수 없고,
꽃은 늙어 나비도 찾지 않도다.
국화송이는 찬 모래 밭에서 피는데,
꽃가지는 땅에 닿은 듯이 늘어졌도다.
강가의 정자를 가난한 선비가 지나다가,
노곤히 취해서 소나무 밑에 엎드려지도다.
달이 비끼니 산 그림자도 바뀌었는데,
장꾼들은 돈을 벌어 오더라.

이 시詩도 욕이 된다.

천장에는 거미집이 끼고,
화로에선 겻불내가 나는구나.
국수는 한 사발이고,
지렁은 반 종지라.
강정, 빈 사과와,
대추, 복숭아가 있도다.
워얼리 사냥개야, 통시,
구린내 맡고 오느냐!

이렇게도 해석할 수가 있기 때문이다.

6.

김삿갓은 1807년 권세가문인 장동김씨 가문에서 태어났다. 홍경래 난이 터졌을 때 조부 김익순이 평안도 선천의 방어사로 있었는데, 술에 만취가 되어 잠에 빠져 있는 바람에 그들을 막아내지 못하였다. 그래서 삭탈관직을 당하고, 후에 근무 태만으로 처형이 되었다. 김삿갓은 이를 비관하고 가문에 모멸을 느껴 집을 떠나 팔도강산을 떠돌아다녔다. 그러면서 많은 시와 글을 남겼다. 그중에서 방귀, 오줌, 똥의 생리현상을 주제로 하여 남긴 글도 많다.

〈서당요〉
하늘천 따라지
가마솥에 누른 밥
딱딱 긁어서
선생님은 개밥그릇에 한 통
나는 한 그릇 선생님은 똥가래
나는 은수저
에이 이놈 잘못 읽는다.

〈똥 요〉
강똥을 누느라니까
김金가가 있다가는
김을 무럭무럭 내니
박朴가가 있다가서는

박에다 담았더구나.

장張자가 있다가서는

장대에 꿰어 드니까

유柳가가 있다가서는

누구 먹겠니 하더니만

나羅가가 있다가서는

내가 먹지 하더니…

김 선달 이야기

김 선달은 한마디로 말하면 주색잡기에 도道가 통달한 사람이다. 기회가 오면 그 기회를 최대한 활용하여 그 기질을 발휘하였다. 그리고 문제가 발생하면 기발한 아이디어로 그 문제를 해결하는 재주가 모두 여기에서 나왔다고 할 수 있다.

글재주가 부족해도 평양 감사라는 관직을 차지하고 있었던 어느 권세가의 종으로 있던 김 선달이 주인의 심부름을 하게 되었다. 중앙의 관직을 부탁하기 위해 뇌물로 보내는 아주 값진 벼루를 한양의 고관에게 전하는 일이었다. 벼루를 가지고 한양으로 가던 도중에, 김 선달은 그의 특유의 주색잡기로 인하여 그 귀중한 평양감사의 벼루를 깨뜨리고 말았다. 평양감사의 뇌물, 그것도 중앙 관직을 마련하려고 하는 선물을 깨뜨렸으니, 앞일이 캄캄할 것이 아닌가? 그럼에도 불구하고 천하의 김 선달이 그 벼루 하나 때문에 안색이 변할 리는 없었다. 김 선달은 주색잡기를 무사히 마치고 유유히 한양의 정승댁에 이르렀다.

옛날이나 지금이나 뭔가 합네 하는 집안은 그 집안의 가정부라 하여도 그 세도가 주인 이상으로 드센 것은 마찬가지였던 모양이다. 그 정승댁의 하인들도 마찬가지였다. 막무가내로 들어가려고 하는 김 선달을 그 집 하인들이 그냥 둘 리가 없었다. 그리하여 밀고 당기고 할 때 밀리는 척하며 벼루가 담긴 보자기를 안고 뒤로 발랑 넘어졌다. 이미 깨어져 있던 벼루였지만 정승댁 하인들은 당연히 몰랐던 일이 아닌가? 벼루가 깨진 것을 정승댁 하인들에게 뒤집어씌우기 위해 앉아서 대성통곡을 하고 땅을 치며 야단을 하였다.

밖이 소란스러운 것을 안 정승이 나와서 자초지종을 물었다. 그러자 벼루를 선물로 전하는 평양 감사의 이야기와 귀중한 벼루가 하인들과 밀고 당기다가 깨어졌다는 것을 이야기하며 이렇게 애원을 했다.

"저는 이제 평양에 돌아갈 수도 없는 몸이니 아예 죽여 주시지요?"

그러자 정승이 벼루 보자기를 풀어 보더니 깜짝 놀라면서 하는 말,

"정말 귀중한 벼루구만. 늘 이 벼루를 갖고 싶었는데, 허허 이것 어찌하면 좋은가?"

어쩌다가 벼루를 깨뜨렸느냐고 하인들을 꾸중하는 한편 김 선달에게 어떻게 하면 좋겠느냐고 물어 왔다.

"대감님 제발 저를 살려 주십시오. 이 벼루를 받았다고 증서를 하나 써 주시면 목숨만은 부지하겠습니다."

그래서 벼루를 잘 받았다는 정승의 증서를 받아냄으로써 깨진 벼루 사건을 마무리할 수 있었다.

이것은 김 선달의 주가를 더욱 높여 주는 이야기지만, 감투를 흥정하기 위해 바치는 뇌물은 반드시 없애야 하지 않겠는가? 이런 뇌물임

에 그것을 깨뜨렸다는 것은 도덕적 책임이나 양심의 문제는커녕 오히려 신나는 이야기로 받아들여졌던 셈이다. 김 선달의 기지는 바로 이처럼 약자로서의 곤란한 순간을 타개하는 특유의 해법으로, 유머가 가진 통쾌한 힘이라고 할 것이다.

처용가 이야기

신라 제46대 헌강왕憲康王 때 나라가 부강하고 풍년이 들어 풍악과 노래가 끊이지 않는 태평성대를 구가하고 있었다. 어느 날 왕이 개운포에 놀러 갔다 돌아오다가 갑자기 몰려온 구름과 안개로 인하여 길을 잃고 말았다. 왕이 괴이하게 생각하여 신하들에게 까닭을 물었다.

"이는 동해의 용왕이 하는 일로 좋은 일을 청하여 풀어야 합니다."

그래서 왕은 그 곳에 절을 세우고 제를 지냈다. 그러자 구름과 안개가 사라졌고, 동해의 용왕이 기뻐서 일곱 아들을 데리고 왕 앞에 나타나 춤과 노래로 왕의 덕을 찬양하였으며, 그중에 한 왕자를 서라벌로 보내 왕사를 보게 하였는데, 이 아들의 이름이 처용이다.

왕은 이를 기뻐하여 그에게 아름다운 미녀를 골라 주고 그의 아내로 삼도록 하였다. 그런데 그녀의 용모가 너무나 아름다워 주변에서 그냥 놓아두지를 않았다. 역신疫神도 처용이 일을 보러 간 사이 그의 집으로 가서 아름다운 처용의 아내와 통정通情을 하였다. 둘이서 통간通姦하는 것을 보고 지은 시詩가 이렇다.

서울 밝은 달 아래
밤들도록 노니다가
돌아와 자리를 보니
다리가 넷이로다.
둘은 내 것이다마는
둘은 뉘 것인고.
본디 내 것이었건만
앗겼으니 어찌 하리오.

처용은 이와 같은 노래를 부르며 돌아서는 것이다. 처용이 노래를
마치자 역신이 그 형체를 나타내고 무릎을 꿇으며 이렇게 맹세한다.
"제가 공의 아내를 사모하여 범했으나, 공이 노하지 아니하여 감격
하는 바가 크오. 맹세코 이후로는 공의 형용을 그린 그림만 보아도 그
문門 안에 들지 않겠소."

홍선대원군 이야기

1.

홍선대원군은 음담패설이나 욕지거리를 즐기며, 풍자와 해학에도
둘째가라면 서러워할 사람이다. 그리고 서예에도 능하고 특히 난蘭을
그리기를 좋아하였다.

272

남촌에 사는 황영黃英이라는 사람이 있었다. 대원군에게 이런 일로 하여 군수 자리까지 승진한 사람이다. 그는 충청도 사람으로 참봉초사參奉初士가 되었으나, 승진이 되지 않았다. 그래서 황영은 처남과 짜고 몇 달 동안 대원군에게 발을 끊었다가 먼저 처남을 대원군에게 보냈다. 대원군이 오랜만에 그를 보고 물었다.

"수삭 동안 보지를 못했으니, 어디를 그렇게 쏘다녔는가?"

황영의 처남은 옳거니 하고 시치미를 딱 떼며 대답을 하였다.

"소인의 매부 황영의 집에 놀러 갔다가 그리 되었습니다."

"아, 황영이 자네 매부였던가? 그래, 자네는 형편이 어떠한가?"

"형편이 여부가 있겠습니까? 소생이 매부 집에 가서 글을 한 수 지었는데, 들으시면 형편을 아실 것입니다."

대원군은 글이라는 말에 흥미를 느꼈던지, 호기심을 나타내며 물었다.

"무슨 글을 지었나?"

"네, 소인이 매부 집에 가서 본즉 방이 아래위 두 칸뿐이어서 황영은 소인의 누이와 아래 칸에서 자게 되었아옵니다. 그런데 한밤중이 되어 소인의 누이에게 매부가 재미를 보려고 덤볐던가 봅니다. 그것을 보고 하도 가소로와서 지었습니다만, 소인의 창작이 아니고 옛글의 요언절구妖言絕句를 고친 것입니다."

江起黃英兒 하여
　　　～하라
　　　～이면
　　　～돌아서지.

하니, 대원군은 허리가 부러져라 하고 웃으면서 "그 부득이 돌아서지 라는 [돌아서지] 한마디가 가히 문장이로고" 하며 찬탄을 하였다. 그 후 황영은 벼슬이 한 단계 올라갔고, 처남도 한자리를 차지하였다.

2.

김규식이라는 사람도 그런 식으로 직급이 한 단계 오른 사람이다. 김규식도 등과를 한 후에 대원군에게 문후를 왔다. 그는 얼굴이 얽어 있어서 아예 금강산이었다.

"이 세상에 저런 얼굴이 또 있을고?"

대원군이 인사를 받지도 않고, 냉랭하게 비웃었을 정도였다. 그런데 그는 무안해하기는커녕, 한 술 더 떴다.

"있다뿐이옵니까? 소인이 세수를 하고 망건을 쓸 때 거울을 대하면 그 속에 소인과 똑같은 얼굴이 있사옵니다. 그리고 지금도 대감 뒤의 거울에 소인과 똑같은 얼굴이 있지 않사옵니까?"

이렇게 대답하니까, 김규식의 재치와 당당함에는 대원군도 놀란 모양이었다.

"가히 그 기개는 남아로고!"

이렇게 크게 웃으면서 칭송하고 당장 벼슬을 직각直閣에 올려 주었다.

3.

대원군이 한창 득세할 때 일이다. 임금의 생부이자 섭정攝政을 겸하였으니, 그 위세야말로 가히 짐작할 만하였다. 그러나 대원군의 눈에 차는 인물이 없어서 늘 마음이 우울하였다.

"사람 한 사람, 쓸 만한 놈이 없을까?"

늘 가슴속 깊이 생각하고 바라는 상태였다. 그래서 대원군은 난蘭을 치며 괴로운 마음을 달래고 있었다. 대원군이 난을 치고 있을 때 어떤 시골의 선비 하나가 알현을 청하였다. 들어오라는 대원군의 분부에 방으로 들어왔으나, 대원군은 난만 치고 있으면서 고개를 돌리지 않고 말도 없었다. 초면 인사의 절을 하였다. 그리고 선비는 말을 할 수도 없고 하여, 또 그냥 있자니 송구스럽고 하여, 머뭇머뭇하다가 처음 들어와서 절을 한 번 하였고, 또 절을 한 번 하였다. 그러자 난을 치던 붓을 던지면서 대원군이 벌컥 성을 내었다.

"이런 고얀 놈! 죽은 사람에게 절을 두 번 하지, 산 사람에게 웬 재배인고?"

할 때, 어느 안전이라고, 다른 보통 사람이라면 기절을 할 터인데도, 선비는 오히려 때를 만난 듯했다. 당당하게 말하고 자세도 어그러지는 법이 없었다.

"그런 게 아니올시다. 먼저 절은 와서 뵈옵겠다는 절이옵고, 나중 절은 물러간다는 절이올시다."

이렇게 대답을 하자, 갑자기 대원군의 얼굴이 맑아지면서 충천했던 노기도 사라지고, 허허 웃으며 물었다.

"거 어디서 온 뉘인고?"

"시생은 전라도 영광에서 살고 있는 김 아무개라고 하옵니다."

"오, 그래?" 하더니, "물러가 있게" 하였다.

이렇게 선비가 물러나와 사흘이 되어, 영광군수로 발령 받았다.

공당문답公黨問答

고불 맹사성이 재상으로 있을 때, 온양에 갔다가 오는 도중에 비를 만났다. 맹사성은 용인의 여관으로 들어가 잠시 비를 피하고자 했다. 여관 안으로 들어가니 하인 몇 명을 대동하고 온 선비가 한 명이 먼저 와 있었다. 맹사성은 자신의 신분을 밝히지 않고, 마루 끝자리에 앉아 비가 멈추기를 기다렸다.

"어디까지 가는 길손인지 모르지만 방 안으로 들어오시오."

방 안에 있던 선비는 영남의 부호로 서울에 가서 녹사 자리 하나 얻으려고 상경을 하던 길이었다.

"잠깐 실례를 하겠습니다."

맹사성이 방 안으로 들어가자 선비는 주안상을 보아 오라고 해서, 같이 술잔을 기울이게 되었다. 맹사성을 전혀 모르는 선비는 거리낌 없이 시정을 논論하고 농담까지 시작하였다.

"우리 심심한데 공자公字 당자堂字로 문답놀이나 합시다."

비는 여전히 굳세게 내리고 어차피 잠을 자야 할 형편이었으니, 별다른 일도 없고 화젯거리도 없던 차에 선비가 말했다. 공자 당자의 문답은 말끝에 공자나 당자를 붙여 하는 놀이였다.

"좋습니다. 내가 먼저 시작을 하지요."

"하이상경공何以上京公인고.(무슨 일로 서울을 가는가?)"

그 말에 선비가 대답을 하였다.

"녹사취재상거당錄事取才上去堂.(녹사 시험을 보려 서울을 간다.)"

"내가 그대를 위하여 차제공差除公이라 하리.(벼슬을 주는 데 어긋나

276

게 할 수 있는 사람이다.)"

그 말을 들은 선비는 조소를 지으며 다음과 같이 대답을 하였다.

"혁부당嚇否堂이라.(아니 꾸짖을 수가 없구나.)"

맹사성은 그 말에 더 이상 대답은 하지 않고 호탕한 웃음으로 대신하였다.

며칠 후 맹사성이 궁궐의 일을 보고 있는데, 그 선비가 들어와서 인사를 했다.

"하여공何如公이라.(어찌 같은 사람인가?)"

맹사성이 먼저 선비를 알아보고 공자를 끄집어냈다. 선비는 여관에 있던 사람이 재상이었음을 확인하고는, 사색이 되어 고개를 조아리고 더듬거렸다.

"사거지당死去之堂이라.(어렵게 들어왔는데 죽을죄를 지었습니다.)"

그 말을 들은 옆의 대신들이 이상하게 생각하게 되었다.

"지금 어떤 말을 하고 있는 겁니까?"

그러자 맹사성은 웃고 나서 여관에서 있었던 일을 자초지종 이야기해 주었다. 그러고 나서 선비의 용기를 기특하게 여겨 녹사 자리 하나를 주었더니, 열심히 일하여 여러 고을의 수령을 거친 다음 나중에는 큰 벼슬에 올랐다고 한다.

번데기 앞에 주름 잡기

한사겸은 일찍 과거에 장원을 한 당대의 귀재였다. 어느 날 그가 매형을 만나러 성균관과 비슷한 독서방에 놀러 갔다. 독서방에 들어가 보니, 매형인 홍하의는 잠을 자고 있었고, 그 옆에는 학사 신광필이 혼자 앉아 있다가 물었다. 심심하던 차에 마침 잘 됐다는 표정으로 반갑게,

"그대는 어디서 왔는가?"

"시생은 시골의 무과에 급제한 자로 예금부의 벗을 찾아서 이곳을 지나다가 높으신 곳을 범하는 당돌함을 범하였사옵니다."

한사겸은 정중하게 사과의 말을 올렸다.

"괜찮으니 그냥 자리에 올라와 앉으시오."

신광필은 한사겸이 무인이라는 말에 슬며시 장난을 하고 싶은 생각이 들었다.

"경치가 아주 좋아서 내 풍월을 하나 짓고자 하는데, 그대는 운을 부를 수 있는가?"

신광필은 한사겸이 올라와 앉기를 기다렸다가 물었다.

"풍월이 무엇인지 모르는 터에, 운을 부르라니 당치도 않는 말이옵니다."

"어허 하물에 부딪쳐 흥이 일고 풍경을 묘사하면 그게 바로 풍월이니, 음향의 서로 같은 자를 압축하는 것이 바로 운이니라."

신광필은 수염을 쓰다듬으면서 점잖게 훈시를 했다.

"일찍이 학업을 잃고 오직 활쏘기만 전념을 하였으니 어찌 운자를 알겠습니까?"

한사겸은 계속 겸손을 떨었다. 다른 한편으로는 신광필이 소문난 문 사라는 말을 들었지만 직접 대면하는 것은 처음이라, 그의 실력도 알 아보고 싶었다.

"그러지 말고 차례로 아는 자를 불러 보아라."

"정히 그러시다면 시생은 무인이나 무예에 관한 한자를 부르겠습니 다."

"옳거니 어서 시작을 해보게나."

신광필은 운을 부르기 기다리면서 눈을 지그시 감았다.

"향각궁 흑각궁의 궁弓자는 어떻겠습니까?"

"좋도다."

신광필은 잠시 생각에 잠기더니 이내 풍월을 읊었다.

"독서당 반월여궁讀書堂 畔月如弓이라."(독서당 가의 달이 활과 같도 다.)

"다시 불러 보게나."

바람 풍자를 부르자 신광필이 역시 눈을 감고 읊었다.

"취탈오사 의안풍醉脫烏沙 倚岸風이라."(취하여 오사를 벗고 언덕 바 람을 맞도다.)

"이번에는 변중 관중의 중中자가 어떠하시겠습니까?"

"기특하고 기특하도다, 세 글자의 운이 다 같으니 그대가 글을 모른 다고 하는 말이 진실이 아니로다. 분명 이는 우연의 일치인 게로구나."

한사겸이 다시 운을 부르자, 신광필은 고개를 끄떡이며 읊기 시작 했다.

"십리강산 수일적什里江山 輸一笛하니,(십리강산에 피리소리 들리오 니,)

각의신 재화도중 却疑身 在畵圖中이라.(도리어 이 몸이 그림 속에 파묻혔네.)

신광필은 자신이 생각해도 멋들어지게 낙귀를 떨어뜨렸다고 생각을 하며 껄껄 웃었다.

"어디서 왔다고?"

그러면서 또 크게 웃었다. 그 웃음소리에 홍하의가 일어나면서 신광필에게 물었다.

"시골 무과에 급제 합격한 사람치고는 운자를 기가 막히게 부르네, 그려."

신광필이 웃음을 감추지 못하자, 홍하의가 말했다.

"예끼 이 사람아, 나의 처남 한사겸으로 이번에 장원급제한 사람이네."

홍하의의 말을 듣고 그제야 신광필은 부끄러워 어찌 할 바를 몰라 하였다.

장롱 속의 감사

성종대왕 때 원주성에 한 명기가 있었는데, 부임하는 사또들마다 그 명기에게 녹아나지 않는 사람이 없었다. 이것을 안 사헌부의 대감 이을은 임금님에게 상소를 올려, 그 미색에 녹아난 사또들을 찾아 탄핵을 하기에 이르렀다.

"색을 좋아하는 것은 인간으로서 어찌할 수 없거늘 어찌 그렇게 남의 말만 할 수 있느냐!"

성종대왕은 이 상소문을 반려하고 크게 웃었다.

"이러한 일들을 참지 못하는 자들이 어찌 백성을 다스릴 수 있으오리까."

이을은 엎드려서 충심으로 항소를 청원했다. 그러자 성종대왕은 이을에게 알았노라고 말을 한 후에 이을을 강원 감사로 제수하였다. 강원 감사로 부임한 이을은 먼저 관기부터 시작하여 기생이란 기생은 모조리 내쫓았다. 이 소문을 들은 성종대왕은 은밀하게 원주 목사를 불렀다.

"아름다운 관기로 하여금 이을을 시험케 하여라."

어명을 들은 원주 목사는 원주로 돌아오자 말자 소문난 명기 유랑을 불렀다.

"임금님의 어명이 지엄하니, 네가 감히 감사를 녹일 수 있느냐?"

"이는 어렵지 않은 일이옵니다. 제가 금명간 감사를 동우리하여 보내 드리겠습니다."

유랑은 그렇게 말을 하고 물러갔다. 기회를 엿보던 유랑은 감사가 밖에 나와 있을 때, 말[馬]을 풀어서 영문 앞에 있는 꽃밭에 곱게 핀 들국화를 뜯어먹게 하였다. 감사가 그것을 보고는 크게 노하여 말의 주인을 찾아오라고 호통을 쳤다. 그러자 유랑은 과부의 차림을 하고 감사 앞에 나가서 선처를 호소하였다.

"집안에 남정네가 없는 고로 말을 잃어버려서 국화를 상하게 하였사오니, 이는 천 번 죽어도 마땅한 죄라고 생각하옵니다."

그러면서 유랑은 거짓으로 흐느껴 울었다. 감사는 흐느껴 우는 유랑을 자세히 보더니, 나이는 이십 세 정도이고, 얼굴에는 화장기 하나 없으며, 소복을 입은 모습이 당대 절세의 미인이 아닌가? 이 꽃같이 아름다운 여자를 보자 감사는 차마 벌을 줄 수가 없어서 용서하여 주었다. 그날 저녁 감사는 통인을 불러 물어 보았다.

"해지기 전에 말을 놓아먹인 계집이 어디서 사는 사람인고?"

"그 사람은 바로 소인의 누이동생이온데 일찍 매제를 잃고 홀로 영문 근처에 살고 있습니다."

감사는 그 말을 듣고 혼자 흠모하기 시작하였다. 하루가 지나자 흠모하는 마음이 더해가더니 한 번 보고 싶은 간절한 생각으로 바뀌었다.

"소인의 누이가 사또의 은혜를 생각하옵고, 삼가 집안에서 딴 배 한 상자를 올리려고 하였으나 아직 올리지 못하였사옵기에 아뢰옵니다."

감사가 하루는 혼자 있는 틈을 타서 통인이 은밀히 고했다.

"허허 그런 일이 있었구나."

감사는 통인의 말을 듣자 그렇지 않아도 오매불망 그리워하던 유랑이었는지라 그날 안으로 배를 가져오게 하였다.

"기특한지고. 기특한지고."

통인은 밖에 있고 방 안에 들어온 유랑에게 감사는 벌린 입을 다물지 못했다. 그러는 사이에 밤은 깊어지고 합문 밖에 있는 통인은 벌써 코고는 소리가 들려 왔다.

"이리 가까이 와서 앉으라."

유랑은 부끄러워하며, 겁을 내는 척하였다.

"허허 부끄러워하기는~ 어찌 이리 손길이 부드러운고."

감사는 옥이 굴러가는 못한 유랑의 말에 더는 참지 못하고 손을 덥석 잡았다.

"쉰네가 이미 창녀가 아닌 바에 감히 명령을 쫓을 수 없나이다."

유랑은 이렇게 말하고 감사가 잡은 손을 빼며 몸을 사렸다.

"이 밤에 누가 감히 접근하고 이 일을 알겠소."

"그래도 혹시."

유랑이 그렇게 말하자 감사는 더는 참지 못하고 그만 유랑을 안고 운우의 정을 통했다. 다음날부터 유랑은 밤이면 감사가 사무를 보는 집무실에 들어왔다가 새벽이면 나가는 정분을 통하면서 사랑이 깊어졌다.

"사또께서 진실로 첩을 사랑하시는데, 저의 집이 홍살문 밖에 있사오니 한 번 오시어 밤새 즐기지 않으시렵니까?"

유랑은 감사의 품에 안겨서 청하였다.

"오호, 내가 진작 왜 그런 생각을 못했을꼬."

감사는 쾌히 승낙을 하고 다음날 통인을 대동하지 않고 유랑의 집에 찾아갔다. 방 안에 들어가서 옷을 벗고 유랑을 품고 있는데, 밖에서 큰 소리로 유랑을 꾸짖는 소리가 들렸다.

"내가 너에게 재물을 준 것이 수백 냥이 넘거늘, 이제 네가 나를 배반하다니 결코 용서할 수 없도다. 그러니 내가 준 재물을 지금 다 내놓아라."

감사는 이 말을 듣고 이 진퇴유곡에서 어쩔 줄을 몰랐다. 그때 유랑이 감사의 귀에다 대고 속삭였다.

"저 놈은 강하고 흉악하기 짝이 없는 놈이로소이다. 하오니 사또는 잠시 이불장에 들어가 피하소서."

감사는 고마운 마음에 얼른 이불장 안으로 들어가자마자 문을 안으로 걸어 잠갔다. 밖에 있던 젊은이가 문을 박차고 방 안으로 들어와서 소리치며 하는 말,

"저 농 속에 있는 옷, 치장거리는 물론 이 이불장까지 모두 내가 해

준 것이니, 내 지금 관가에 가서 소청을 하여 너에게서 빼앗아 이 부끄러움을 씻겠노라."

젊은이는 끈으로 이불장을 칭칭 동여매서 관가로 매고 가서 목사 앞에 내려놓고 청원을 하였다.

"소인이 유랑이란 기생 년을 봐주었더니 어떤 놈에게 빼앗겼소이다. 그 동안 쓴 돈이 너무나 엄청나서 이 농짝을 들고 왔으니, 사또께서는 열어 보시고 판결을 해 주십시오."

목사는 지체 없이 이불장을 열어 보도록 명령했다.

"너희는 저 농짝을 열어 보도록 하여라."

아전들이 달려들어 이불장을 열어 보니 감사 비슷하게 생긴 사람이 알몸으로 눈을 가리고 있는 게 아닌가.

"가만있자, 저 분은 감사 사또님이 아니냐?"

아전들이 졸개들에게 횃불을 가까이 하라 이르고, 안을 자세히 살펴 보았다.

"감사 사또께서 농짝 속에 들어가 계심을 아뢰오."

감사가 분명한지라 졸개들이 일제히 소리 높여 고했다.

사랑의 비애

나이가 일흔이 넘은 한 노인이 하인들에게 늘 하던 말이 있었다.

"내가 영남 도책으로 있을 때 집의 아들놈이 한 기생첩을 매우 사랑하였네. 그러던 중 내가 서울로 올라오게 되어 함께 데리고 왔기에 세월이 지나 열이 식으면 내려 보내려 생각하였네. 그랬더니 수년이 지나도 뉘우침은커녕 정리가 되지 않아서 내가 쫓아 버렸지. 나중에 내가 그 기생이 떠나면서 무슨 말을 남기더냐고 물어 보니, 이런 말을 하면서 시를 남겼다더군."

기생이 떠날 때 남긴 말과 시는 다음과 같다.

"이렇게 수년 동안 첩으로 받들어 오다가 이제 막상 헤어지게 되었으니 기가 막힌 나의 심정을 무엇으로 말하리오. 이별의 시詩라도 짓겠어요."

그래서 곧 '군' 자를 운으로 부른즉, 첩이 말하길 "어찌 '군'만 부르는가?" 하고 다음과 같이 읊었다.

낙동강산초봉군洛東江山初逢君
낙동강 위에서 님을 만나고
보제원두우별군普濟院頭又別君
보제원두에서 남과 이별하니
도화낙지홍무적桃花落地紅無跡
복사꽃도 지면은 자취를 감추는데
연월하시불억군烟月何時不憶君
어느 세월 어느 땐들 내 님 잊으랴.

"이렇게 시를 읊고 물러갔다고 했네. 다시 불러오려고 사람을 보냈더니 벌써 누암강에 투신하여 이 세상의 사람이 아니었다더군. 이 소식을 접한 내 아들놈도 시름시름 앓다가 두 달 만에 죽었으니, 내 이렇게 늙어 간다 한들 부자지간에 쌓이고 쌓인 원망을 어떻게 풀겠나."

금재 이장곤

연산군 때 정5품인 홍문관의 벼슬을 하던 사람이 금재 이장곤이었다. 그는 연산군에게 잘못 보여 한 번은 죽음을 당할 위기에 처한 적이 있었으나 구사일생으로 풀려난 사람이다. 그러다가 또 연산군의 의심을 사서 또다시 붙잡히게 될 운명에 처하였다.

"반드시 세상이 변하리라."

그는 야음을 틈타 무조건 서울과 정반대되는 북쪽으로 열흘 밤낮을 걸어가서 도착한 곳이 함흥이었다.

"여기까지야 관군의 발길이 미치지 못하겠지."

이장곤은 모처럼 밝은 대낮에 시골길을 걸었다. 때는 태양빛이 이글거리는 한여름이어서, 땀을 많이 흘려 한참을 걷다 보니 갈증이 심했다. 그래서 주위를 두리번거리니 마침 어느 처녀가 우물에서 물을 긷고 있었다.

"목이 말라서 그러니 물을 좀 얻어먹을 수 있겠소?"

이장곤의 말에 물을 긷고 있던 처녀는 얼굴을 붉히면서 표주박에 물을 뜬 다음 버드나무 잎을 훑어서 물에 띄워 부끄럽게 표주박을 내밀었다. 이장곤이 물었다.

"왜 버드나무 잎을 물에 띄웠느냐?"

"갈증이 심하여 급히 마시다 보면 체하실까 봐 그리 하였사옵니다."

이장곤은 처녀의 지혜로움에 감탄하여 처녀의 집을 물었다.

"건너편에 있는 유기장이 바로 저의 집이옵니다."

이장곤은 처녀의 언행에 심히 감동을 하고 미모에 반하여 그 집으로 갔다.

"내 마땅히 이 집의 사위가 되어서 살려고 이렇게 찾아온 것이오."

유기장이는 이장곤의 말을 듣고는 놀랐으나, 서울 사람을 사위로 얻기가 쉽지 않은 고로 이내 승낙하였다. 그날부터 이장곤은 유기장의 집에서 몸을 의탁하고 살기 시작하였다. 그렇다고 농사일도 해보지 않았고, 유기를 구울 형편도 되지 못하여 나날이 낮잠만 자는 것으로 소일할 수밖에 없었다. 유기장이 그런 사위를 못마땅하게 생각하고 있는데, 몇 달이 지나도 한 가지였기에 말을 하지 않을 수가 없었다.

"내가 사위를 맞이한 것은 유기 만드는 데 도움이 될 줄 알고 그러했는데, 이건 도무지 유기를 만들 생각은 않고 밥만 축내고 주야로 잠만 자니 분명히 밥주머니가 틀림없다."

장인의 불만에 이장곤은 한마디 하고 싶었으나, 죄인 된 몸으로 섣불리 전후 사정을 말할 수가 없어서 그냥 참는 수밖에 별 도리가 없었다.

"오늘 저녁부터는 사위의 밥을 절반만 주어라."

장인은 대답도 못하는 사위를 보고 더욱 화가 나서 장모에게 엄명을 내렸다. 이런 상황을 당하고 보니 이장곤을 불쌍하고 측은하게 생각하는 사람은 아내밖에 없었다. 아내는 부친의 말을 거역할 수 없어서 궁여지책으로 누룽지라도 긁어서 주는 수밖에 없었다. 그러나 3년이라는 세월이 물 흐르듯이 지나는 동안에 아내는 이장곤에게 불평 한마디 하지 않고, 아내로서의 도리를 다했다. 마침내 중종이 반정하여 연산군을 몰아내고 새로운 정부가 탄생하였다. 중종은 억울하게 죄를 뒤집어쓴 사람을 구제하여 주고, 이장곤도 복직을 시키라고 팔도 관찰사들에게 어명을 내렸다. 이 사실을 어렴풋이 알고 있어서 관가에 한 번 가보기로 하였다. 그는 먼저 유기장에 있는 장인을 찾아갔다.

"매월 관가에 상납하던 일을 이번에는 제가 가져가겠습니다."

그러자 장인은 가소롭다는 듯이 웃음을 터뜨리고 나서 말하였다.

"너와 같이 낮잠만 자는·위인이 동서를 알지 못하고 어찌 유기를 관가에 상납한단 말인가? 내가 직접 가도 퇴자를 맡는 일이 흔하거늘 얼토당토않은 말은 하지도 말거라."

장인의 말과는 달리 장모는 그렇지 않았다.

"한 번 시험해 보는 것도 과히 나쁘지는 않는 것 같으오."

장모의 말에 장인은 그도 그럴 것이라는 생각에 허락을 하였다. 그래서 이장곤은 유기를 실어서 관가로 향했다.

"유기장이가 유기를 상납하러 왔습니다."

이장곤은 장인과는 다르게 관아 앞에서 우렁차게 고함을 질렀다. 그 말을 들은 관아의 본관은 귀에 익은 음성이라는 생각이 들었다. 그는 어린 시절 이장곤과 친하게 지내던 사이였고, 그 후에도 연락을 주고받던 친한 친구였다. 이장곤이 동헌으로 들어서자 본관은 깜짝 놀라며 섬돌 아래로 내려왔다.

"공은 어느 곳으로 자취를 감추었다가 이런 꼴로 나타나는 것이오?"

본관은 손을 잡고 오르게 한 다음 술상을 보아오게 하고 의관을 갖고 오라고 하였다.

"죄를 입은 몸으로 유기장이의 집에서 몸을 의탁하고 삶을 지탱해 나오다가 하늘의 도움으로 이렇게 나타난 것이오."

그러면서 이장곤은 의관을 거절하였다. 본관은 급히 서울로 파발을 보내며 상경할 것을 재촉하였다.

"유기장이의 집에서 3년 동안이나 주객 노릇을 하였으니, 마땅히 그 곳으로 돌아가 봐야 할 것입니다. 그리고 그 곳에는 조강지처가 있으니 고별을 하고, 해야 할 일도 남아 있고, 그러니 내일 아침에 나를 찾아와 주시오."

이장곤의 말에 본관은 쾌히 승낙하였다. 유기장이 집으로 돌아온 이장곤이 장인에게 말하였다.

"이번 유기는 무사히 상납하였습니다."

그러자 장인이 말했다.

"이상도 하다. 옛 말에 솔개미가 천년을 살면 꿩을 잡는다더니 이것이 헛된 말이 아니로구나. 오늘 저녁은 밥을 한 숟가락 더 주거라."

이장곤은 다음날 아침 일찍 일어나서 마당을 깨끗이 쓸었다.

"우리 사위가 어제는 유기 상납을 잘하고 오더니, 오늘은 마당을 깨끗이 쓰는 것을 보니 해가 서쪽에서 뜨겠구나."

장인은 사뭇 기쁨을 감추지 못하고 외쳤다.

"아침부터는 밥을 고봉으로 담아 주거라."

그러자 이장곤이 장인에게 부탁을 하였다.

"지금 곧 마당에 방석을 깔아 주시오."

"방석을 깔다니 무슨 말인고?"

"오늘 아침에 사또가 방문하게 될 것이오."

이장곤이 말하니, 장인은 냉소를 지었다.

"꿈같은 말을 하고 있구나. 어찌 사또께서 이런 누추한 곳을 방문한단 말이냐? 지금 생각해 보니 어제 유기를 잘 바쳤다는 것도 유기를 버리고 와서 내게 거짓말을 한 게 아니냐?"

장인의 말이 채 끝나기도 전에 상리가 헐레벌떡 달려와 꽃자리를 펴며 소리를 쳤다.

"사또 행차가 곧 있을 것이오."

상리의 말에 유기장 부부는 황망한 걸음으로 울타리 너머로 숨었다. 조금 후에 길잡이의 "물렀거라" 하는 소리가 들리더니 본관이 불쑥 들어섰다.

"아주머니 어디 계시오. 청하건대 상견례를 하게 해 주시오."

이장곤이 아내를 불러 절을 하게 하고, 본관은 그녀를 자세히 뜯어보았다. 살펴보니 비록 옷은 남루하나 거동과 모양은 절도가 있어 보였다.

"이 학사께서 곤란한 처지에 빠졌을 때 아주머니의 힘으로 곤경에서 벗어났으니, 이는 의리 있는 남자에 비할 것이 못 되오."

본관은 유기장이 부부도 불러 술을 내리고 사또를 직접 뵐 수 있는 영광을 주었다. 이장곤의 소식이 삽시간에 퍼지자, 이웃 읍의 사람들까지 구경꾼들이 인산인해를 이루고 본관은 그들에게도 술과 안주를 대접하는 것을 게을리 하지 않았다.

"아내가 비록 상스럽고 천한 여자이나 이미 나와 정혼한 몸이니, 사또는 교자 한 채를 구해 주길 바랍니다."

이장곤은 관복을 입고 본관에게 부탁을 하였다.

"당연히 그리하지요."

이장곤은 궁궐에 입궐하여 유기장이의 일을 숨김없이 고하였다.

"이와 같은 여인을 어찌 첩으로 대하리오. 그 여인을 후 부인으로 삼도록 하여라."

중종 임금은 찬탄을 금치 못하였다고 한다.

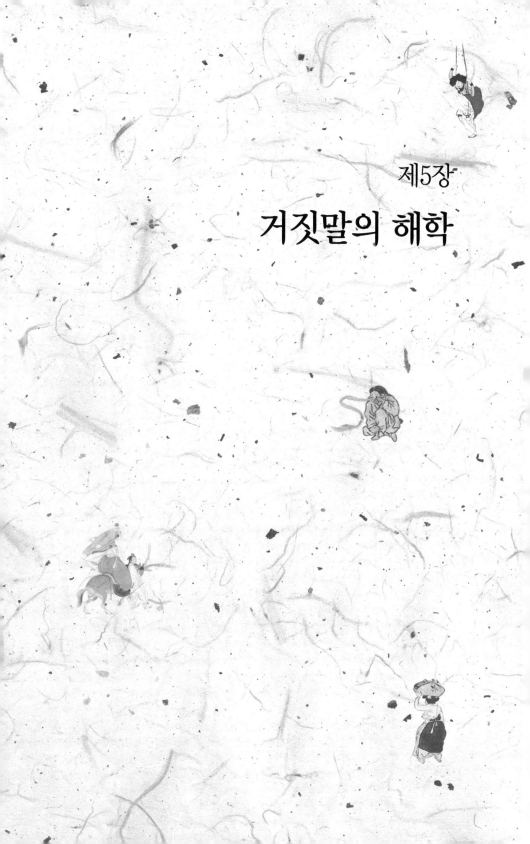

제5장

거짓말의 해학

동호에 물이 바짝 말랐어요!

무릉武陵에 거짓말을 밥 먹듯 하는 소년이 있었다. 어느 날 거리에서 만난 할아버지가 그 소년에게 말했다.

"너는 거짓말을 썩 잘한다고 하던데, 그렇다면 나를 한 번 속여 보려무나."

그러자 소년이 허둥대며 대꾸했다.

"지금 그럴 시간이 없습니다. 아까 들은 말인데요, 동호東湖에 물이 바짝 말랐답니다. 그래서 모두 자라와 고기를 잡으러 갔어요. 저도 거기에 가야 해요. 한가롭게 그런 짓이나 할 때가 아닙니다."

노인은 그 말을 곧이듣고 얼른 동호로 달려가 보았으나, 호수에는 물이 가득 고여 있는 게 아닌가? 그제야 노인은 소년에게 속은 것을 알고 무릎을 탁 쳤다고 한다.

상賞보다 벌을 받을 걸

오자서伍子胥가 초楚나라에서 도망을 쳤다. 열심히 뛰어 국경을 넘다가 그만 국경을 지키는 경비병에게 붙들리고 말았다. "아이쿠 이젠 죽었구나!" 하고 한탄을 하면서도, 잘하던 거짓말을 하여 위기를 모면하였다. 오자서가 그 관원에게 했던 거짓말은 이렇다.

"초왕楚王이 나를 붙잡으려고 하는 것은, 내가 진귀한 구슬 하나를 가지고 있기 때문이오. 나는 그것을 잃어버렸는데, 왕은 내 말을 믿지 않고 나를 잡으려 하는 것이오. 그러니 당신이 나를 잡아 왕에게 데려가면 당신은 상을 받겠지 하고 생각하겠지만, 천만에 말씀이오. 당신은 왕 앞에 나타나기만 하면 왕이 당신의 배를 갈라놓을 거요."

그러자 관원은 당황하며, "왜?" 하고 물었다.

"내가 왕에게 당신이 나의 구슬을 빼앗아 '꿀꺽' 삼켰다고 할 테니까 말이오."

관원은 한참을 생각하더니 할 수 없다는 듯이 말했다.

"그냥 가시오."

북과 소

어떤 사람이 거짓말을 했다.

"우리 집에는 한 번 두드리면, 백리 밖까지 들리는 북이 있어."

이렇게 자랑을 하자, 친구가 되받았다.

"우리 집에는 강남에서 물을 먹으면, 그 머리가 강북에 와 있는, 큰 소가 있지."

"아니, 그렇게 큰 소가 세상에 어디 있어?"

그러면서 험악한 얼굴로 물었다. 그러자 친구가 하는 말,

"비록 없다고 하더라도, 이런 소를 내놓지 않으면, 자네의 그 북을 상대할 수가 없잖아?"

1년에 천 개의 알을 낳는 닭

언제나 하는 말이 이치에 맞지 않고 허황하여, 아무도 그의 말을 믿지 못하는 사나이가 있었다.

"우리 집에 암탉 한 마리가 있는데, 그 닭은 1년에 천 개의 알을 낳는다."

그 사나이가 이렇게 허풍을 떨며 말하자, 듣고 있던 사람이 딴지를 걸었다.

"그렇게 많이 낳을 리가 없어."

그러자 그 사나이는 "그럼 800개"라고 한다.

"800개도 낳을 리가 없어."

듣고 있던 사람이 다시 핀잔을 주자 사나이는 "그럼 600개."

"그럴 리가 없다니까."

또 핀잔을 주자, 그 사나이는 한참 생각하더니 이렇게 말한다.

"달걀 수를 이 이상 줄일 수는 없으니까, 암탉의 수를 한 마리 늘리도록 하지."

엄마는 언제부터

아이가 친구들과 놀면서 거짓말을 늘어놓다가 어머니에게 들켰다. 그래서 어머니가 아들에게 하는 말,

"너만한 나이 때, 나는 거짓말을 절대로 하지 않았단다."

294

그러자 아이가 하는 말,

"그럼 엄마는 언제부터 거짓말을 했지?"

일등을 한 거짓말

"식욕이 엄청난 사람이 며칠을 굶다가 허기가 져서 물을 마신다는 것이 그만 유산을 먹어 버렸대."

"그럼 죽어 버렸겠네?"

"죽기는, 그 놈이 왜 죽어? 절대로 안 죽을 사람이거든. 그런데 그 사람이 코를 풀었는데, 손수건에 구멍이 크게 뚫렸대, 글쎄."

이사를 갑니다

한 하사가 급하게 중대장에게 와서 말한다.

"내일 저의 집이 이사를 갑니다. 무거운 짐을 나르자면, 아내만 가지고는 안 되기 때문에 역시 제가 도와야겠습니다. 이틀만 휴가를 주십시오."

그러자 중대장이 빙그레 웃으면서 말한다.

"자네가 휴가를 달라고 할 줄 알았지. 어제 자네 부인이 내게 와서 이사를 할 텐데, 자네가 조력하러 오면 오히려 방해가 되니, 휴가를 주지 말라고 당부했거든."

휴가를 얻지 못해 실망을 하고 중대장실을 나갈 때 하사관이 하는 말,

"이 중대에는 거짓말쟁이가 둘인 셈이군. 사실 나는 아직 결혼을 한 일이 없거든."

세계 일주

"자네, 세계 일주를 하였다고?"

"물론, 라인 강을 거슬러 올라가 제일 상류까지 가봤지."

"산 마르코 사원의 사자도 보았겠지?"

"암, 그놈에게 먹이까지 주었지."

"흑해에도 가봤나?"

"물론, 거기 가서는 만년필에 잉크를 넣었지."

낚시 광狂

할아버지는 너무나 낚시에 열중한 나머지, 어깨 너머로 누가 말을 거는지도 몰랐다.

"할아버지, 뭐 좀 잡았소?"

"잡았냐고? 숭어 40마리뿐이야."

할아버지가 기고만장하여 자랑을 하였다.

"할아버지, 제가 누군지 잘 모르시는군요. 나는 이 근처의 어획을 감시하는 감시인이오. 할아버지는 법을 위반했어요. 며칠 간 콩밥을 먹어야겠는데요?"

이 말을 듣고도 전혀 당황하지 않고 할아버지가 하는 말,

"당신도 내가 누군지 잘 모르는 모양이군, 나는 천하 제일가는 거짓말쟁이란 사실을."

아이쿠 손 들었습니다

한 스님이 시골 길을 가고 있었다. 한참을 가다가 보니 세 사람의 농부가 밭둑에 걸터앉아서 옥신각신 언쟁을 하고 있었다. 스님이 가까이 오니, 그중의 한 사람이 말을 건넸다.

"아이고, 스님 잘 오셨습니다. 실은 지금 이 길에서 돈 백 냥을 주웠는데, 제일 지독한 거짓말을 하는 사람이 이 돈을 갖기로 하였습니다. 그러니 심판 좀 해주십시오."

스님이 위엄을 갖추고 대답하였다.

"나무아미타불, 그건 좋지 못한 일입니다. 거짓말을 하다니요, 말이 됩니까? 소승으로 말하면 태어나서부터 한 번도 거짓말을 해본 적이 없습니다."

그러자 세 사람이 동시에 입을 모아 말했다.

"어이구 손들었습니다. 스님, 이 돈은 스님 것입니다."

피장파장

나무꾼이 산에 가서 나무를 잔뜩 베어 놓고 내려오던 길에 한 사나이와 길동무하면서 이야기를 나누었다.

"그 참 놀랍군요. 내일 아침부터 하루 종일 나무를 나르자면 죽어났지요."

"내가 누군지 아십니까?"

"글쎄요. 모르겠는데요?"

"이번에 새로 부임한 산림감독입니다."

"그럼 나는 누구인지 아십니까?"

"글쎄, 모르겠는데?"

"나는 이 고장에서 모르는 사람이 없는 허풍장이란 말이오."

사마귀에 털이 났다고?

서울이 고향인 이 초시는 집도 절도 없는 홀아비였다. 이 초시가 고향을 두고 전국을 떠돌아다니며, 초대받지 않는 손님 노릇으로 하루하루를 연명해 나갈 수밖에 없는 원인은 양반이라는 것 하나 빼놓고 아무것도 없었다. 비록 숟가락 하나 가진 것 없는 빈객이라지만, 천민들처럼 논밭에 나가서 품일을 할 수도 없는 노릇이고, 저잣거리로 나가서 장사를 할 수도 없는 노릇이었다. 그래도 어느 집엘 가나 행랑채 신세를 면할 수 있는 것은 부모가 살아계실 때 열심히 배워 둔 글공부 때문이었다. 그것 하나로 문전걸식은 면하고 사랑방에서 주인과 대담을 나누어도 무식한 양반이라는 소리를 듣지 않으니 그럭저럭 견딜 만하였다. 전국을 떠돌아다니는 것도 목적이 있어서가 아니고, 구름에 달 가듯이 발길 닿는 곳에 갔다가 그 곳에서 여건이 허락할 때까지 머물다가 또다시 바람 따라 떠도는 나그네였다. 그러다 보니 어느덧 나이가 서른 살이 되었다. 일찍 장가를 갔으면 며느리 본다고 할 나이이지만 이 초시한테는 해당 사항이 없었다. 그러나 쥐구멍에도 볕들 날 있다고, 이 초시도 예외는 아닌 모양이었다. 하루는 호남의 작은 고을 어느 가난한 촌가에서 하룻밤 신세지는 날이었다. 머리가 하얗게 세고 저승꽃이 얼굴을 까맣게 덮은 주인 영감이 이 초시에게 말했다.

"객은 고향이 어디요?"

"서울이외다."

"서울 사람이면 왜 방랑생활을 하는 게요?"

"고향은 서울이지만 전국 팔도가 사는 곳이니 그렇소."

주인 영감은 알았다는 얼굴로 이 초시를 가만히 뜯어본 후에 말을 이었다.

"장가들 생각은 없소?"

"대장부가 나이 들면 집을 세우고 처자를 거느리고 싶은 건 당연한 이치가 아니겠소이까?"

이 초시는 그렇지 않아도 아픈 가슴을 찌르는 주인 영감이 못마땅했다.

"그런 눈초리로 이 늙은이를 보지 말고 내 사위가 되어 이 고을에서 머무는 게 어떻겠소?"

이 초시는 주인 영감의 말을 듣고 두 귀를 의심했다.

"하오나…"

이 초시는 "어이구 감사합니다" 하고 넙죽 절을 하고 싶은 심정이었으나 양반 체면에 그러지는 못하고 뜸을 들였다.

"이 늙은이가 이렇게 살아도 본시는 양반 집안이니 피차일반 아니겠소?"

주인 영감이 다시 말하자 이 초시는 큰절을 하고 사위가 되기로 하였다. 이 초시가 혼인을 한 이듬해에 장인이 죽고 나서부터 서당을 차렸다. 작은 고을이지만 학동學童 수는 그런대로 열서너 명이 되고, 먹고 사는 데는 지장이 없을 정도였다. 3년을 지나자 딸을 하나 얻었다. 이 초시는 딸의 이름을 혜랑이라 지었다. 식구가 하나 늘어나자 살림은 가난에서 벗어날 수가 없었다. 그래도 하루 세 끼 먹고 사는 데는 어렵지 않았다. 문제는 딸 혜랑이의 나이가 열여덟을 먹었으나, 집안이 가난하다가 보니 마땅한 혼처가 나오지 않는다는 것이었다. 하루는 산 너머 김 생원 집에서 중매쟁이가 왔다.

"그만한 혼처는 흔치 않을 것입니다."

"내가 비록 가난하게 살고 있는 형편이지만, 내 딸은 총명하기가 이를 데 없고, 아름다우니 그 또한 십시일반이라."

혜랑이의 어머니는 내심으로는 기뻐하면서도 티를 내지 않고, 젊잖게 중매를 받아들였다. 그리고 중매쟁이가 떠나고 나서 어머니는 혜랑이에게 말했다.

"다행이로구나. 열여덟을 넘기지 않고 너의 현숙함에 이처럼 혼인을 하게 될 줄 그 누가 알았겠느냐. 그러니 너는 이 순간부터 각별히 몸을 조심하여 사뭇 누가 되는 일이 없도록 하여라."

이 초시나 혜랑이 어머니는 딸의 혼처가 정해지자 기뻐 어쩔 줄을 몰랐다. 없는 살림이지만 정성껏 혼수를 장만하고 나서 일이 벌어졌다. 이웃에 사는 이방의 아들이 혜랑이의 집 울타리에서 계집종을 불러서 말했다.

"너의 댁 혜랑이와 내가 글을 배우러 다닐 때 여기서 나하고 여러 번 불륜의 관계를 가졌느니라."

계집종이 그 말을 듣고는 얼굴이 백지장이 되어 주인마님을 찾아가서, 이방의 아들이 하던 해괴망측한 말을 그대로 이야기하였다.

"해괴망측한 말이라니, 그게 대체 무어냐?"

"혜랑 아씨하고 여러 번…"

계집종은 부끄럽다는 듯이 말을 더 이상 계속하지 못했다.

"네 말이 정말이렷다?"

"사실이옵니다."

어머니는 혼비백산하여 사색이 된 얼굴로 혜랑이를 불렀다.

"내 너를 철석같이 믿으니 사실대로 말해야 한다."

어머니는 준엄하게 물었다.

"어머니가 저를 믿고 있는 만큼 저 역시 어머니에게 털끝만큼도 누를 끼칠 만한 일은 한 일이 없사오니 말씀해 보셔요."

"전에 학동으로 있던 이방의 아들과 어떤 관계이더냐?"

어머니는 계집종이 일러 준 말을 하였다.

"이는 기필코 그 놈이 나의 아름다움을 보고, 우리 집 또한 가난하다고 얕보고 불측한 계책을 세워서 한 일일 것입니다."

혜랑이는 분을 참지 못하면서도 행여 어머니에게 심려를 끼쳐 드릴까 봐 조심스럽게 말을 했다.

"그렇다면 이 일을 어찌한단 말인가? 너는 정혼한 몸으로 놈이 만약 헛소문이라도 퍼뜨리고 다닌다면, 이보다 더 난감한 일이 어디 있겠느냐?"

"어머니, 과히 괘념하지 마소서. 소저 자신이 더럽히지 않은 몸이니 언젠가 누명을 벗는 날이 있지 않으오리까?"

"너는 지금 정혼한 몸인 줄 알고 하는 말이냐? 만약 이 사실이 김 생원 댁에 들어간다면 어찌 되겠느냐?"

"하오면 소녀에게 생각이 있사옵니다."

"그게 뭐냐?"

"일이 이렇게 되었사오니, 관가에 상소를 하여 옳고 그름을 가려야 할 것이옵니다."

"처녀의 몸으로 부끄럽지도 않느냐?"

"어차피 놈은 소문을 내고 다닐 게 분명하지 않습니까? 하오니 피차 자제하는 것은 소문에 응한다고 생각할지 모르니 사실을 낱낱이 밝힘이 떳떳할 줄 압니다."

혜랑이가 얼굴빛도 변하지 않고 당당하게 말하자 어머니나 이 초시도 동의를 하였다. 혜랑이는 가마를 타고 관아로 가서 사또에게 판결을 청원하기에 이르렀다.

"소녀 억울한 누명을 쓰고 있으니, 진실을 자세하게 밝히시어 누명을 벗겨 주시기 바랍니다."

사또는 혜랑이의 상소를 받고 심히 난감해 하지 않을 수 없었다.

"허허 해괴한 일이로다. 이를 어찌 판결을 내리겠는고."

사또는 한참 생각에 잠기었다가 이방의 아들을 불렀다.

"네가 말하기를 저 처녀와 여러 번 상통하였다고 하였으니, 그 얼굴과 몸뚱아리를 소상하게 자세히 고하렷다. 만약에 틀린 점이 있다면 너는 죽고 살아남지 못하리라."

이방의 아들은 고개를 숙이고 혜랑이의 얼굴이며, 몸의 굴곡 등을 자세하게 고하였다. 그 말을 듣고 사또는 혜랑으로 하여금 가마에서 나오게 한 후 자세히 살펴보았다.

"똑같지가 않느냐?"

그럴 수밖에 없는 것은 이놈이 사람을 시켜 혜랑의 특징에 대해서, 사또에게 고하는 말을 세밀히 알아보도록 했기 때문이다. 사또는 크게 놀라며 난감한 처지에 놓이게 되었다. 혜랑이 이방의 아들의 간사한 음모로 인하여 사또의 처신이 어려운 줄 알고 통인의 귀에 들리도록 말하기 시작하였다.

"소녀의 왼쪽 가슴 아래 검은 사마귀가 밤톨만 하옵고, 그 위에 터럭이 수십 개 있습니다. 이는 다른 사람은 알지 못하는 사실로서, 이미 소녀와 상통을 하였다면 그가 반드시 알 수 있을 것이오니, 다시 한 번 하문을 하옵소서."

사또가 곧 아들을 불러 심문을 하였다.

"네가 처녀와 상통을 하였다면, 남이 보지 못하는 곳에 혹은 별다른 게 없더냐?"

"처녀 가슴 아래 한 개의 검은 사마귀가 있사온데, 그 위에는 터럭이 수십 개 났소이다. 하오니 가히 증험하소서."

아들은 이미 그 사실도 통인을 시켜 엿듣게 하였기 때문에 쉽게 대답을 하였다. 사또는 기가 막히게 알아맞히는 아들의 말에 할 말을 잃고 막연히 천정만 쳐다보고 있었다. 이때 혜랑이는 주위를 물리치게 한 다음, 얼굴을 붉히며 저고리를 열어 보였다.

"소녀가 본래 검은 사마귀가 없는 것을, 있다고 하였은즉, 저 간사한 놈이 반드시 사람을 시켜 몰래 엿듣게 하여, 사또의 판단을 흐리게 한 것이라 생각되옵니다. 이에 저 놈이 도리어 소녀의 술책 가운데 떨어진 것이옵니다. 이로써 볼진대 아까 소녀의 얼굴과 몸매를 상세히 말한 것도, 사람으로 하여금 몰래 정탐하게 한 게 틀림이 없사옵니다."

사또는 혜랑의 말을 듣고 책상을 크게 치고 감탄하며, 통인을 다시 불러 위엄 있게 심문한즉, 아들은 하는 수 없이 그 죄를 자백하였다. 사또는 이방의 아들을 매우 쳐라 이르고, 혜랑의 재주와 미모에 감탄하였다. 또한 통인의 헛소문에 정혼이 파기된 걸 알고 혜랑의 집에까지 가서 구혼을 하여 둘째 며느리로 삼았다 한다.

허풍을 떤 이야기

거짓말을 두 가지 의미로 생각할 때, 하나는 사기꾼들이 속이기 위해서 가짜를 진짜인 것처럼 말하는 것이고, 다른 하나는 허풍쟁이들이 부풀려서 사실을 이야기하는 것으로 볼 수가 있다. 그렇기에 사기꾼은 남을 속여서 남에게 손해를 입히지만, 자기는 이득을 보는 경우이기 때문에 마땅히 엄벌에 처해야 할 것이다. 그러나 허풍의 경우는 남에게는 손해를 끼치지 않으니 잘 가려서 듣는다면 기가 막힌 유머가 될 수 있다.

박서방, 이서방, 김서방 등 동서들이 모여서 허풍스런 이야기를 하였다. 박서방이 막걸리 잔을 한 사발 거든히 비우고 나더니 먼저 운을 떼었다.

"내 어릴 적에 제주도로 가서 물질하는 해녀를 보았는데, 바다 속으로 들어가더니 한 시간이나 있다가 나오지 않겠나?"

그러자 이야기를 듣고 있던 이서방이 지지 않겠다는 듯이 말했다.

"내가 아는 어부는 잠수질을 할 때 아침에 들어갔다가 점심때가 되어야 점심을 먹으러 올라오더군. 뭐 물 속에서 한잠을 자고 나왔다나?"

그러자 그것을 듣고 있던 김서방이 코웃음을 치면서 하는 말,

"그 따위는 문제도 아니어. 내 친구 하나는 그게 3년 전이었는데 내가 보는 앞에서 한강에 뛰어들었는데, 3년이 지난 오늘까지도 나오지 않는구먼."

순수한 경상도 사투리

개발 바람을 타고 건축 붐이 일어나 가는 곳마다 인도나 차도를 가로막고 있기 때문에 여간 통행에 불편한 것이 아니다. 그리고 이런 간판이 있다.

"통행에 불편을 끼쳐 드려서 대단히 죄송합니다. 빨리 끝내겠습니다."

친한 친구 녀석이 갑자기 이 글을 순수한 경상도 사투리로 바꿔 보란다.

"질 가는데, 걸거치게 해서 디게 안 됐심더. 퍼떡 해치우겠습니다."

잘은 모르겠지만 좀 비슷한 것 같지 않습니까?

흥부와 놀부

흥부가 하루는 산에서 나무를 하다가 비를 만나 산기슭에 있는 빈 집에 들어가서 비를 피하고 있었다. 그런데 밖에서 누가 문을 두드렸다.

"누구냐?"

이렇게 물었더니 대답이 돌아왔다.

"비예요."

안심하고 문을 열어 주었더니 양귀비였다. '이거 웬 떡이냐' 하며, 양귀비와 즐거운 시간을 보내고 나무를 하여 집으로 돌아오면서, '오늘은 꿩 먹고 알 먹는, 운수가 좋은 날이구나' 하고 생각했다. 흥부가 낮에 겪은 일을 형 놀부에게 자랑스럽게 이야기하였더니 놀부 성미에 지고는 못 견딘다.

놀부도 비 오는 날 그 산에 올라간 다음, 흥부가 피했던 빈 집에 가서 비를 피하고 있었다. 역시 문을 두드리는 소리가 들려 "누구냐?"고 물었더니 대답이 돌아왔다.

"비예요."

그래서 양귀비가 온 줄 알고 문을 열어 주었더니, 이번 비는 '장비'가 아닌가?

"나는 장비다. 후장 대라."

이렇게 호통을 치는 장비를 보니, 사람은 그 마음의 심상대로 결과를 받는다는 것을 기억해야 할 듯하다.

제6장

스님들의 이야기

어느 스님의 실토

어느 깊은 산중의 스님은 심심풀이로 동자나 비구니와 재미를 보곤 하였다. 어느 날 난생처음으로 유녀遊女와 한 방에서 서로 발가벗고 바라보았다. 스님은 그 유녀의 몸을 이곳저곳 더듬어 보다가 갑자기 큰 소리로 떠들었다.

"거 참 이상하다, 이상해. 앞은 비구니 것하고 같은데, 뒤는 내 동자의 것과 똑같군."

나라를 위한 현량을 만든다

선탄禪坦 스님은 글에 능하고, 골계滑稽로 당대에 이름을 날린 사람 중에 손꼽힌다. 그는 방랑을 즐기고, 계율을 따르지 않으며, 괴상한 행동을 즐기는 것이 요즘의 걸레스님 중광과 비슷하였다. 하루는 관기로서 얼굴이 남보다 뛰어나고, 서로 시詩를 좋아하였기에 기녀를 찾아가 시를 지어 수창酬唱하기로 하였다. 기생이 을乙, 일一, 불不이라는 세 자의 시운을 부르자, 선탄은 곧 시를 지었다.

閣氏顔色眼甲乙(각씨안색안갑을)
각씨의 아리따운 얼굴은 참으로 으뜸이다
多情嬌態又第一(다정교태우제일)

다정한 교태로움 또한 제일이구나.

若逢此女幽暗處(약봉차녀유암처)

깊숙하고 어두운 곳에서 그녀를 만난다면

鐵石肝腸安得不(철석간장안득불)

철석간장일지라도 편안하질 못하리라.

이렇게 그녀를 칭찬하였다. 그러자 기생이 웃음 띤 얼굴로 묻는다.

"스님도 연애를 할 줄 아나요?"

선탄은 이렇게 대답한다.

"비록 하지 않을지라도 할 수 없음은 아니야. 옛날 아란은 석가여래의 높은 제자였으나, 마등이란 음녀와 통정을 하였으니, 이 아란은 중이 아니고, 이 마등 또한 여자가 아니던가?"

기생이 다시 물었다.

"스님은 연애의 재미를 아시나요?"

"그럼 자네는 내가 참으로 그것을 모르는 줄 아는가? 선가에 극락세계가 있으니, 내가 이제 곧 너의 치마를 벗기고, 너의 팔을 잡고, 너의 다리 사이를 헤치고, 너의 옥문에 들면, 극락이 절로 그 가운데 있을 것이니라. 이것이 가위 극락세계가 아니고 무엇이겠는가? 이 지경에 이르면 너는 반드시 나로 인해 그 참된 맛을 알게 될 것이니라."

"스님, 그 빼어난 두뇌여! 알았소이다, 알았소이다."

그러자 선탄은 한술 더 뜬다.

"넌 다만 나의 윗머리만 빼어난 것을 알았지, 아래의 대가리가 총명한 것은 몰랐으리라. 이제 시험을 해보리라."

이리하여 선탄과 기녀는 한 덩어리가 되어, 숨이 가쁘고, 소리를 지르면서 깜박깜박 넘어갔다. 그러자 기녀는 겨우 목구멍소리로 몸부림을 치면서 입을 연다.

"스님은 저를 속였군요. 사람을 살리는 사람이 중이거늘, 어찌하여 소첩을 사경에서 헤매게 하는 겁니까?"

선탄은 크게 웃고 대답한다.

"나의 불법이 심히 신통하여 사람을 환생시킬 수도 있으나, 사람을 죽일 수도 있고 살릴 수도 있느니라."

그때 마침 어떤 사람이 그 모든 것을 엿듣고는 문을 벌컥 열어젖히더니 추궁하듯 물었다.

"스님! 지금 무엇을 하는 것입니까?"

"나는 지금 나라를 위해 현량을 만들고 있는 중이니라."

선탄이 얼른 이렇게 이야기하니 질문하던 사람은 말문이 막혔다.

중의 목을 매단 여종

금산사의 여종 인화咽火는 기가 막히게 음탕하고, 또한 교묘하기로 유명하여 자기가 마음만 먹으면 그 일을 꼭 치러냈다. 새로 부임한 주지 혜능慧能스님이 이 소문에 분개하여 절의 모든 스님들을 모아 놓고 선포했다.

"우리는 의당 계율을 엄히 지켜야 할 것이거늘, 어찌하여 미진한 계집 하나에게 더럽힐 수가 있겠는가?"

그리고는 인화를 산사에서 쫓아 버리고는, 다른 남승으로 하여금 음식과 의복을 맡게 하자 도장이 맑고 정숙하게 되었다. 어느 날 혜승이 절 문을 나서 마침 인화의 집 앞을 지나게 되었다. 인화가 울타리 틈으로 그를 엿보고는 말하였다.

"이 중놈이야말로 내가 낚기가 좋지."

그러자 여러 중들이 이야기했다.

"네가 만일 주지스님을 낚는다면 절의 전 토지를 네게 주겠다."

그러자 인화는 호언장담을 하였다.

"내일 내가 필경 이 중놈의 목을 이 커다란 나무에 매달 것이니, 그대들은 이 나무 아래서 기다려라."

그런 다음 머리를 땋고 효경孝經을 옆구리에 낀 채 주지 혜능을 찾아갔다. 주지는 그녀의 얼굴이 예쁜 것을 보고는 물었다.

"넌 뉘집 아들이냐?"

"소인은 아무 곳에 사는 아무개 선비의 아들이온데, 전임 주지께 글을 배웠으나 아직 크게 모자라 찾아뵙게 된 것입니다."

주지는 그로 하여금 글을 읽게 한 바 경문의 구두 떼는 것이 분명하고, 목청 또한 청량한지라, 가르칠 수 있겠다고 생각하여 기쁜 마음으로 그를 유숙시켰다.

인화는 밤이 깊어가자 거짓으로 헛소리를 하니, 주지는 그를 안타깝게 생각하고 자기의 잠자리인 침상으로 이끌어 들였다. 그런데 이놈은 동자가 아니라 아리따운 여인이 아닌가? 주지는 당황하여 어찌 할 바를 몰랐으나, 인화는 감언이설로 혜능을 매혹시켰다.

"제가 곧 인화입니다. 사내와 계집 사이의 정욕은 곧 하늘이 물건을 정하신 참된 마음이었음으로, 옛날 아란은 마등 가녀에게 혼미하였고, 나한은 운간에 떨어졌거늘 하물며 스님이 어찌 그 두 사람에게 미치지 못하겠습니까?"

그녀의 말에 혜능은 이렇게 받는다.

"애석하도다. 이제 나의 법계로 이룩된 몸을 헐게 되었구나."

그러고는 인화를 안고 열을 올리기 시작하니 인화는 소리가 자꾸 밖으로 새나가기를 바라면서 배가 아픈 것처럼 크게 소리를 내자, 혜능은 소리를 막으려고 필사적이었다. 그러면서 혜능도 인화도 녹초가 되었다. 인화가 애원을 하였다.

"이제 나의 병이 급하니 밤이 어두워지거든 나를 업어다가 문 밖 구목나무 밑에 두세요. 아침이 되면 기어서라도 집으로 돌아가겠어요."

혜능은 할 수 없이 그녀를 등에 업고 두 손으로는 자기의 목을 껴안게 하여 절문을 나서는 찰나, 인화는 두 손의 힘이 빠지는 것처럼 축 늘어지면서 사정을 한다.

"아이쿠 배는 부르고, 등은 높아 아무리 손을 뺏어도 아니 되니, 허리띠를 풀어서 스님 목덜미에 걸어 두르고 손으로는 스님의 그것을 잡으면 떨어지지 않을 겁니다."

그렇게 하고 구목나무 아래에 다다르니, 여러 중들이 벌써 거기 앉아 있었다. 혜능이 이 돌연한 사태에 사색이 되어 당황하는데, 인화는 혜능의 등에서 벌떡 일어나더니 허리띠를 당겨 주지 스님의 목을 조르고 끌며 소리를 지른다.

"이것이 이 중놈의 목을 매어 단 것이 아니고 무엇이냐?"

중들은 순간 혼비백산하여 약속한 대로 절의 토지를 주지 않을 수가 없었다.

꿀단지와 홍시

충주의 어느 산사를 지키는 스님이 있었다. 그는 어떤 물건이든지 욕심이 많았고 인색하기로는 남과 비교할 수가 없었다. 자기가 데리고 있는 동자와도 음식을 나눠 먹는 법이 없었다. 홍시紅柿도 들보 위에 숨겨 놓고 동자가 잠이 들면 몰래 먹었다. 이것을 안 동자가 물었다.

"스님 빨아 자시는 것이 무엇입니까?"

그러자 스님이 대답하였다.

"이것은 지독한 과실인데, 아이들이 먹으면 혀가 타서 죽느니라."

하루는 주지 스님이 일이 있어 세속으로 나가자, 동자는 댓가지로 들보 위의 홍시 광주리를 내려서 말끔히 먹어 치웠다. 그리고 광 속에서 꺼내 먹던 꿀단지를 꺼내 깨뜨려 버리고, 마당 앞 나무 위에 올라가서 주지 스님이 돌아오기를 기다리고 있었다. 주지 스님이 돌아와 보니, 꿀단지가 깨져서 온 방 안이 꿀로 범벅이 되어 있고, 들보 위에 숨겨 놓았던 홍시가 하나도 남아 있지 않았다. 성이 난 스님이 막대기를 가지고 동자가 앉아 있는 나무 밑에 가서 호통을 쳤다.

"이놈, 당장 내려오너라."

그러자 동자가 울먹이는 소리로 말했다.

"소자 불민하여 찻그릇을 옮기다가 꿀단지를 깨뜨렸기에 황공하여 죽기로 마음먹었지만, 혀를 깨물려니 모질지 못하고, 목을 매달려니 끈이 없고, 가슴을 찌르려니 칼이 없으므로 광주리에 담긴 홍시를 먹으면 죽는다는 말에 홍시를 다 먹었으나 목숨이 끊어지지 않아 나무 위로 올라와서 죽기를 기다리는 중입니다."

그 말에 주지는 깨달은 바가 있어 크게 웃으면서 동자를 용서해 주고, 인정 많은 사람이 되었다고 한다.

수음獸淫을 한 스님

어느 마을에 가난한 농부가 암말을 한 마리 가지고 있었으나 먹일 자신이 없어서 산사의 스님에게 헌납하였다. 그런데 이 중은 여자에 주리고 있었던 터라, 종종 이 암말과 음사淫事를 하였다. 이를 지켜보던 사미가 괘씸하여 중이 출타한 틈을 타서 불에 달군 쇠주걱으로 암말의 옥문을 지져 버렸다.

며칠 후에 돌아온 스님은 그것도 모르고 암말과 다시 그 일을 하려고 말 뒤로 다가서자 말이 펄쩍 뛰면서 뒷발로 중을 걷어차 버렸다. 말은 또 음문을 지지려는 줄 알고 놀랐던 것이다.

"요것도 계집이라고, 며칠 동안 외박하였다고 질투를 하는 게로구나."

중은 아픈 허리를 문지르면서 부스스 일어나더니, 실소를 하며 중얼거렸다.

스님의 마스터베이션

한 나그네가 으슥한 산길을 가고 있는데, 숲 속에서 한 중이 자기의 물건을 꺼내 놓고 열심히 장난을 치고 있었다. 한참 클라이맥스에 도달하고도 나그네가 엿보고 있는 줄 모르고 열중하였다. 나그네는 가던 말을 세우고 물었다.

"그대는 지금 무슨 일을 하고 있는고?"

그러자 중은 대경실색하며 몸둘 바를 모르더니 합장을 하고는 땅에 엎드린 다음, "소승이 불민하여 누를 끼쳤으니 용서하십시오" 하고 나그네의 처분을 기다린다.

"길가에서 스님이 그런 못된 음사를 하다니, 그 죄 용서를 할 수 없으니 지금 하던 일을 제목題目으로 하여 시詩를 한 수 지어 속죄하도록 하시오."

나그네가 엄히 말하자 중이 사정한다.

"소승은 글이 짧습니다. 바라건대 글자를 모으는 정도로 받아 주셨으면 합니다."

그 말에 나그네는 좋다고 하였고, 중은 곧 시를 외웠다.

사고무인처 四顧無人處	사방을 둘러보아도 아무도 없는 곳에서
탈가도각변 脫袈到脚邊	바지를 무릎까지 끌어내리고,
옥기심중억 玉妓心中憶	마음속에 아리따운 기생을 그리면서
주주권중아 朱柱拳中芽	붉은 기둥을 주먹 속에 끼우니,
권권정타지 圈圈情墮地	아롱아롱 정은 땅에 떨어지고
동동일상천 童童日上天	삼삼한 그리움 하늘에 솟네.

| 랑득하허죄 郎得何許罪 | 그대 무슨 죄를 지었기에 |
| 공수수천권 空受數千拳 | 헛되이 수천 주먹질을 받아야 하나. |

이렇게 끝이 나자, 나그네는 껄껄 웃으면서 말한다.
"표현이 기가 막히는구려. 그만하면 속죄한 셈이요."

사인士人과 스님의 시詩 대구對句

어떤 사인士人(벼슬을 하지 않는 선비)이 말을 타고 가다가, 농촌의 아낙네들이 모여서 빨래를 하고 있는 냇가에 이르러, 마침 말을 타지 않고 가던 한 스님과 만나게 되었다. 선비가 스님에게 청하였다.

"그대는 글을 잘 아는가? 안다면 시를 한 수 지어 보게나."

그러자 스님은 겸손하게 대답하였다.

"소승은 무지하여 시를 지을 수가 없습니다."

그럼에도 선비가 먼저, "시냇가에 홍합이 열렸으니…" 하고 먼저 첫 시구를 읊고는 대구를 재촉하였다. 그러자 스님은 엎드려 빌면서 말했다.

"생원의 시는 곧 육물肉物이라, 산인山人으로서 감히 대구를 못하겠소. 그러니 소찬蔬饌으로 대구를 하여도 노하지 않겠소?"

"내 소찬이라고 허물하지 않을 것이니, 어서 대구를 하시오."

선비가 거듭 재촉을 하자, 스님은 바지를 걷고 내를 건너다가 크게 외쳤다.

316

"말 위에는 송이버섯이 꿈틀거린다."

과연 대적되는 시구가 아닌가?

지고 온 중이 어디를 가?

한 시골 마을의 처녀가 이웃 사내와 몰래 통정을 하고 있었다. 그녀는 커다란 짚둥우리를 외진 곳에 놓아두고, 사내가 그 속에 숨어 들어가면 밤마다 그 짚둥우리를 등에 지고 와서 은밀히 재미를 보곤 하였다. 처녀가 외간남자를 끌어들이는 묘책이긴 했는데, 그만 중이 그것을 눈치채고 말았다. 하루는 처녀가 짚둥우리를 지고 와서, 후유하고 한숨을 내쉬면서 내려놓고는, 방 안에 들어가서 촛불을 밝히고, 안을 들여다보니 그 속에 들어 있는 것은 중이 아닌가?

"에그머니, 웬 중?"

외마디소리를 지르고 놀라는 처녀에게 중은 희롱하듯 느긋하게 되묻는다.

"아니 중은 사내가 아니오?"

그러자 그녀는 누가 들을까 봐 겁을 먹고는 애걸을 하였다.

"스님 빨리 나가요, 빨리!"

"지고 온 중이 어디를 가?"

그러면서 중은 끝내 꼼짝을 않는 것이었다. 그래서 처녀는 소문이 두려운 나머지 중과 한 몸이 되어 새로운 맛을 보았다. 이때부터 "지고 온 중이 어디를 가?"라는 말이 유행하게 되었단다. 정말일까?

북소리

어떤 천자天子가 유덕有德한 고승高僧을 찾아, 스승으로 모시고자 여러 곳을 두루 돌아다녔다. 그런데 출가한 스님 중에는 호색好色하는 자가 많고, 세상에서 고승이라 일컬어지는 스님도 돈에 눈이 멀어 욕심을 버리지 못했고, 감투를 좋아하여 새로운 주지나 권위 있는 자리를 차지하기 위해서 치고 박는 싸움을 하여, 인명까지 죽이는 판에 정말 청정淸淨한 스님을 찾을 수가 없었다.

그래서 천자는 한 가지 꾀를 내었다. 각 지방의 고승이라 일컬어지는 스님들을 무더운 한여름에 초청하여, 그들을 모두 발가벗기고, 둥글게 원을 그리게 세워 놓고, 각자의 배꼽 밑에 작은 북을 한 개씩 매달아 놓고는, 궁중의 미녀들을 스님 수만큼 불러서 역시 발가벗긴 다음 둥글게 서 있는 스님들 안으로 들어가게 하였다. 그래서 궁녀들로 하여금 안에서 춤도 추고, 노래도 부르게 하였다. 천자는 이런 상황에서도 스님들의 그것이 발기를 하지 않으면, 그 스님은 무욕無慾의 사람으로 보아도 잘못은 없을 것이라 생각하였기 때문이다.

그런데 미녀들이 옷을 벗을 때부터 스님들의 그것이 발기를 하여, 사방에서 북이 울리기 시작하였다. 그중에서도 단 한 스님의 북소리는 전혀 울리지 않고, 스님도 미동도 하지 않고 있기에, 천자는 그 스님을 보고 크게 기뻐하며 생각했다.

"저 스님이야말로 짐朕의 스승이 될 고승高僧이로다."

그리고 곧 시신侍臣을 시켜 옷을 가져오게 한 후, 친히 걸어가서 청했다.

"짐을 제자로 맞아 주시오."

그러면서 스님의 북을 살펴보았다. 그랬더니 북이 소리를 내지 않은 것도 무리가 아니었다. 스님의 그것이 얼마나 세었던지 북은 형체를 알아볼 수 없도록 갈기갈기 찢어져 있었기 때문이다.

쓸데없는 소리 하지 마라

용두사라는 절이 있는 근처에 큰 감나무가 하나 있었다. 이 감나무는 감이 많이 열리고 근처에는 숲으로 둘러싸여 있었다. 아랫마을의 나무꾼이 나무를 하다가 배가 출출하여 감이나 한 개 따먹으려고 감나무 위로 올라갔다. 이때 이 절의 젊은 중이 예쁜 여자를 데리고 와서 감나무 밑에 앉아 이야기를 하였다. 나무꾼이 감나무 위에서 가만히 보니까, 불공을 드리러 온 여자를 중이 꾀어서 재미를 보려고 이야기를 하자, 여자는 말을 듣더니 등을 돌렸다.

"안 돼요, 암만 말씀 드려도 전 과부니까, 혹시나 아이라도 들어서면 어찌 하려고 이러십니까?"

그러자 중이 태연하게 대답을 하였다.

"아무 걱정 마십시오. 이승에서 쓸데없는 걱정 다 걷어치우고 부처님께서 점지하신 즐거움을 누려 봅시다."

중이 말을 끝내고 여자를 껴안자, 여자도 못 이기는 척하더니 순순히 중의 말을 따라 불륜을 저질렀다.

"저질러서는 안 될 일을 또 저질렀군요. 이러다가 만약에 아이라도 생기면…?"

"걱정 말라고 했잖소, 애가 생긴다 해도 위에서 다 알아서 뒤처리를 해 주실 것이오."

처음부터 숨을 죽이고 그 광경을 보아 왔던 나무꾼이 그 말을 듣고 놀라서 큰소리를 쳤다.

"쓸데없는 소리 하지 마라. 재미는 저희들끼리 보고, 뒤처리는 나한테 시키는 거냐? 저런 뻔뻔스런 연놈들이 있나?"

그러자 그 말을 들은 중은 소스라치게 놀라 풀숲에 얼굴을 처박고는 벌벌 떨면서 외쳤다.

"나무아미타불 관세음보살."

젊은이가 필요해

남편을 일찍 여읜 젊은 과부가 제사를 지내러 다니던 절에 찾아와, 제사를 다 지내고 나서 어찌나 슬피 울던지 곁에서 지켜보고 서 있던 스님들을 울적하게 만들었다.

"그처럼 지극하시던 바깥양반이 돌아가셨으니 오죽 하겠습니까? 그렇지만 이제 그만 슬퍼하십시오. 돌아가신 분은 극락세계로 가서서 편안하게 계시거니와 부인께서는 아직 젊으시니까, 장차 또 새로운 인생이 열릴 것입니다."

스님들은 이구동성으로 이렇게 위로를 하였다. 얼굴이 여간 아름다운 게 아니라 늙은 스님이 말없이 여자의 손목을 잡고 판도방으로 데리고 가서 여러 가지 말로 위로를 해 주었다. 그런데도 여신도는 끝내 울음을 그치지 않았다. 녹초가 된 스님이 일어나면서 하시는 말씀,

"소승은 더 이상 부인을 위로할 수가 없군요. 대신 젊은 상좌 놈을 들여보내지요."

삼장법사三藏法師

애자艾子는 술을 좋아하여 매일 취해 있지 않는 날이 없을 정도였다. 이것을 안 제자들은 스승이 술을 끊게 하기 위하여 의논을 하였다.

"술이 몸에 나쁘다는 증거를 보여 드리세."

"맞아, 스승님께 겁을 드리면 아마도 술을 끊을 거야."

어느 날 애자는 술을 과음하였다가 그만 토하고 말았다. 제자들은 스승이 토해낸 찌꺼기 속에 돼지 곱창을 섞어 놓고 스승에게 보여 드리며 말했다.

"스승님 인간은 오장五臟이 있기에 살 수 있는 것입니다. 스승님은 술을 그토록 마시더니, 이렇게 오장 가운데 하나가 그만 떨어져 나왔습니다. 스승님은 이제 사장四臟밖에 남지 않습니다. 그러니 이제부터 술을 끊으셔야 합니다."

제자들이 강력히 청원을 하자, 애자는 자기가 토해낸 일장一臟을 물 끄러미 바라보다가 미소를 지으며 이렇게 대답을 하였다.

"상관없어, 삼장법사三藏法師도 살아 있지 않느냐? 나에게는 아직도 한 개의 여유가 있는 셈이지."

곡차穀茶 생각에

　불심佛心이 두터운 어느 고을의 부호가 스님들을 초청하여 제祭를 지냈다. 조상들을 위한 성대한 법회였지만, 스님들에게 술을 대접하지 않았다. 법회가 끝나고 스님들은 각자 제 방으로 돌아갔다. 이들 중에 술을 하루라도 먹지 못하면 밑이 근질거려서 견디지 못하는 스님이 있었다. 우연하게도 술을 즐기는 스님의 방 옆에 딸린 방에는, 술을 넣어 두는 창고가 있었다. 술을 먹지 못한 이 스님은 통 잠이 오지 않았다. 이 생각 저 생각에 시달리다가 벌써 한밤중이 되었다. 그런데 가만히 들어 보니 술 창고를 여는 소리가 들려왔다. 스님이 가만히 듣고 생각하기를 누군가 몰래 술 창고에 들어가서 술을 퍼 마시는 것처럼 생각되자, 스님은 슬그머니 부아가 끓어올랐다. 그래서 법회가 열렸던 방으로 뛰어가서 북과 종을 울려 집안사람들의 잠을 모조리 깨웠다.

　"술 창고에 귀신이 들어가서 술을 훔쳐먹고 있어요. 실로 무서운 일입니다."

　스님이 고함을 치자, 그 집 사람들은 스님을 달래면서 말했다.

　"귀신이 있을 리 있습니까? 그건 아마도 사람일 것입니다."

　그러자 스님은 고개를 저으면서 더욱 고함을 질러댔다.

　"아니오, 그건 귀신일 겁니다. 만약 사람이라면 술 한 동이를 꺼내다가 우리에게도 나눠 주었을 거라고요."

무엇 하러 바꾼단 말인가?

몹시 추운 어느 해 겨울철에 있었던 일이다. 진주 장사꾼의 배가 동정호洞庭湖에서 성엣장에 밀려 호수의 가장자리에 정박을 하고 있었다. 그래서 며칠씩이나 움직일 수도 없게 되자 식량이 바닥나서 승무원들은 아사餓死 직전에 있었다. 가까이에 있는 스님의 배에는 쌀이 가득 실려 있었다. 진주 장사꾼이 진주를 싸게 줄 터이니 쌀과 바꾸자고 제안을 하였다. 그러나 스님은 목어木魚를 두드리며 염불만 할 뿐, "싫소이다. 싫소이다" 하며 고개를 가로저었다.

"진주 한 말과 쌀 한 말을 바꾸자면 바꿔 주겠습니까?"

그러나 스님은 여전히 목어만 두드리며 중얼거리고 있었다.

"왜 안 바꾸려고 합니까?"

장사꾼이 묻자, 스님이 대답했다.

"나는 안 바꾸렵니다. 당신들이 굶어 죽으면 진주는 모두가 내 것이 될 터인데, 무엇 하러 바꾼단 말이오?"

대머리로 박치기

어느 스님이 단가檀家에 가서 경經을 읽어 주고 되돌아오는 길에 깊은 산속에서 호랑이와 맞닥뜨렸다. 호랑이는 날카로운 이빨을 드러내며 으르렁거렸다. 겁에 질린 스님이 경문經文을 집어 던지자, 그것을 물고는 다시 덤벼들었다. 스님은 '이제 죽었구나!' 하고 생각하며, 두건을 벗고 반짝거리는 머리로 달려오는 호랑이와 박치기를 하였다. 물러서도 죽고, 앞으로 가도 죽으니 이판사판으로 달려들면서 박치기를 했던 것이다. 그 찰나 호랑이는 혼쭐이 났는지 도망을 가버렸다. 돌아와서 하도 이상하여 스님은 주변의 사람들에게 물어 보았다. 그러자 한 사람이 무릎을 탁 치면서 하는 말,

"알겠습니다. 그 호랑이는 틀림없이 암컷일 것입니다. 스님이 그 번쩍이는 머리로 치고 받으니까, 그 큰 것이 자기 몸 속으로 들어오는 날이면 죽고 말 큰일이라 생각한 모양입니다. 그래서 도망친 것 같습니다."

원더풀 코리아!

홍콩에서 페니스 세계챔피언대회가 열렸다. 세계의 대부호인 여자가 가장 큰 심벌을 가진 남성을 구하기 위해서 각국의 신문에 광고를 내고 대회를 열었더니, 세계 각국에서 자기의 연장이 제일이라고 생각하는, 내로라하는 사나이들이 모두 모여 들었다.

여자는 양쪽 다리를 벌리고 의자에 앉아서 차례대로 페니스를 자기의 옹달샘에 끼워 보면서 심사하였다. 그러나 크다고 장담하던 사나이들이 모두 손을 들었고, 고개를 설레설레 흔들면서 걸어 나왔다. 여자의 샘이 얼마나 큰지 자기의 페니스는 쥐꼬리 같아서 간질이지도 못했다는 것이다. 아침부터 시작한 대회가 끝날 때쯤 어두컴컴해질 무렵

한국에서 온 동자 스님이 들어왔다. 그러자 여자는 놀라면서 물었다.

"어떻게 왔느냐?"

"나도 세계챔피언대회에 참가하러 왔다."

그러면서 동자 스님이 빤질빤질한 머리를 슬슬 여자의 구멍에 밀어 넣었다. 그러자 여자는 손으로 동자 스님의 귀를 잡아당기면서 "오, 예!"를 연발하였다. 입을 짝짝 벌리고 깜박깜박 죽어가는 모습으로 "원 더풀 코리아!"를 연발하면서 입을 다물지 못했다고 한다. 이 일로 하여 받은 상금이 한국을 다 사고도 남았다느니, 어쩌느니 하는 얘기도 들린다.

산은 산이요, 물은 물이라

어떤 귀인貴人이 산사에 갔다. 스님들이 모두 일어서서 맞는데, 그중의 단 한 스님만 앉은 채로 있었다.

"그대는 왜 일어서지 않는 거요?"

귀인이 묻자, 그 스님이 대답했다.

"일어서는 것은 일어서지 않는 것이며, 일어서지 않는 것은 일어서는 것입니다."

"그래요?"

귀인은 말을 하자마자 옆에 있던 선장禪杖을 집어서, 그 스님의 머리를 내리쳤다.

"아니, 왜 이러시는 겁니까?"

스님이 이렇게 물으며 대들자, 그 귀인이 하는 말,

"때리지 않는 것은 때리는 것이요, 때리는 것은 때리지 않는 것이지요."

선禪 문답은 정말 아리송하단 말이야! 성철스님도 같은 말을 하지 않았습니까?

"산은 산이요, 물은 물이다."

어느 서방이 진짜냐?

이천에 사는 허 서방은 욕심이 많고, 재물을 모으는 데만 부지런하고 옳지 않은 일만 해서 부자가 된 사람이었다. 어느 봄날 밭갈이 무렵이라 허 서방은 일꾼을 시켜 두엄을 나르게 하고, 쓰레기를 치우는데 늙은 중이 대문 앞에 섰다. 허 서방은 떨어진 옷을 입고 헤진 짚신을 신고 동냥을 하는 중을 보고 화를 벌컥 냈다.

"내가 평생에 미워하는 자가 중과 여승이다. 밭 갈지 않고, 길쌈하지 않으면서 놀고 먹으니 그건 백성의 좀일 뿐이다. 그런데 어찌하여 감히 내 집 앞에서 밥을 구하느냐?"

허 서방은 호미와 쇠붙이 등을 이용하여 바리 안에다 똥을 하나 가득 담아 주고 중을 내쫓았다.

"나무아미타불~"

늙은 중은 바리를 움켜쥐고 아무렇지도 않는 얼굴로 묵묵히 옆집으로 향했다. 그 옆집의 양 서방은 가난하지만 성품이 착하고 남에게 베풀기를 좋아하는 사람이었다. 양 서방은 늙은 중이 똥을 들고 있는 것을 불쌍하게 생각했다.

"성인은 한 줌의 밥과 한 그릇의 죽을 얻어먹지 못한다 하더라도 불도를 닦는 사람은 아무 거나 쉽게 받지 않고, 발로 차면서 주면 걸인도 편치 않다 했거늘, 이것을 한 줌의 밥과 한 그릇의 죽도 되지 않거늘 어찌 받으리오."

"오직 존자께서 천한 자에게 주심에 오히려 감히 감사를 드릴 따름이옵니다."

양 서방은 늙은 중의 말을 듣고 바리를 달라 하여 깨끗이 씻고 그 안에 공양으로 좁쌀을 가득 담아 주었다.

"시주의 후한 뜻을 무엇으로 갚으리오. 나로 하여금 고요한 방에 있게 하고 짚을 조금 넣어 주시고, 사람들을 접근하지 않게 해 주신다면 그 은혜를 갚아 드리겠습니다."

늙은 중이 합장하며 말하자 양 서방은 그가 시키는 대로 해 주었다. 얼마 후에 늙은 중이 양 서방을 불렀다. 양 서방이 중의 방에 가서 문을 열어 보니 가마니마다 돈이 그득하게 담겨 있었다. 깜짝 놀란 양 서방이 할 말을 잃은 채 늙은 중을 바라보며 연신 허리만 꾸벅꾸벅 감사를 드렸다.

"그대에게는 오래 쌓인 선심善心이 있으니, 보은하는 이치가 마땅하여 이같이 베푸는 것이니 소중하게 감사를 드릴 필요는 없느니라."

양 서방은 그럴수록 오직 늙은 중이 신승神僧임을 알고 묵묵히 합장으로 감사를 드렸다.

"감사할 따름이옵니다."

"내 명년 이날에 다시 와서 그대와 반가이 만나리라."

늙은 중은 이 말을 남기고 지팡이를 흔들자 금방 사라져 버렸다. 양 서방은 그날부터 가세가 점점 번창하여 마침내는 이웃의 허 서방보다 더 큰 부자가 되었다. 허 서방은 양 서방이 자기보다 더 큰 부자가 되니 무섭기도 하고 배가 아파서 견딜 수가 없을 지경이었다.

"필히 곡절이 있으리라."

마음이 착한 양 서방은 하나도 숨김없이 그 경위를 상세히 이야기하여 주었다.

"스님이 찾아오면 반드시 알려 주면 고맙겠소."

"그렇게 합시다."

그 후 일 년이 경과하자 약속한 날짜에 늙은 중이 다시 양 서방을 찾아왔다.

"스님, 우리 집으로 갑시다."

새벽부터 양 서방의 집 문 앞에서 기다리고 있다가 허 서방이 중의 소매를 이끌고 자기 집으로 데려갔다.

"듣자하니 노존께서는 모래를 주물러 금으로 만든다는 도술이 있다 하오니, 엎드려 빌건대 부디 저를 위해 시험해 주소서."

허 서방은 상다리가 휘어지도록 진수성찬을 차려 놓고 엎드려 말했다.

"그대의 원이 그러하다면 내 한 번 도술을 부려 보겠소."

예상 외로 늙은 중이 선선히 허락하자 허 서방은 사랑방에 모든 준비를 하고 초조하게 기다렸다.

"스님 다 되어 가옵니까?"

"아직 시간이 더 되어야 하오."

"스님 이제는 되었겠지요?"

"허허 그대는 왜 그렇게 참을성이 없는 거요?"

"스님 방을 열어 보아도 되겠는지요?"

"앞으로 일주일은 족히 걸리겠소."

허 서방은 일주일이란 말에 깜짝 놀랐으나, 이내 생각을 고쳐 먹고 하루 세 끼를 성찬으로 대접하였다. 일주일이 되던 날 사랑방에서 아무런 기적이 없자 방문을 열어 보고 허 서방은 뒤로 넘어질 정도로 놀랐다. 방에 있던 중은 간 데 온 데 없고, 자신하고 똑같은 남자가 양반다리를 하고 긴 담뱃대를 물고 있었기 때문이다.

"내가 이 집 주인인데 너는 어디서 온 놈이냐?"

놀란 허 서방이 정신을 수습할 겨를도 없이, 방 안에 있던 허 서방이 뛰어나와 발길로 차 버렸다. 벌렁 나자빠진 허 서방은 한마디로 기가 막혀 말이 나오지 않았다. 목소리나 생김새, 눈썹 언저리에 사마귀, 거기다가 입고 있는 옷까지 쏙 빼닮아 눈을 의심할 정도였다.

"이거야말로 주객이 전도된 꼴이로구나. 굴러온 돌이 박힌 돌을 뺀다더니, 나야말로 식솔을 거느리고 있는 주인인데 너야말로 웬일이냐?"

진짜 허 서방은 곰곰이 생각해 보니 잘못하다가는 일시에 알거지가 되어 쫓겨날 형편이라, 벌떡 일어서서 가짜 허 서방의 멱살을 잡고 큰소리를 쳤다.

"이런 빌어먹을 놈 같으니라고. 백주 대낮에 어디서 행패냐?"

기운은 가짜 허 서방이 더 세므로 진짜가 상대할 겨를도 없이 진짜 허 서방의 팔목을 잡아 비틀어 내던졌다.

"아니고 가짜가 사람 잡네."

진짜의 비명 소리에 방 안과 부엌에서 식솔들이 우르르 뛰어나왔다.

장남이 가장 먼저 나왔다. 큰아들은 뜰아래 넘어져 있는 허 서방을 보자마자 가짜에게 달려들었다.

"웬 놈인데 우리 아버지를… 어?"

장남은 가짜에게 달려가 얼굴을 보고는 다시 넘어져 있는 진짜에게 시선을 돌렸다.

"천하의 불효 같으니라고, 아비한테 하는 짓이 이게 뭐냐?"

장남은 가짜의 불호령에 진짜에게로 갔다.

"댁은 뉘슈?"

"이놈 애비한테 남을 대하듯이 댁이라니?"

진짜는 허리를 삐었는지 아픈 허리를 움켜잡고 일어나서 장남에게 호령을 했다.

"그럼 댁은 누구시오?"

장남은 진짜의 말이 그럴듯하게 들려 가짜에게 가서 말꼬리를 흐렸다.

"애비를 몰라보는 놈은 맨입으로는 안 되지."

가짜는 장남의 멱살을 잡고 좌우로 따귀를 올려 붙였다.

"아니 이게 무슨 짓이오?"

가짜에게 아들이 신나게 맞고 있는데 허 서방의 아내가 달려 나와 만류를 했다.

"저, 저 나쁜 놈이 우리 귀한 장남을 개 패듯 패고 있네."

가짜에게 호되게 당한 진짜는 달려들지는 못하고 발을 동동 굴렸다.

"어이쿠머니나~"

허 서방의 아내는 가짜와 진짜를 보고 너무나 놀란 나머지 기절을 하고 말았다. 장남은 이러지도 저러지도 못하고 가슴을 치며 답답해 하였다.

"내게 좋은 수가 있느니라."

한참 만에 일어난 허 서방의 아내는 방 안으로 들어가 병풍을 치고 진짜와 가짜에게 한 명씩 방으로 들어오게 했다.

"당신은 삼십 년이나 살을 섞은 남편도 확인하지 못하오?"

가짜가 먼저 방으로 들어가 아내의 앞에서 바지춤을 내리고 사타구니에 난 점을 보여 주었다.

"당신이 틀림없는 내 남편이오."

허 서방의 아내는 점을 확인하고는 진짜를 묶어서 몰매를 치라고 일렀다.

"이는 형평에 어긋난 게 아니냐? 나도 확인을 해보거라."

진짜는 하인들을 물리치고 고래고래 소리를 질렀다. 허 서방의 아내는 그도 그럴 것 같아 진짜를 방 안으로 들어오게 했다. 확인을 하고서는 하는 말,

"댁도 내 남편이 틀림없소."

그렇다면 어떻게 되는 건가?

"어이구 이 일을 어쩌나, 도대체 네가 내 서방인가? 당신이 내 서방인가?"

그러는 사이 밤이 되어 복장이 터져 나가는 사람은 아내였다. 자식들은 날이 지나가면 알겠지 하고, 공평하게 대하였으나 문제는 아내였다.

"아무래도 오늘 밤은 두 분은 사랑방에서 주무셔야겠습니다."

아내는 그렇게 하는 것이 마음이 편할 듯싶었다.

"그대는 지아비를 곁에 두고 무슨 말을 하는 건가? 너는 빨리 이 집을 나가거라. 설마 인피를 뒤집어쓴 놈이 아니라면 부부생활 하는 것을 지켜보지 못하리라."

가짜가 먼저 선수를 치고 아랫목에 턱 누웠다.

"네 이놈 주인의 말을 듣지 못하겠느냐?"

아내는 가짜가 아랫목에 눕는 것을 보고 확실한 심증을 얻은 기분이었다. 그 곳은 평소 남편이 눕던 자리였기 때문이다.

"악! 저… 저… 저놈이 마누라까지 뺏어간다."

진짜는 정말 미치고 환장할 노릇이었다. 두 눈이 시퍼렇게 살아 있는 남편을 두고 가짜에게 안길 마누라를 생각하니 숨이 팍팍 막혀 와서 질식사를 할 상태였다.

"야! 이놈아 냉큼 나가지 못하겠느냐?"

가짜가 벌떡 일어나서 옆구리를 걷어차자 진짜는 방 안에서 때굴때굴 굴렀다. 아내는 비명을 지르며 다 죽어가는 진짜를 보자 생각이 달라졌다. 자칫하면 과부가 될 판이라서….

"두 분 서방님은 하나뿐인 첩의 말씀을 들으시오, 이렇게 계속하다가 피해 보는 쪽은 이 몸 하나뿐이라오, 내가 나가겠소."

아내는 "아이쿠, 내 팔자야!" 하면서 딸의 방으로 나와 잤다. 날이 갈수록 두 서방을 번갈아 가면서 지내다가 참을 수가 없어서 관가에 송사를 하기로 하였다.

"소인의 서방이 어느 날 갑자기 한 짝으로 불어나서 온즉, 사또께서는 소인이 필요한 하나만 남겨 주시고, 남은 하나는 물고를 내려 주시기 바라옵니다."

"허허 괴이한지고. 내 일찍 젓가락이나 신발이 같은 것만 짝인 줄 아는데 서방이 짝으로 있다니, 진심으로 괴이한지고."

사또는 눈을 지그시 감고 어떻게 진짜를 가려야 할지 골몰히 생각해 보았다.

"허 서방!"

사또는 느닷없이 눈을 번쩍 뜨며 불렀다.

"소인을 부르셨습니까?"

진짜와 가짜는 약속이나 한 것처럼 똑같은 몸짓으로 허리를 굽실거리며 대답하였다.

"안 통한다."

사또는 다시 눈을 감았다.

"안 되겠다. 방법은 하나뿐이다."

사또가 허 서방의 아내를 보고 말했다. 그러자 아내는 선뜻 승낙을 한다.

"속히 사또님의 방법대로 사용해 주시기 바라옵니다."

"지금부터 진짜 허 서방은 가짜 허 서방을 매우 치도록 하라."

"아이고, 사또 나리 그 방법은 아니 되옵니다."

아내가 진짜와 가짜 사이를 얼른 가로막으며 말했다.

"그렇다면 이 일은 아내가 분명히 알 수 있으니 그만들 물러가거라."

사또는 결국 명판결을 하지 못하고 포기해 버렸다. 이날부터 가짜와 진짜는 사랑방을 똑같이 차지하고 앉아 싸우기를 일과로 삼았다. 그러고 보니 농사일을 팽개친 지는 오래고 푸닥거리를 하랴, 용하다는 점쟁이에게 점을 치랴, 돈을 물 쓰듯 하는 수밖에 별 도리가 없었다. 하루는 늙은 중이 찾아와서 허 서방을 불렀다.

"도리에 맞지 않게 들어오고, 도리에 맞지 않게 나가는 것은 이치에 맞지 아니하니라. 그대의 일생이 어질지 못함을 부끄러워하지 않고, 옳지 못함을 두려워하지 않아서, 이미 그 많은 재물을 모으고도 오히려 더 많은 그르침을 행하니, 어찌 재앙이 비켜 가리오."

늙은 중은 말을 마치고 지팡이를 들어 가짜를 한 번 치자, 가짜는 한 단의 짚으로 변해 버렸다. 허 서방이 놀라서 말을 못할 때, 늙은 중은 섬들 아래로 내려가더니 홀연히 사라졌다.

오늘의 우리가 살아가는 세상의 실정은 어떠한가? 법을 어기고 옳지 못한 짓을 저지르는 사람들이 더 잘살고, 큰소리를 치고, 행세를 하는 아이러니한 요지경瑤池鏡이 아닌가. 우리 모두 이러한 모순의 세상을 정의로운 세상으로 바꾸는 한 알의 밀알이 되어야 할 것이다.

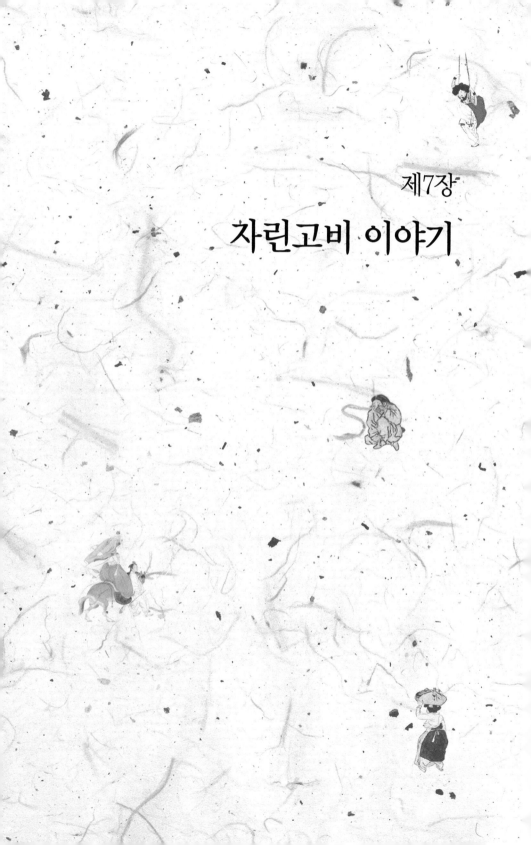

제7장
차린고비 이야기

짜다 짜

지독하게 인색한 사나이가 동생과 식사를 하고 있었다. 그는 언제나 식사 때면 손가락에 '젓갈' 이라는 글자를 써 놓고, "젓갈!"이라고 한 번씩 외면서 밥 한 숟갈씩 먹었다. 그런데 동생이, "젓갈!", "젓갈!", "젓갈!" 하고 한꺼번에 세 번을 외자, 형이 성을 버럭 내면서 고함을 쳤다.

"이놈아! 짜다 짜! 그러다가 배탈이 나면 약값 든다."

제 값을 받아야지

어느 산골에서 아버지가 호랑이에게 기습을 당하여, 호랑이가 아버지를 입에 물고 도망을 가자 아들이 활을 갖고 나와서 호랑이를 겨누었다. 그러자 호랑이 입에 물린 아버지가 "애야! 호랑이를 쏘더라도 다리를 쏘아라! 가죽이 상하면 제 값을 못 받아."

외상으로는 팔지 마라

먹을 것도 안 먹고, 입을 것도 안 입으면서 돈을 엄청나게 모은 구두쇠가 중병에 걸려서 죽음을 눈앞에 두고 아내를 불러 유언을 하였다.

"나는 평생 동안 구두쇠 짓을 하면서 돈을 모았는데, 죽은 후에도 돈을 벌고 싶소. 내가 죽거든 가죽을 벗겨서 피혁점에 팔고, 뼈는 칠 가게에 팔고, 살은 정육점에 팔구려."

이런 말을 남기고 숨을 거두었다. 그랬는데 숨을 거둔 지 한참 만에 구두쇠는 다시 눈을 떴다. 당황하여 쳐다보는 아내에게 마지막으로 남기는 말,

"여보, 세상에 믿을 사람이 하나도 없어. 팔더라도 절대로 외상으로는 팔지 말게."

씨에 구멍을 뚫어서 팔아

어느 구두쇠 영감은 관직도 높은 사도司徒에 올랐고, 토지도 만석을 할 정도였고, 노복奴僕과 가축家畜 그리고 수레에 이르기까지 그가 거처하는 고을에서는 따라갈 사람이 없는 큰 부자였다. 그런데 이 대감이 얼마나 구두쇠인지 타인과 비교를 할 수 없을 정도였다.

대감집 주변에는 여러 가지 과실수가 많았고, 질이 좋은 오얏나무도 있었다. 이웃들이 씨앗이라도 얻어서 심으려고 하자, 씨마저도 그냥 주지 않고 송곳으로 씨앗에 구멍을 뚫어서 주었다. 그러면서 하는 말,

"씨앗을 달라고 하는 엉큼한 마음이라니, 필시 심어서 좋은 오얏을 따면 안 되지."

하찮은 돌멩이까지

무엇이든 자기에게 득得이 되지 않으면, 몸이 쑤셔서 견디지 못하는 사람이 있었다. 그러자 마을 사람들이 그를 좋아할 리가 없었고, 모두 그 사람을 피해 다녔다. 그 사람의 집 앞을 지나가는 것조차도 꺼리는 실정이었다. 어느 날 어떤 사람이 하찮은 돌멩이를 들고, 그 집 앞을 지나가면서 중얼거렸다.

"설마 이까짓 돌멩이를 탐하지는 않겠지?"

그랬는데, 이 사람을 본 구두쇠 영감이 급히 부엌으로 들어가더니, 식칼을 들고 나와서 돌을 내려놓으라고 하였다. 그러더니 돌에 칼을 갈고는 하는 말,

"자, 이제 가도 되네."

절대 더 주면 안 돼

변경의 맹양 일가는 부자富者였지만 굉장한 구두쇠로 소문이 났다. 아버지는 중한 병에 걸려도 의사를 부르지 않고, 약을 일절 쓰지 않았다.

"얘야, 병이 든 지 오래 되었건만 낫지를 않는구나. 예천관醴泉觀에 가서 치료 기도를 드리고 싶은데, 어디 걸을 수가 있어야. 네가 좀 업어다 주면 좋겠구나."

아버지가 아들에게 부탁을 하였다. 아들이 아버지를 업고 가다가,

변교를 지날 때 배에 매두었던 줄에 아들의 발이 걸려서 그만 넘어지고 말았다. 그러자 아버지가 그만 강물에 빠졌다.

"1냥을 주면 강물 속에 들어가서 당신 아버지를 구해 내겠소."

가까이 있던 뱃사공이 이렇게 청을 하였다.

"1냥은 많으니, 3전을 주겠소."

아들이 이렇게 깎았다. 사공이 거절했다.

"안 되오. 1냥은 꼭 받아야겠소."

"그러면 4전 주겠소."

이렇게 밀고 밀리는 흥정을 하는데, 아버지는 벌써 머리가 물에 잠기면서 물을 먹고 기진맥진한 상태에서 사경을 헤맸다. 그러면서 물 위로 겨우 고개를 내밀고는 아들에게 말했다.

"아들아, 절대 5전 이상 내면 안 돼."

취한다, 이놈아!

술을 즐겨 마시는 어떤 부자父子가 여행을 떠나서 술을 마시고 싶어 술을 샀는데, 단번에 마셔 버리는 것이 아까워서 젓가락을 술에 담갔다가 젓가락을 빨며 먹기로 하였다. 이렇게 서로 차례를 정해서 젓가락을 빨고 있었다. 아버지가 한눈을 파는 사이 아들이 젓가락을 술에 두 번 적셔서 빨았다. 이것을 눈치챈 아버지가 화를 버럭 내면서 하는 말,

"이놈아, 너는 그렇게 폭음을 하는 거냐? 그러다가 취한다, 이놈아!"

손님을 청해 놓고

어떤 부자富者가 음식을 대접하겠다고 손님을 청해 놓고, 손님에게는 음식을 내놓지 않으면서 자기는 안방에서 포식을 하고 있었다. 그러자 손님이 주인에게 말했다.

"이 댁은 굉장히 잘 지은 집입니다만, 아깝게도 대들보며 기둥을 흰 개미가 먹었군요."

그러자 주인이 이상하게 생각하고 대꾸했다.

"우리 집에 흰 개미 알은 없을 텐데요?"

그러자 손님이 다시 하는 말,

"그놈은 안에서 먹기 때문에 밖에서는 보이지 않는 겁니다."

양복점 주인

어떤 구두쇠가 바지를 하나 맞춰 입으려고 하였으나 천이 아까웠다. 차례차례로 양복점 주인을 불러들여서 부탁을 하였는데, 천을 여분으로 써서는 바지를 지을 수가 없다고 불려온 사람은 전부 거절을 하였다. 그런데 마지막에 들어온 양복점 주인은 이렇게 말했다.

"석三자만 있으면 됩니다."

그러자 이 구두쇠는 기뻐서 어쩔 줄을 몰라 하였다. 그리고 석자의 천을 주고 만들어서 바지를 입어 보니, 한 쪽뿐이었다.

"이거야 어디 입겠소?"

구두쇠가 불평을 하자 양복점 주인이 말한다.

"양 다리를 같이 넣으십시오."

구두쇠가 양 다리를 모두 넣어서 입어 보고는 다시 불평을 한다.

"거북해. 어디 움직일 수가 없잖소?"

양복점 주인은 웃으면서 한마디 한다.

"이렇게 절약을 하면 움직일 수 없는 것은 당연합니다."

밖에서는 안 돼요

어떤 사내가 테이블을 만들려고 하는데 나무를 쓰는 것이 아까워서, '절약해서 만들 수 없을까?' 하는 생각으로 목수를 불렀다.

"다리를 두 개로 해서 벽에 붙이면 될 것 같습니다."

목수가 와서 이렇게 말하고는 그렇게 만들어 주었다. 어느 가을철 달이 휘영청 밝아서 이 사나이는 뜰에 나가서 저녁을 먹기로 하고, 새로 만든 식탁을 뜰에 내다 세우려는데, 아무리 세워도 서지를 않는 것이었다. 성이 머리끝까지 난 사나이는 식탁을 만든 목수를 불러서 호통을 쳤다. 그러자 목수가 이죽거린다.

"이거야 쓸 수 없지. 다리는 방 안에서만 절약될 수 있지, 밖에서는 절약될 수 없는 거라오."

체면 없는 사람

어떤 사람이 자기의 초상화를 그려 집안에 걸어 두고 싶어서, 화가에게 부탁하여 그리게 되었다. 흥정을 하다가 보니 이 사람이 얼마나 구두쇠인지 화가는 혀를 내두를 참이었다. 화가가 초상화를 그려 와서 그 사나이에게 주자 사나이는 기가 막히게 그림 값으로 단돈 세 푼밖에 내놓지 않았다. 그러나 그려온 초상화를 안 줄 수가 없어서 초상화를 구두쇠에게 주었다. 초상화를 받아들고 구두쇠가 보니까 얼굴은 없고 머리 뒷모습만 그려져 있었다. 구두쇠는 화가 나서 물었다.

"초상화란 얼굴을 그리는 건데, 왜 뒷모습을 그렸소?"

그러자 화가가 웃으면서 대답한다.

"당신은 체면이라는 것이 전혀 없으니까요."

토지 귀신

탐관오리로 임기가 만료된 관리가 다른 곳으로 전임轉任하게 되었다. 신임지에 있는 대궐 같은 자기 집에 들어오니, 어떤 노인이 한 사람 서 있었다. 그래서 관리가 이상해서 물었다.

"댁은 누구십니까?"

"나는 자네 전임지의 토지 신神 일세."

그 말에 관리가 어이없다는 식으로 물었다.

"토지 신이 어떻게 우리 집에?"

그러자 토지 신이 대답했다.

"자네에게 땅 가죽이 홀랑 벗기었으니 따라오지 않을 수가 있어야 지."

병을 고친 구두쇠

어느 영감이 지독한 노랑이여서 막대한 재산을 모았다. 그러나 중 重병에 걸려 병상에 있었다. 그의 병은 중해서 현대 의학의 기술로는 고칠 수가 없다고 하였다. 나날을 보내던 노랑이는 점점 임종이 가까 웠다. 그에게 마지막으로 불려온 사람은 그가 다니던 천주교회의 신 부님이었다. 임종의 성례식을 모두 마치고, 유언장을 작성하기 시작 하였다.

"교회가 낡아서, 새로 지어야 하는데…"

신부님이 이렇게 말하자 노랑이가 물었다.

"그 일은 돈이 얼마나 들지?"

신부님은 괴로운 소리로 말을 하였다.

"대충 20만 불 정도면 됩니다."

"좋아, 그럼 교회 재건에 20만 불을 기부한다고 유언장에 쓰게."

신부님은 또 이렇게 말했다.

"교회의 도서관이 필요합니다. 다른 교회는 모두 있는데, 우리 교회 는 아직 없습니다."

"그건 얼마나 드나?"

"3만 불 정도입니다."

"그러면 도서관 만들기 위해, 3만 불 기부한다고 유언장에 쓰게."

"그리고 요즘은 젊은 부부 교인들이 경제적인 문제로 모두 아이들을 탁아소에 맡기고, 직장에 나가기 때문에 탁아소가 꼭 필요합니다."

신부님은 또 이런 말을 하였다.

"그럼 탁아소 건립 기금에 15만 불 기부한다고, 유언장에 쓰게."

유언장을 다 쓰고는 얼굴에서 괴로움이 사라지고 평안한 마음이 되어 갔다.

"성도님, 남들을 위해서 봉사한다는 것이 얼마나 훌륭한 일인지 아셨죠?"

신부님이 이렇게 말하자, 얼굴색까지 달라졌다.

"이제는 그 편안한 마음으로 천당에 갈 수 있습니다. 그리고 마지막 부탁은 청소년들을 위한 풀장을 만들고 싶은데…"

그러자 이 구두쇠는 열이 나는 것 같은 행동을 하며, 몸을 떨고 있었다. 신부님은 신이 나는지, 이때다 싶어 큰소리로 물었다.

"그럼 풀장을 만들어도 됩니까?"

그러자 노랑이가 "잠깐만!" 하고 말을 막더니 크게 외쳤다.

"지금 내가 병이 말짱하게 나은 것 같구나!"

우는 이유

백만장자가 많은 유산을 남겨 놓고, 한푼의 돈도 가져가지 못한 채 저승길로 가고 말았다. 그래서 그의 가족과 친지들이 모인 가운데 성대한 장례식이 거행되고 있었다. 장례식이 끝날 쯤에 한구석에서 한 사나이가 아주 목을 놓고 큰소리로 울고 있었다. 장례식이 끝나고 상가 일을 보는 사람이 그에게 다가가서 물었다.

"당신은 고인과 아주 친하셨던 모양이군요?"

그러자 그 사나이는 고개를 옆으로 흔들면서 조금 전보다 더 크게 울고 있었다. 그래서 또 물었다.

"고인과의 친척이 되는 모양이군요?"

이제는 고개를 내젓고, 더욱 큰소리로 울면서 하는 말,

"그렇지가 않으니까, 울고 있는 거요."

이럴 줄 알았으면 아끼지 말 것을…

어떤 구두쇠가 해물海物을 먹고 싶었지만, 돈을 주고 사 먹을 생각은 아예 없었다. 마침 조개 장수가 자기 집에 조개를 팔려고 들어왔다. 그는 조개를 사는 척하면서 이것저것 주물러서 길게 기른 손톱 밑에 조개 즙汁이 많이 배게 하였다. 그런 다음 그는 식사 때마다 손톱 밑을 조금씩 핥으면서 밥을 먹었다. 그리고 밤에 잘 때도 손을 이불 밖으로 내

놓고 잠을 잘 정도로 아꼈다. 그런데 4~5일 지나자 손톱 밑에서 썩는 냄새가 났다. 그러자 그는 몹시 아까워하면서 말했다.

"에잇, 이럴 줄 알았으면 아끼지 말고, 마구 빨아먹을 것을…."

호텔에서 준 팁

호텔에서 팁을 주는 것을 무척이나 싫어하는 사나이가 은행에 가서 제일 작은 단위인 1센트 동전으로 돈을 바꾸어서 주머니에 잔뜩 넣고 다녔다. 호텔에 투숙을 하고 나가면서 지금까지 심부름을 하였던 호텔의 보이에게 주머니에 있던 1센트를 꺼내 주었다.

"실례입니다만, 잘못된 것이 아닙니까?"

보이가 물었다.

"아냐, 그보다 더 적게는 주지 않기로 했네."

모전여전母傳女傳

여섯 살 먹은 여자 아이가 은행으로 들어가서 은행장 면회를 청했다. 그녀는 은행장에게 그녀의 동료의 질병을 고치기 위해 자금을 모으고 있다고 하면서 기부를 조금 해달라고 부탁하였다. 은행장이 1달러짜리와 25센트짜리를 책상 위에 놓고는 물었다.

"어느 쪽을 가지겠어?"

그녀는 25센트를 집으면서 말했다.

"어머니께서 언제든지 가장 적은 것을 취하라는 말씀을 하셨습니다."

그리고 이번에는 1달러를 집어 들며 이런 말을 했다.

"하지만, 이 25센트를 잃어버리면 큰일이니까, 이것으로 싸가지고 가겠어요."

구두쇠 장사꾼

애주가 한 사람이 한밤중인데도 술 생각이 간절하여 술집에 가서 문을 두드리니 일하는 아이가 문을 열어 주지 않고 안에서 묻는다.

"무슨 일이에요?"

"술집에 술 사러 왔지, 무엇 하러 왔겠는가?"

"그럼 문틈으로 돈을 넣어 주세요."

"돈은 넣겠지만 술은 어디로 내놓느냐?"

"술도 문틈으로 내드리지요."

"어떻게 문틈으로 술을 내놓을 수 있느냐?"

애주가가 열을 받아서 말하자, 안에서 이런 소리가 들린다.

"있고 말구요. 아저씨가 언제나 말씀하듯이 우리 집 술은 얇으니까요."

자린고비 스님

태백산의 현암사라는 암자에 성품이 몹시 깔끔하고 빈틈없고 인색하고 구두쇠 같은 스님 한 분이 있었다. 대보름날 오랜만에 큰마음을 먹고 시루떡을 만들었다. 먹음직스러운 시루떡 석 장을 쟁반에 담아 방으로 갖고 온 스님은 암자에 거처하는 사미승을 불러 방으로 오도록 하였다.

"오늘이 대보름이고 해서 떡을 만들었으니 같이 먹자구나."

사미승이 스님이 떡을 분배하는 것을 가만히 지켜보니, 자신의 몫은 한 장이고 스님의 몫은 큰 것으로 두 장이나 되었다.

"스승님!"

사미승이 스님 몫인 시루떡 두 장을 빼앗아 먹기 위해 한 가지 꾀를 생각해 내고 스님을 불렀다.

"뭐냐?"

스님은 사미승이 떡 분배 문제로 부른 것을 알고도, 짐짓 모르는 척 시치미를 뗐다.

"이 떡은 산인의 성찬이 아니옵니까? 하온즉, 어젯밤에 길한 꿈을 꾸어서 실컷 배부르게 먹을 징조 같사옵니다. 그러니 제 꿈 이야기를 들어 보십시오."

"그래? 그럼 한 번 말해 보거라."

사미승이 떡을 한 번 쳐다본 후에 이야기를 시작하였다.

"꿈에서 스승님이 제단에 불경을 암송하고, 석탑에서 잠시 주무시고 계실 때 어디서 왔는지 한 여인이 나왔습니다. 그 여자는 선녀처럼 아름다웠으며, 불도를 닦은 보살과 같았는지 제가 가만히 살펴보았지요. 나이는 대략 스물여덟 살 정도였고, 눈은 가을 물결과 같고, 눈알은 기름 덩어리와 같았으며, 허리는 가는 버들과 같고, 손은 가느다란 파와 같았는데, 스승님 곁에 다가가 앉으니 스승님이 잠을 깨고 일어나서 물었습지요."

"허어 내가 물었겠다, 뭐라고 물었느냐?"

"어디서 온 낭자냐고 물었습니다. 그러하니 낭자가 대답하기를, 원래가 스승님은 도솔천의 신선으로…"

"내가 도솔천의 신선이었단 말이지?"

스님이 사미승의 이야기에 흥미를 보이고 바싹 붙어 앉으며 물었다.

"그러하옵니다. 그 후 낭자가 다시 말하길 스승님과 삼생의 인연이 있는데, 한 번 만남에 인연이 만족하지 못하여 굼벵이의 영을 끌어안고 다시 태어났다고 말하며, 살결을 가까이하고 나비처럼 연모하여 벌처럼 탐하니 정신이 몽롱해 견딜 수가 없었습니다. 그것은 바로 공작이 붉은 하늘로 날아가는 것 같았고, 원앙이 녹수에 논다 하더라도 그 즐거움에 비교하기 어려운 장면이었습니다."

"내가 그랬단 말이지?"

"분명히 스승님이었습니다."

"과연 네 꿈이 기특하도다. 너의 꿈 이야기를 들으니 저절로 배가 부르도다. 이 떡은 모두 다 네가 먹어라."

스님은 눈을 게슴츠레하게 감고, 제풀에 누워 버렸다.

산파의 수단

여주에 사는 어떤 부부는 얼마나 욕심이 많고 지독한 구두쇠인지 한 번 들어간 돈은 절대로 주머니에서 나오는 법이 없었다. 하루는 아내가 아이를 낳기 시작하여, 한나절이 되어도 몸을 풀지 못해 고통을 참고 있었다. 남편은 마당을 맴돌며 눈만 꿈뻑거리며, 어쩔 줄 몰라 하는데, 또 한 시간이 지나갔다. 산모는 애를 낳으려고 끙끙거리는데, 아이가 나올 기색이 없자 산파를 보던 할머니가 남편에게 말하였다.

"좋은 수가 있어요. 밑져야 본전이니 어디 한 번 해봅시다. 닷냥짜리 금화가 있으면 잠깐 빌려 주시오."

남편은 한 번 주머니에 들어간 돈을 다시 꺼내 본 일이 없어서, 망설이며 아까워하다가, 아내가 고통을 당하는 것을 보고는 큰마음 먹고 돈을 꺼내 주었다. 산파 할머니는 그 금화를 아이가 나옴직한 곳으로 '짤랑' 소리를 내며 떨어뜨렸다. 욕심쟁이 부부니까 아이도 돈 소리를 들으면 나오리라고 예측하였기 때문이다. 세 사람이 마른 침을 삼키며 지켜보고 있는데, 과연 손 하나가 불쑥 나와서 금화를 덥석 집는 것이었다. 그러더니 다시 내동댕이쳐 버렸다. 산파 할머니가 이상하게 생각하고 금화를 집어 보았더니, 웬걸 아이가 집었던 금화는 가짜 돈이었다.

인색한 의원

의술은 뛰어나지만 인색하기로 세상에서 둘째가라면 서러워할 정도라고 소문난 의원이 있었다. 어느 날 한 어린아이의 병을 고쳐 주었는데, 그 어머니가 찾아와 감사를 드리며 선물을 하였다.

"의원님, 이것은 제가 손수 만든 것이옵니다. 솜씨가 부족하더라도 받아 주시기 바랍니다."

의원이 무엇인가 하고 호기심에 꺼내 보았더니 조그마한 비단 주머니였다. 그래서 크게 실망을 하고는 이렇게 말했다.

"나는 사례를 물건으로 주면 받지 않는 사람입니다. 현금으로 주십시오."

의원은 머리를 가로저으며 주머니를 도로 내놓았다. 정성껏 만들어서 준비한 선물을 거절하자 무안해진 어머니가 주머니를 집으면서 물었다.

"그럼 얼마를 드려야 하는지요?"

"닷냥입니다."

그 말을 들은 어머니는 잠자코 비단주머니 속에서 열 냥짜리를 꺼내서 의원에게 준 다음 다섯 냥을 건네받아 도로 나가 버렸다.

"아이쿠 그런 줄 알았다면…."

의원은 머리만 긁적였다.

공짜 술

길을 가던 나그네가 주막에 들러 술을 청했다.

"여보 주인장, 약주 한 되만 주게."

주인이 약주를 가져오자, 나그네는 잠깐 생각을 하더니 막걸리로 바꿔 달라고 했다. 주인이 막걸리를 가져오자, 나그네는 단숨에 한 되를 비우고 자리에서 일어나서 주막을 나가 버렸다.

"이봐요, 손님! 술을 마셨으면 술값을 내야지, 왜 그냥 가십니까?"

주인이 따라 나가 나그네를 불러 세웠다.

"술값이라니?"

"방금 마신 막걸리 값 말씀입죠."

"아 그건 약주 대신에 마신 게 아니오?"

"네, 그렇지만 약주 값도 안 내셨잖아요?"

"당연하지 않소. 약주는 입에도 대지 않았으니까."

주인은 무언가 생각을 하더니 머리를 긁적거리며 말했다.

"손님 말씀대로입니다. 약주가 막걸리보다 다섯 냥이나 비싸니 거스름돈을 내드리겠습니다."

폐품 이용

어떤 사나이가 말했다.

"우리 집 사람은 얼마나 근검절약을 하는지 버릴 것이 하나도 없다네. 자기의 낡은 옷으로 내 넥타이를 만들어 주더라고."

옆에서 그 이야기를 듣던 사나이가 하는 말,

"뭐 그것 가지고 그래? 내 아내는 내 헌 넥타이를 모아 자기의 옷을 만들어 입었는데, 그것도 아주 짧고 간단한 것을 만들었더라고."

다 써버렸음

아내의 과소비를 막기 위해서 남편이 50불과 가계부를 주면서 말했다.

"여보, 이제부터는 내가 준 돈을 수입으로 잡고, 그 돈을 쓴 세목을 하나하나 적어 내려가요. 그리고 그 돈을 다 쓰면 내게 돈을 요구해요. 이렇게 해서 근검절약해야 우리가 바라는 자동차를 살 수가 있소."

얼마 후 남편이 그 가계부를 보자고 하자 아내가 가계부를 건네주면서 말한다.

"보세요, 당신이 하라는 대로 잘했죠?"

아내가 가계부를 보여 주는데, 수입란에는 50불을 적어 놓고, 지출란에는 '0'으로 기록해 놓았다. 화가 난 남편이 물었다.

"여보, 사용한 세목을 적으라고 했는데, 이게 뭐요?"

아내가 깜짝 놀라면서 하는 말,

"아~아니, 당신 근검절약하라면서요? 그것을 다 적게 되면, 이 노트가 낭비되잖아요. 얼마나 많은 페이지를 절약했어요?"

구인광고

어떤 회사가 연봉 4만 불의 봉급을 받을 사원을 모집한다고 광고를 냈다. 사람들이 몰려오자 사장이 직접 면접을 하였다.

"우선 사원이 해야 할 일이 무엇인지부터 설명하지. 나는 매우 신경이 예민한 사람일세. 그런데 내가 염려와 근심을 하면 오래 살지 못하기 때문에 절대로 염려와 근심을 하지 말라는 것이 의사의 말일세, 그러니 회사에 앉아서 내 대신 염려와 근심을 도맡아 하면 된다네."

사장의 말을 듣고 면접을 받던 사람이 물었다.

"그럼 아무 일도 하지 않고 가만히 앉아서 염려와 근심만 하면 됩니까?"

"바로 그걸세."

관심이 있는 듯 면접을 받던 사람이 다시 물었다.

"그럼 보수는 얼마나 됩니까?"

"연봉 4만 불일세."

"그럼 아무 일도 하지 않고 염려와 근심만 하고 있는데, 그 돈 4만 불은 어디서 나옵니까?"

사장의 대답,
"바로 그것부터 자네가 해야 할 염려와 근심일세."

경제적인 아내

어떤 공처가가 말했다.
"아무도 나만큼 경제적인 아내를 가진 사람이 없을 거야."
그 말을 듣고 있던 사람이 물었다.
"얼마나 경제적인데?"
공처가가 대답한다.
"글쎄, 어제 저녁 40회 생일 케이크에 25개의 초만 꽂더라고."

차마 밝힐 수 없는 봉급액수

어느 회사의 사장이 새로 들어온 여비서에게 말했다.
"미스 김, 비서로서 비밀을 지킬 것이 많지만, 특히 미스 김의 급료 액수에 관해서는 절대 비밀로 해야 합니다."
그러자 여비서가 대꾸한다.
"네, 사장님. 그 점에 관해서는 조금도 염려하지 마세요. 저는 창피해서도 다른 사람들에게 도저히 그 액수를 밝힐 수가 없어요."

그 놈들을 해고해야겠네!

구두쇠로 유명한 건설회사 사장에게 한 직원이 찾아가서 말했다.

"사장님, 저는 이 회사에서 5년을 일하고 있는데요, 제가 늘 세 사람의 일을 하고 있으니, 월급을 좀 올려 주셨으면 좋겠습니다."

사장이 그 말을 경청하더니 갑자기 큰소리로 묻는다.

"그래? 자네가 세 사람 몫을 하고 있다는데, 누구누구의 몫을 대신해서 일하고 있나? 빨리 말하게. 나는 지금, 당장 그 사람들을 해고시켜야겠네."

그러자 직원은 할 말이 없다는 듯, 이렇게 불평을 하고 만다.

"팔뚝을 잘라도 피 한 방울 나오지 않을 사람이구면."

만약 이런 줄 알면

외판원 한 사람이 고객을 만나기 위해 한 사무실에 들렀다. 그런데 사무실에 사람은 없고, 덩치가 큰 개 한 마리가 쓰레기통을 비우고 있었다. 그 외판원은 개를 바라보고 있다가 뭔가 장난을 치고 싶어서 일을 시작하였다. 그때 개가 그를 쳐다보면서 말했다.

"이거 보세요, 그렇게 놀랄 것 없어요. 요건 내가 맡은 일의 일부에 지나지 않아요."

외판원은 깜짝 놀라서 어찌 할 바를 몰라 하였다. 그러면서 혼잣말처럼 입을 열었다.

"어렵소, 세상에 참 희한한 일도 있군. 자네 사장한테 그가 얼마나 소중한 것을 소유하고 있는지 알려 줘야겠는데? 세상에 말을 할 줄 아는 동물이 사람 말고 또 있다니!"

그 말에 덩치 큰 개가 앞발을 내젓는다.

"아이쿠, 제발 그러지 마십시오. 내가 말을 한다는 것을 사장이 안다면 아마 날 보고 전화까지 받으라고 엄명할 거란 말예요."

참고 문헌

＊『강단 유머』(1/6 vol)(김현수 편저), 도서출판 여운사, 1991.

＊『관능 유머』(이태권 편저), 도서출판 태일, 1993.

＊『내 배꼽, 네 배꼽』(이광수 편저), 도서출판 동하, 1993.

＊『북한 유머』(김용 편저), 도서출판 청송, 1995.

＊『신 고금소총』(장지하 편저), 도서출판 아름, 1983.

＊『야곱의 유머』(김성환 편저), 도서출판 청산, 1993.

＊『오사리 잡는 놈』(이종훈 편저), 한길사, 1995.

＊『유머손자병법』(유머화술연구회 편), 예문당, 1993.

＊『유머 인생』1-4(한국경제신문사편), 경제신문사, 1995.

＊『유머 화술』(한국해학연구회 편), 보성출판사, 1992.

＊『재미있는 고금소총』(한만수 편저), 박우사, 1993.

＊『재미있는 유머영어』(영문판)(영어교육연구원 편), 도서출판 박우
사, 1994.

＊『토탈 유머』(한국해학연구회 편), 보성출판사, 1987.

＊『한국 유머』(김종수 편저), 아름출판사, 1988.

＊『한국의 유머』(이상대 편저), 우성출판사, 1993.

＊『현대 유머』(박찬우 편저), 우성출판사, 1991.

* *Encyclopedia of Good Clean Jokes*, (Harvest House Publishers Ed.) Eugene, Oregon, 1992.

* *O. Henry Stories*, (Harry Hanson Ed.) Washington Square Press, INC, New York, 1963.

* 기타

Dictionary of Illustrations (by James C. Heeley), *Humor is Tremendous* (by Charlie), *10,000 Jokes, Toasts & Stories* (Ed. Lewis and Faye Copeland).